Gert Nygårdshaug
Das Teufelspergament

PIPER

Zu diesem Buch

Im süditalienischen Ofanes wurde bei Ausgrabungen eines Klosters aus der Römerzeit eine Pergamentrolle gefunden, deren Inhalt gänzlich hermetisch scheint. Zwar gelang es den zwei Archäologen Laksdal und Johannessen, den Fund zu öffnen und lesbar zu machen. Aber sie schaffen es nicht, den Inhalt zu entschlüsseln. Frederic Drum erhält daher den Auftrag, vor Ort einen Blick auf das Schriftstück zu werfen. Doch schon bei der Anreise gerät Drum – auf höchst rätselhafte Weise – in Turbulenzen. Dann ereignen sich auch noch mehrere tödliche Unfälle auf dem Gelände der Ausgrabungsstätte und für Drum steht fest: Der Schlüssel zu den Todesfällen muss in dem teuflischen Pergament verborgen liegen …

Gert Nygårdshaug, geboren 1946 im ostnorwegischen Tynset, debütierte 1966 als Schriftsteller und ist heute Autor von Romanen, Kurzgeschichten, Lyrik und Kinderbüchern. 1996 wurde er mit dem renommierten Cappelen-Preis ausgezeichnet. Nach den Kriminalromanen »Der Honigkrug« und »Der Fliegenfischer« erschien mit »Das Teufelspergament« der dritte Fall für den Osloer Gourmetkoch, Weinliebhaber und Hobbydetektiv Fredric Drum auf Deutsch.

Gert Nygårdshaug

Das Teufelspergament

Kriminalroman

Aus dem Norwegischen von
Andrea Dobrowolski

Piper München Zürich

Mehr über unsere Autoren und Bücher:
www.piper.de

Von Gert Nygårdshaug liegen bei Piper vor:
Der Honigkrug
Der Fliegenfischer
Das Teufelspergament

Die Übersetzung wurde von NORLA, Norwegian Literature Abroad, Oslo, gefördert.

Deutsche Erstausgabe
August 2010

Titel der norwegischen Originalausgabe:
»Dødens codex«, Solum Forlag A / S, Oslo 1990

Umschlagkonzeption: semper smile, München
Umschlaggestaltung: Hauptmann & Kompanie Werbeagentur, Zürich
Umschlagabbildung: Mauritius Images / Imagebroker
Autorenfoto: Lars Aarønæs
Satz: Kösel, Krugzell
Papier: Munken Print von Arctic Paper Munkedals AB, Schweden
Druck und Bindung: CPI – Clausen & Bosse, Leck
Printed in Germany ISBN 978-3-492-25866-1

Das Teufelspergament

Die trithemisch-champollianische Schraube

I.

Fredric Drum betrachtet freudlos das Ionische Meer, während er sich nach seiner Freundin und einer guten Flasche Barbaresco DOCG sehnt

Er setzte sich verstört auf. Blickte um sich. Zweihundert Meter unter ihm, fast senkrecht nach unten, war das Ionische Meer. Hinter ihm ragte eine steile Klippenwand auf, rotbraun mit grünen Flecken. Der Felsabsatz, auf dem er lag, war mit einer dicken Schicht von steifem, braunem Gras bedeckt. Deshalb hatte er sich bei seinem Sturz nicht verletzt. Er war weich und unbeschadet gelandet.

Fredric Drum nieste viermal heftig, stand auf und wischte sich Erde und Sand von den Kleidern. Was war denn bloß passiert?

Er rekapitulierte blitzschnell die unwirklichen Ereignisse der letzten fünf Minuten: Er hatte ganz vorn im Bus gesessen. Der Koffer stand zwischen seinen Beinen. Mit großem Eifer und Vorfreude hatte er die kalabrische Landschaft betrachtet, während der Bus sich seinem Ziel näherte: der kleinen, unweit von Crotone gelegenen Stadt Ofanes. Fredric hatte den Weg auf der Karte verfolgt und erwartet, dass Ofanes wohl nach der nächsten Kurve auftauchen würde, als der Bus von drei Polizisten angehalten wurde. Die anderen vier Fahrgäste, eine ältere Frau, zwei Teenager und ein Pater mit breitkrempigem Hut, zuckten mit den Schultern und murmelten etwas über eine Kontrolle. Zwei der Polizisten waren in den Bus gestiegen und hatten in rasend schnellem Italienisch mit dem Fahrer geredet, der nickte und auf Fredric Drum zeigte. Und bevor er seinen Mund zu einem Protest öffnen und das Wort *abbaglio*, Irrtum, aussprechen konnte, hatten sie ihn auch schon aus dem Bus gezerrt, ihn zum Straßenrand geschoben und über ein kleines Feldstück an den Rand eines steilen Abhangs gedrängt, der offensichtlich zum Meer hin abfiel. Ohne ein Wort, ohne eine Frage hatten sie ihn den Hang hinuntergestoßen, sodass er sich mehrmals hilflos überschlug, bis er über die Kante des Abgrunds verschwand. Aber er stürzte nicht tief und war weich und unversehrt auf diesem Vorsprung gelandet.

Er hatte nicht einmal genug Zeit gehabt, um Angstgefühle aufkommen zu lassen.

Hier saß er jetzt also, im tiefen Süden von Italien, in Kalabrien, auf einem Felsabsatz mit gutem Ausblick über das Ionische Meer, wie ein brütender Vogel. Und hier würde er lange nisten können. Runter kam er wohl kaum, hoch auch nicht. Die Terrasse, auf der er festsaß, war ungefähr so groß wie der Fußboden eines mittelgroßen Wohnzimmers.

Es war Viertel vor sechs am Nachmittag des letzten Tages im Juli, und die Sonne stand schon niedrig am Himmel. Geneviève stand bestimmt an der Bushaltestelle in Ofanes und hatte keine Ahnung, warum er nicht gekommen war. Geneviève, seine Freundin, die er seit drei Jahren nicht gesehen hatte.

Er kratzte einen geeigneten Stein von der Felswand los und schleuderte ihn hinunter. Er konnte nicht sehen, wie der Stein auf der Wasseroberfläche auftraf. Dann rief er laut und deutlich dem griechischen Festland zu, das irgendwo da draußen hinter dem Horizont liegen musste:

»Argabiel! Kuabris, Defrabax, Docrabax, Taculbain, Himesor, Jupiter, Tor und Tykje!«

Indem er all diese Götter der Ungerechtigkeit anrief, bekam er die schlimmste Frustration über den Stand der Dinge in den Griff. Danach setzte er sich mit dem Rücken gegen die Felswand und dachte nach.

Ein Mordversuch. Ganz eindeutig hatte man versucht, ihn zu ermorden. Drei italienische Polizisten hatten ihn wortlos gepackt und versucht, ihn ins Meer zu werfen. War das die Art, wie die kalabrischen Behörden ihre Touristen behandelten? Dass sie, wenn sie eine Gelegenheit sahen und Lust dazu verspürten, nichtsahnende Besucher ins Meer schleuderten? Handelte es sich dabei um eine makabre Tradition, die hier unten praktiziert und in keiner Tourismusbroschüre erwähnt wurde?

»Eine Kontrolle«, hatten seine vier Mitreisenden gemurmelt. Das war ja wahrhaftig eine großartige Kontrolle gewesen.

Camogli. Morgen, am ersten August, gab es, wie er wusste, hier in der Gegend einen offiziellen Festtag: Camogli. Da feierten sie die Madonna Stella Maris mit Lichtern und Wasser. Wie dieses Fest genau ablaufen würde, wusste er nicht, nur dass die Polizei die Feierlichkeiten offenbar damit einleitete, dass sie einen unschuldigen Fremden ins Meer stieß. Ein schöner und bewundernswerter Brauch.

»Quatsch!«, sagte er laut und stand wieder auf. Noch einmal rief er ein halbes Dutzend exotischer und treuloser Götter an, ohne irgendeine Antwort zu bekommen. Hier konnte er genauso gut in eine riesige Käseglocke hineinrufen. Sobald ihm der Laut über die Lippen kam, war er auch schon verschwunden.

Er fing an, den Felsabsatz systematisch zu erforschen. Um ihn herum gab es mehrere kleinere Vorsprünge, sodass er fast zwangsläufig auf einem von ihnen hatte landen müssen. Auch unter ihm gab es weitere Vorsprünge, und mit etwas Wagemut mochte es ihm gelingen, sich der Wasseroberfläche auf fünfzig, sechzig Meter zu nähern. Aber was sollte er dort? *Nach oben* musste er kommen. Aber das schien unmöglich zu sein. Die Felswand hinter ihm war zwar nur knapp drei Meter hoch, doch hatte sie weder Vorsprünge noch Spalten.

Wussten die Polizisten, dass es unterhalb des Abhangs viele

Vorsprünge gab? Oder glaubten sie, dass ein Absturz direkt ins Meer führte? Was auch immer sie glaubten oder wussten, auf jeden Fall hatten sie eine Tat begangen, für die es keine ethische Rechtfertigung geben konnte.

Es war, wie es nun mal war. Wie viel er auch grübelte und sich umschaute, er würde sich nicht aus eigener Kraft nach oben arbeiten können. Nicht einmal der Felskletterer und Nationalheld Bernardo Rossi hätte das ohne Ausrüstung geschafft. Resigniert legte Fredric sich ins Gras und starrte in den hellblauen Himmel.

Bei der ganzen Angelegenheit musste es sich um einen grandiosen Irrtum handeln. Er wusste, dass in diesen Breiten viel Merkwürdiges vor sich ging. Schließlich war er hier nicht weit von Sizilien entfernt, wo die Mafia ihr Unwesen trieb und geheime Methoden anwendete, von denen gewöhnliche Menschen keine Ahnung hatten. Die sichtbaren Methoden der Mafia spielten sich in der Regel sehr direkt ab, ohne dass dabei unnötige Worte verloren wurden. Und man konnte ja tatsächlich feststellen, dass die Kommunikation zwischen ihm und den Polizisten in den Sekunden, in denen sie Kontakt gehabt hatten, sehr zu wünschen übrig ließ.

Genau! Sie hatten ihn für irgendeinen grünschnäbeligen Richter gehalten, der ihre inneren Angelegenheiten ausspionieren wollte. Deshalb hatten sie kurzen Prozess gemacht. Die Polizisten waren sicher Mitglieder der Mafia auf Ausschau nach grünschnäbeligen Richtern. Fredric Drum hatte gehört, dass Richter ein bevorzugtes Ziel für die Kugeln und Messer der Mafia waren. Aber hätten sie nicht erkennen müssen, dass er, mit seinen relativ hellen Haaren, ein Ausländer war? Vielleicht dachten sie, er käme aus dem Piemont. Dort war eine helle Haar- und Hautfarbe keine Seltenheit. Wie erstaunt und bekümmert mussten sie gewesen sein, als sie seinen Koffer näher in Augenschein nahmen und auf seinem Namensschild lasen: »Fredric Drum, *Norvegia*«.

Sein Koffer. Ein Gefühl der Traurigkeit überkam ihn. Stand Geneviève jetzt am Busbahnhof und betrachtete seinen Koffer? Sah sie, dass er aus dem Bus geladen wurde, aber kein Fredric ausstieg? In diesem Koffer lagen die Geschenke für sie: ein schöner, handgeschmiedeter samischer Goldschmuck und eine Flasche sorgfältig ausgewählter Wein aus dem Piemont, ein »Castello di Neive, Barbaresco DOCG 1971«. *Neive, neve*, Schnee, *Castello di Neive*, Schneeschloss, ein schöner Name für einen Wein, besonders wenn er von einem Norweger verschenkt wurde.

Ruhelos stützte er sich auf seine Ellbogen. Das Ionische Meer erstreckte sich endlos weit vor ihm, still, grün, kein Boot weit und breit. So viel hatte Fredric Drum im Laufe der Jahre vom Leben und besonders von den merkwürdigen Vorkommnissen, in die er verwickelt gewesen war, gelernt: dass sich das meiste nicht auf Missverständnisse und Zufälle zurückführen ließ. Allzu oft steckte ein grausamer und berechnender Plan dahinter, ein Plan, dessen Fäden mit tödlicher Präzision gesponnen waren.

Fredric Drum hatte definitiv die letzten Reste von Gutgläubigkeit und Sanftmut gegenüber dem trügerischen Schein des sogenannten Zufalls abgeschüttelt. Deshalb handelte es sich bei dem, was er jetzt verspürte, um eine berechtigte Unruhe. Bis das Gegenteil bewiesen wäre, würde er sich an die Weisheiten des Talmud über die menschliche Existenz halten: *Wenn das Auge die Dämonen sehen könnte, die das Universum bevölkern, wäre es unmöglich zu leben.*

Er schloss die Augen und durchdachte gründlich seine Situation.

Fredric Drum. Fünfunddreißig. Junggeselle, einer Frau treu, die er vor über drei Jahren kennengelernt hatte und die schwer krank gewesen war. Dank eines Behandlungserfolgs, der an ein Wunder grenzte, befand sie sich jetzt auf dem Wege der Besserung. Er war einer der Besitzer des inzwischen berühmten kleinen Restaurants *La Casserole*, das er und sein Kompagnon Tob, Torbjørn Tinderdal, am Frognerveien in Oslo betrieben. *La Casserole* war das einzige norwegische Restaurant, das über zwei Sterne im Michelin-Restaurantführer verfügte. Fredric Drum interessierte sich leidenschaftlich für gute Weine und hatte sich im Laufe der Zeit den Status eines der führenden Weinkenner Norwegens erarbeitet. Dieses etwas dekadente und snobistische Interesse wurde voll und ganz aufgewogen durch seine besonders kritische und teilweise oppositionelle Sicht auf die Gesellschaft. Mindestens vier Mal hatte er zum Beispiel an spontanen Demonstrationen teilgenommen. Tob und er betrieben das *La Casserole* ohne das unedle Motiv des Profitstrebens und teilten ihren Gewinn zu gleichen Teilen mit Köchen, Lehrlingen und Aushilfen. So konnten sie es sich – zur großen Verzweiflung konkurrierender Gourmetrestaurants – leisten, einen »Chateau Palmer 1975« zu einem Preis von 750 Kronen anzubieten. Und da es in Norwegen allerbesten Zugang zu qualitativ hochwertigen Zutaten gab und die Phantasie von Tob und Fredric keine Grenzen kannte, war es nur natürlich, dass diese enthusiastisch geführte Küche schließlich mit Sternen im Michelin-Führer honoriert wurde.

Fredric Drums Interessen reichten allerdings weit über Wein und exklusive Gerichte hinaus: In den vergangenen Jahren hatte er mit seinen Forschungen über die Sprachen und Symbole der Urkulturen viel Aufsehen erregt und damit eine bedeutende Position in Wissenschaftskreisen errungen. Fredric Drum war Dechiffrierungsexperte. Nachdem er das Rätsel der merkwürdigen minoischen Schrift *Linear B* gelöst und deren ventrische Deutung widerlegt hatte, wurde er oft von Wissenschaftlern konsultiert, die sich in ein unlösbares Problem verstrickt hatten. Er hatte an der Universität eine Reihe von Sprachen studiert und beschäftigte sich zur Zeit mit einer Doktorarbeit über Piktogramme, prärunische Symbole und die komparative Behandlung der Urvölker in der Bilderschrift der Nordkalotte. Es handelte sich um ein kontroverses Promotionsthema.

Dafür, dass er sich gerade jetzt in Italien aufhielt, gab es drei Gründe: Erstens wollte er italienischen Wein testen, um dann eine Auswahl für sein Restaurant zu kaufen. Zweitens hatte er einen sehr interessanten Brief von einem gewissen Professor Donato d'Angelo erhalten, in dem es um einige unverständliche Abschnitte in einem ansonsten völlig klaren Text des sogenannten *Kodex Ofanes* ging. Dieser war auf Pergamentrollen gefunden worden, die in den vor Kurzem entdeckten Ruinen bei Ofanes ausgegraben worden waren. Und last but not least: Er würde endlich Geneviève wiedersehen, die sich in Dr. Vitollo Umbros berühmter Klinik aufhielt, die eigenartigerweise ebenfalls in Ofanes lag, nur einen Steinwurf von den Ruinen entfernt. Für solche überraschenden Parallelen hatte Fredric Drum immer etwas übriggehabt.

Jetzt war er sich nicht mehr so sicher, ob solche Parallelen *immer* etwas Gutes zu bedeuten hatten. Er befand sich zwar ganz in der Nähe von Ofanes, aber seine Lage war alles andere als günstig. In ein paar Stunden würde es stockfinster sein.

Er rief. Scherte sich nicht mehr um den Käseglockeneffekt und rief. Er rief, bis seine Stimme so heiser war, dass man ihn ohne Weiteres für einen brünftigen kalabrischen Geißbock hätte halten können.

Er hatte Hunger. Sein Magen knurrte. Und er hatte Durst, schlimmen Durst. Als ob diese Qualen noch nicht ausgereicht hätten, musste er obendrein entdecken, dass die Felsterrasse, auf der er saß, nicht unbewohnt war. Millionen kleiner Ameisen krabbelten um ihn und auf ihm herum. Er sprang auf und schlug und streifte das meiste von sich ab, aber sie hatten schon den Weg unter sein Hemd und in seine Hosenbeine gefunden. Er hatte Ameisen im Haar, am Hals, überall. Das Schlimmste war, dass sie sich festbissen, wenn ihnen klar wurde, dass er sie nicht dabei willkommen hieß, seinen Körper ganz nach ihrem Willen zu erforschen.

Das würde eine wunderbare Nacht werden. Die erste Nacht in Italien hatte er sich eigentlich anders vorgestellt.

Die gute Laune, die Fredric Drum in den letzten Wochen genossen hatte, war definitiv verflogen.

*

Dabei hatte alles so gut angefangen. Er hatte drei äußerst aufmunternde Briefe in seinem Briefkasten vorgefunden.

Der erste war vor fast einem Monat eingetroffen. Er kam vom Institut für Experimentelle und Theoretische Physik an der Universität Cambridge und lautete wie folgt:

Sehr geehrter Herr Fredric Drum,

aufgrund Ihrer Anregung sowie der Empfehlung von Dr. Stephen Pratt haben wir gründliche spektrographische Analysen Ihres Kristalls vorgenommen, der die Form eines gleichmäßigen fünfzackigen Sterns, einen Durchmesser von vier Zentimetern und eine Dicke von zwölf Millimetern hat.

Die vorläufigen Untersuchungen ergeben interessante Interferenzphänomene. Die Brechung der Lichtstrahlen folgt einem Muster, das in mancher Hinsicht nicht vorhersagbar ist. Außerdem scheint es in Teilen des Objektes unter bestimmten Lichtverhältnissen zu einer Akkumulation von Energie zu kommen: Die wiederholten Brechungen in verschiedenen Winkeln, ohne dass dabei Lichtstrahlen nach außen austreten, erinnern in erstaunlichem Maß an das, was in einem Rubinlaser passiert.

Wir möchten Sie daher bitten, das zugesandte Objekt für

weitere Untersuchungen noch eine Weile behalten zu dürfen, um die Gesetze für die Photonenbewegung, die wir zu erkennen glauben, näher bestimmen zu können.

Mit freundlichen Grüßen
Dr. James Wilson

Schon seit mehreren Jahren hatte sich Fredric Drum über einen Kristallstern gewundert, den er an einem Strand auf der Yucatán-Halbinsel in Mexiko in der Nähe eines Mayatempels gefunden hatte. Seitdem hatte er dieses Schmuckstück oder Amulett stets bei sich getragen und, ohne direkt abergläubisch zu sein, den Eindruck gewonnen, dass dieser Kristallstern die erstaunliche Fähigkeit besaß, entweder ihn oder seine Umgebung zu beeinflussen. Jetzt hatte er sich endlich dazu entschlossen, ihn wissenschaftlich untersuchen zu lassen.

Aber er fühlte sich nackt ohne den glatten, warmen Kristall in der Hosentasche.

Der zweite Brief war nur wenige Tage später eingetroffen. Er war in Italien abgestempelt und trug das gewichtige Siegel und die Inschrift der Universität Rom. Es handelte sich um ein Einschreiben, das außer einem Brief von Professor Donato d'Angelo die Kopie eines Fragments des *Kodex Ofanes* enthielt. Der Hauptinhalt des Briefes lautete:

Signore Professore (!) Drum.

Sie wurden mir empfohlen von... (hier stand eine Liste bekannter Namen und Institutionen der klassischen Archäologie, gefolgt von einer Reihe Höflichkeitsphrasen)... für eine Beurteilung einiger Abschnitte des KODEX OFANES, die vollkommen unverständlich wirken. Ohne die Norweger Laksdal und Johanessen von der

Universität Bergen und ihre epochale Methode hinsichtlich der Öffnung alter Pergamentrollen wäre der KODEX OFANES wahrscheinlich vollkommen unzugänglich geblieben.
Wir bieten Ihnen daher einen Aufenthalt bei uns an, um In-situ-Untersuchungen vorzunehmen, die zu einer Entschlüsselung der betreffenden Abschnitte des Kodex führen könnten... (Danach wieder eine Reihe von Höflichkeitsphrasen sowie Anweisungen praktischer Art)

Hochachtungsvoll (!)
Dr. Donato d'Angelo

Fredric Drum fühlte sich sehr geehrt. An den Tagen nach dem Eintreffen dieses Briefes beobachtete Tob, dass sein Kompagnon bei der Arbeit an den Kochtöpfen im *La Casserole* ziemlich geistesabwesend wirkte und gelegentlich Unverständliches vor sich hin murmelte.

Fredric beschloss also, zwei Wochen Urlaub zu nehmen und nach Italien zu fahren. Diese Reise wurde umso dringlicher, als Brief Nummer drei ankam. Dieser stammte von Geneviève.

Er hatte Geneviève Brisson vor einigen Jahren im französischen St. Emilion unter ganz außergewöhnlichen Umständen kennengelernt. Fredric war damals in eine Tragödie wegen vergifteter Weine verwickelt gewesen, und Geneviève, die Tochter eines bekannten Chateaubesitzers, die Önologie in Bordeaux studierte, war in diesem Zusammenhang bei einem Racheakt vergiftet worden. Sie erlitt eine Art von Hirnlähmung und verlor die Fähigkeit, mit ihrer Umwelt zu kommunizieren. Sie wurde in einer Reihe von Krankenhäusern behandelt, ohne dass es zu einer wesentlichen Besserung ihres Zustands gekommen wäre. Ein wirklicher Durchbruch blieb zunächst aus. Geneviève Brissons Fall wurde bereits als hoffnungslos betrachtet, als ihr Vater Doktor Umbro ausfindig machte, einen weltberühmten italienischen Spezialisten auf den Feldern Aphasie und Autismus. Er hatte Klang- und Musiktherapie eingesetzt – mit erstaunlichen Resultaten! Signor Vitollo Umbros Klinik in Ofanes stand im Ruf, wahre Wunder zu vollbringen.

Auch Geneviève erlebte ein solches Wunder: Nach einigen Wochen in der Klinik konnte sie wieder vernünftige Gespräche mit ihren Angehörigen führen. Doktor Umbro stellte ihr eine vollständige Genesung in Aussicht. Ihren Freund Fredric hatte sie nie ganz vergessen. Und die Briefe, die sie ihm schickte, wurden nach und nach immer persönlicher. Im letzten Brief hatte sie Fredric praktisch zu sich eingeladen, als sie schrieb:

> *… ich kann mich an dich erinnern, als wäre es gestern gewesen, und ich sehne mich danach, mit dir einige schöne Tage hier im sonnigen Süditalien zu verbringen. Dann könnten wir doch wieder mal zusammen einen guten Wein genießen. Wir haben uns seit drei Jahren nicht mehr gesehen, aber du bist die ganze Zeit bei mir in der Dunkelheit gewesen.*

Fredric waren beim Lesen vor Freude beinahe die Tränen gekommen. Genevièves Schicksal hatte in den vergangenen Jahren wie ein Schatten über ihm gelegen. Jetzt sollte dieser Schatten endlich vertrieben werden.

Am Morgen des 31. Juli hatte er das Flugzeug von Oslo nach Rom genommen. Dann war er mit einem Inlandflug weiter nach Catanzaro gereist, wo er einige Stunden voller Vorfreude auf das lang ersehnte Wiedersehen verbracht hatte. Und schließlich war er in den Überlandbus nach Ofanes gestiegen – und auch fast dort angekommen.

Fredric Drum wand sich vor Verzweiflung. Er konnte auf diesem Bergabsatz verrotten. Schließlich würde er an Hunger und Durst sterben, und dann würden die Ameisen ihn verspeisen, bis seine Knochen vertrocknet und ausgebleicht in der Sonne liegen würden.

Die Dämmerung hatte eingesetzt.

Er untersuchte seine Hosentaschen. Ihr Inhalt war ziemlich mager: Seine Brieftasche mit Reiseschecks und einigen Lire. Der Kofferschlüssel. Eine Adressenliste mit diversen Weinhändlern dieser Gegend. Ein Wegwerffeuerzeug der Marke Bic. Zwei zuckerfreie Streifen Kaugummi. Ein Knopf unbekannter Herkunft. Das war auch schon alles. Er brüllte und krächzte über das Ionische Meer:

»Heilige Wächter dieser Felswand der Düsternis! Die Riesen und Götter des Nordens werden grausame Rache nehmen! Gequälte Seelen von Tarpeus und Aegeus, kommt und hebt mich zu euch empor! Dädalos und Ikaros, verleiht mir Flügel! Labrys und Ankh, gebt mir ein Zeichen, ein Zeichen, ein Zeichen!«

Seine Rufe stürzten wie zerfranste Lumpen auf die Meeresoberfläche. Er zerrte sich das Hemd vom Leib und schlug alle Ameisen heraus. Dann ging er mit seinen Fingernägeln zum Angriff auf den glatten Berg über, ohne dass er sich dabei auch nur einen Dezimeter nach oben bewegte.

Die Dunkelheit um ihn her verdichtete sich, und die Luft schwirrte vom monotonen Gesang von Milliarden unsichtbarer Zikaden, unterlegt vom gleichmäßigen Rauschen des Meeres.

Ruhig, Fredric, ganz ruhig. Denk vernünftig über alles nach. Du bist schon früher in ähnlichen Situationen gewesen, und es ist doch immer noch irgendwie gutgegangen. Denk an La Casserole, *denk an all die leckeren Gerichte, die Tob jetzt gerade kocht. Nimmst du ihren Geruch wahr?* Er versuchte, dem Rat seiner inneren Stimme zu folgen, aber auch diese war im Begriff, ihn im Stich zu lassen. Sie leitete ihn zu einer gedeckten Tafel, die außerhalb seiner Reichweite war.

Was würde Tob sagen, wenn er jetzt hier wäre? Tob, sein Freund, der Philosoph der Lebensweisheiten, der Tiefsinnige. Er würde die runden Gläser seiner Apothekerbrille putzen und sagen: »Nichts, was sinnlos ist, kann die Sinnlosigkeit zum Ursprung haben. Das hat die Geschichte unzählige Male gezeigt.« Worte des Trostes. Das hier war doch Sinnlosigkeit in höchster Potenz. Konnte sie womöglich auch sinnlos enden?

Er hielt Ausschau nach Lichtern draußen auf dem Meer. Keine Lichter.

Er konnte nicht viel tun. Es war dunkel, stockfinster, und so rückte er näher an die Felswand heran. Die Ameisen ließ er inzwischen tun, was sie tun wollten. Sie sollten von ihm aus herumkrabbeln und das neue Universum erforschen, das auf ihren Vorsprung heruntergeplumpst war.

Er musste eingedöst sein. Als er blinzelnd die Zeiger auf seiner Armbanduhr betrachtete, zeigten sie halb vier. Bald würde der Morgen dämmern. Steif und zitternd stand er auf und starrte aufs dunkle Meer hinaus. Eine kühle Brise wirkte lindernd, sodass sein Durst ihn nicht mehr ganz so sehr quälte wie am Vorabend.

Regungslos stand er da und starrte vor sich hin. Eine halbe Stunde, eine Stunde, zwei Stunden, drei Stunden. Da sah er Purpurstreifen, die sich im Osten über den Himmel ausbreiteten. Er bewegte sich nicht, bis die Sonne aus dem Meer auftauchte.

Ein verrückter Plan war in seinen Gedanken herangereift. Vielleicht konnte es ihm gelingen, bis zur Wasseroberfläche hinunterzuklettern und dann an der Küste entlangzuschwimmen, bis die Klippen aufhörten.

Als es ganz hell geworden war, kroch er an den äußersten

Rand der Terrasse und sah nach unten. Mit einem gewissen Restrisiko, sich die Beine zu brechen, konnte er von Vorsprung zu Vorsprung springen und auf diese Weise den Abstand zum Meer um etwa die Hälfte reduzieren. Aber dann wäre Schluss. Nach allem, was er erkennen konnte, bestanden die letzten fünfzig, sechzig Meter aus einer senkrechten Felswand. Aus einer solchen Höhe ins Meer zu springen, würde den sicheren Tod bedeuten.

Und doch, mit dem Tageslicht kehrte sein Optimismus zurück. Die Ameisen hatten ihn während der Nacht nicht übermäßig geplagt, und wenn seine Haut auch hier und dort rote Flecken aufwies, so konnte er doch damit leben. Ein neuer Plan nahm allmählich Gestalt an. Fredric Drum würde nicht so leicht aufgeben.

Er begann, systematisch Gras auszureißen. Dicke Schichten und riesige Haufen stapelte er auf. Schließlich stieß er bis auf den Felsgrund vor. Und hier fand er, wonach er suchte: scharfkantige, spitze Steine von einer bestimmten Größe.

Dann machte er sich daran, die Felswand mit den Steinen zu bearbeiten. Zunächst schlug er eine Kerbe in etwa einem Meter Höhe, als Fußstütze. Er hämmerte und trommelte, klopfte und zertrümmerte den Fels. Manchmal flogen Funken und es roch verbrannt. Nach zwei Stunden war die Kerbe so groß geworden, dass soeben seine Zehen hineinpassten.

Erschöpft vor Hunger und Durst legte er sich hin, um sich auszuruhen. Er döste eine halbe Stunde, bevor er wieder loslegte. Diesmal versuchte er sich an einer Kerbe, die er mit ausgestrecktem Arm erreichen konnte. Ganz allmählich entstand auch dort eine kleine Vertiefung, die groß genug war, um sich festzukrallen. Dann stieg er mit dem linken Fuß in die erste Kerbe und zog sich hoch. Jetzt hing er in der Felswand. Wenn er die rechte Hand so hoch wie möglich streckte, war er noch etwa einen Meter von der rettenden Kante entfernt.

Um halb drei Uhr nachmittags hatte Drum drei Kerben in die Felswand geschlagen. Eine für den rechten Fuß, eine für den linken Fuß und eine für die Hand. Er war vollkommen erschöpft und musste sich lange ausruhen.

Der schlimmste Teil der Arbeit stand ihm noch bevor. Jetzt musste er nämlich neue Kerben in den Fels schlagen, während er sich in der Wand festkrallte. Das erwies sich als so schwierig, dass er immer wieder hinunterfiel und keinen Schwung in seine Schläge bekam. Mehr als kleine Kratzer brachte er nicht zustande.

Um sechs Uhr gab er schließlich auf. Er hatte keine Kraft mehr, legte sich auf den Rücken und starrte apathisch vor sich hin. Mit sonnenverbranntem Gesicht und aufgesprungenen, trockenen Lippen flüsterte er benommen ein paar Dutzend Namen von bekannten und besonders geschätzten Weinen. Außerdem wiederholte er gleichgültig die Gerichte, die zum Zeitpunkt seiner Abreise auf der Tageskarte des *La Casserole* gestanden hatten.

*

Der *Kodex Ofanes*. Im Flugzeug hatte Fredric Zeit genug gehabt, um sich das wenige, das er über diese antiken Schriften wusste, noch einmal ins Gedächtnis zu rufen.

Die Geschichte war relativ neu. Vor einigen Jahren waren zwei Norweger in Italien fast zu Nationalhelden geworden. Dabei handelte es sich um die beiden Wissenschaftler Laksdal und Johanessen aus Bergen. Sie hatten eine Methode entwickelt, die es ihnen ermöglichte, alte Papyrusrollen, die von Archäologen bis dahin als zerstört und für immer verloren betrachtet wurden, so zu öffnen, dass die Schrift wieder lesbar wurde. Als die Ruinen bei Ofanes ausgegraben wurden, fand man in einer Kammer große Mengen verkohlter Papyrusrollen. Die Norweger wurden hinzugezogen und es kam zu einer Sensation.

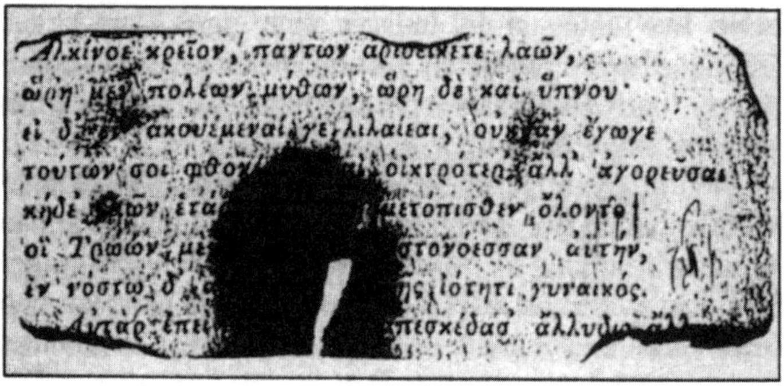

Mit großem Geschick öffneten sie die Rollen. Die Schrift, die zum Vorschein kam, war teils griechisch, teils lateinisch. Die Rollen stammten aus dem dritten Jahrhundert nach Christi Geburt. Als die Texte gedeutet wurden, erwiesen sie sich als philosophische Erörterungen, Abhandlungen über Philosophiegeschichte und eine Beschreibung verschiedener Schulen der antiken Gedankenwelt. Die neuen Erkenntnisse waren von so weitreichender Bedeutung, dass umfangreiche Teile der antiken Philosophiegeschichte daraufhin umgeschrieben werden mussten.

Laksdal und Johanessen wurden auf den Titelseiten der italienischen Zeitungen gefeiert. Die Resonanz in ihrem Heimatland fiel bescheidener aus. Dort stand nur ein kleiner Artikel in der *Aftenposten*. Außerdem gab es einen längeren Bericht in der *Bergens Tidende*.

Die Texte auf dem Ofanes-Papyrus waren laut Professor Donato d'Angelo zum größten Teil leicht zu entschlüsseln. Aber es gab da ein Fragment, das auf Griechisch geschrieben und von ganz besonderer Art war. Die einzelnen Wörter waren verständlich genug, aber der Inhalt, der Zusammenhang, blieb im Verborgenen. D'Angelo neigte zu der Auffassung, dass es sich hier um das dunkelste und unbekannteste Kapitel der griechischen Philosophietradition handelte: die *Hermetische Philosophie*.

Einige Kenner der antiken Philosophie vertraten schon seit längerer Zeit die Theorie, es habe womöglich einige Schulen gegeben, die von den Pythagoreern abstammten und eine magische, geheime und verschlossene Philosophie entwickelt hatten, deren Einfluss im Laufe der Zeit zugenommen habe. Dafür gab es eine Reihe von Indizien, aber keine klaren Beweise. All diese Theorien über die Hermetische Philosophie waren immer als reine Spekulation betrachtet worden. Bis jetzt. Der *Kodex Ofanes* enthielt lange Abschnitte, die äußerst merkwürdig waren.

Fredric Drum las diese Erläuterungen von Professor d'Angelo mit großem Interesse. Auf seine Reise hatte er eine ansehnliche Auswahl von Büchern über die verschiedenen Denkschulen der Antike mitgenommen, in die er sich nach und nach vertiefen wollte. Im Flugzeug war er hauptsächlich mit der Kopie des kleinen Fragments beschäftigt gewesen, die dem Brief beigefügt worden war. Den griechischen Text hatte er problemlos übersetzen können. Er war zwar schwer verständlich, aber über die Bedeutung der einzelnen Wörter konnte kein Zweifel herrschen. Das Merkwürdige war, dass mitten im Text, ohne irgendeine Erklärung, plötzlich Schriftzeichen auftauchten, die ihm vollkommen fremd waren. Fredric hatte noch nie etwas Derartiges gesehen.

Als er diese eigenartigen Zeichen erblickte, hatte er eine bebende Spannung verspürt. Welche Botschaft war in ihnen verborgen? Würden sie sich deuten lassen?

In ein Notizbuch, das er speziell für diesen Auftrag angeschafft hatte, schrieb er zunächst eine Übersetzung des Textes, wie er ihn bisher verstand. *Kodex Ofanes, Fragment 233 XII*, lautete wie folgt:

... Damippos stellte genauso viele Fackeln auf wie (es gab) in Odeion vor dem Apaturiefest; es sollte so sein, wie Simmias Jünger Croton Vise den Fratres befahl. Ermeticas Siegel mit den Inschriften von Hephaistos, Hekate und Persephone verbirgt die Botschaft des Heiligen, Allerheiligsten Cylotian, so wie es im Ritual des Todes vorgeführt wird und wie es ist: ... (Hier folgen vier Zeilen mit merkwürdigen Zeichen, hermetische Schrift?) ... Ermetica Chiron hat gesagt, so ist das Flüstern des Todes für unsere Ungläubigen in den ländlichen Dionysien. Synedrium ist Umbilicus Telluris (hier Latein?), so wie in Ewigkeit Odeion die Harmonien bewacht ...

Fredric Drum freute sich. Er freute sich wirklich darauf, diese Arbeit in Angriff zu nehmen. Und mit der wiedergenesenen Geneviève Brisson an seiner Seite würden sich keine Schwierigkeiten als unüberwindlich erweisen. So hatte er noch gedacht, bevor das Flugzeug in Catanzaro gelandet war.

*

Keine Schwierigkeiten.

Fredric lag im Halbschlaf und phantasierte vor sich hin. Ameisen krabbelten über sein Gesicht, in seine Nase, seine Ohren, auf seine Augenlider. Er bekam nichts mit. Bekam nicht mit, dass die Dämmerung hereingebrochen war und sich weit draußen auf dem Meer, wie Punkte, eine Menge kleiner Boote versammelt hatte. Das waren Fischer. Aber gerade heute würden sie keine Fische fangen. Heute war der erste August. Camogli. Das Fest zu Ehren der Madonna Stella Maris.

Fredric erwachte jäh, weil er heftig niesen musste. Immer mehr Ameisen flogen aus seiner Nase, während er sich aufsetzte. Jetzt war es fast dunkel, und er wäre vor lauter Hoffnungslosigkeit über eine weitere Nacht auf diesem Vorsprung fast wieder in sich zusammengesunken.

»Wasser«, blökte er heiser, um seine Stimme zu testen.

Er starrte auf das Meer hinaus. Rieb sich die Augen und glotzte. Tanzten dort leuchtende Punkte vor seinen Augen? Nein, sie tanzten nicht, sie standen still. Ein Dutzend leuchtender Punkte. Draußen auf dem Meer. Er stand ganz auf und taumelte auf den Rand der Terrasse zu. Dann blinzelte er in die Dunkelheit. Das *waren* Lichter. Da draußen mussten Boote sein.

Boote!

Jetzt sah er es ganz genau: Zahlreiche Lichter tanzten auf den Wellen. Das waren Feuer. Auf den Booten loderten offene Feuer.

Zunächst verstand er gar nichts. Boote mit Feuern? Waren das die Hellenen, die gekommen waren, um Kalabrien zurückzuerobern? War er eingeschlafen, gestorben und in der Antike wieder erwacht? Fredric versuchte, in seinem erschöpften Gehirn Ordnung zu schaffen, und begriff allmählich, dass es sich um nichts anderes als eine Prozession von Booten handelte, die das Camogli-Fest entweder einleiten oder abschließen sollte. So lief das üblicherweise ab, das hatte er irgendwo gelesen.

Sie schickten an diesem Tag Boote aufs Meer hinaus, Boote mit Feuern an Bord. Sie kamen bestimmt aus den Fischerdörfern in der Nähe. Zehn, zwanzig, vielleicht sogar dreißig Lichter waren da draußen.

Jetzt kam Bewegung in Fredric Drum.

Erstaunlicherweise gelang es ihm sogar, mit seinen aufgesprungenen Lippen eine Melodie zu pfeifen – »Junge, komm bald wieder« –, während er vom Boden um sich herum große

Büschel trockenes Gras abrupfte. Einiges hatte er ja schon vorher gesammelt, als er die Steine gesucht hatte. Jetzt schob er am äußersten Rand des Absatzes einen kleinen Grashügel zusammen und zündete ihn an. Zum Glück funktionierte das Feuerzeug. Bald quoll dicker, gelber Rauch empor, die Flammen stiegen mehrere Meter in die Höhe.

Fredric hustete und nieste und führte hinter dem Feuer einen wilden Tanz auf. Sein Schatten an der Felswand würde kilometerweit zu erkennen sein, und alle, die ihn sahen, mussten panische Angst bekommen. Geister, die in der Felswand tanzten!

Er beruhigte sich wieder und versuchte, sich ein objektives Bild von seiner Situation zu machen. Er stellte sich direkt hinter das Feuer, sodass aus dem Schatten auf der Klippe ein drei Meter hoher Fredric Drum wurde. Dann hielt er die eine Hand hoch und zeichnete Schattenbuchstaben in die Luft: Langsam und immer wieder beschrieb er sorgfältige Kreise und Bögen: SOS.

Hoffentlich waren sie nicht abergläubisch! Hoffentlich glaubten sie nicht an ein Wunder, das sie da oben an der Felswand hoch über dem Meer erblickten! Eine Vision, eine nächtliche Luftspiegelung als Ergebnis einer übermäßigen Camogli-Feier. Fischer, dachte Fredric Drum, Fischer sind vernünftige Menschen.

Er legte auf dem Feuer Gras nach und zeichnete weiter das SOS-Zeichen in die Luft. Plötzlich sah er seine wahre Natur: Er befand sich in der Antike, in Platons Höhle, er war ein Schatten, er war ein *idolum*, ein Abbild von etwas, das unabhängig von der wahren Welt der Ideen existierte. Genau gesagt, war er Idolum Drum. Aber vor dem Feuer stand Fredric Drum, der Wirkliche, der Echte, der Platon zufolge nicht wahrnehmbar war.

Er hoffte allerdings doch, dass er wahrnehmbar war. Dass die Fischer nicht zu viel Platon gelesen hätten und den Schatten an der Felswand für die eigentliche Wirklichkeit hielten.

SOS. SOS. Er fuhr so lange damit fort, SOS in die Luft zu schreiben, bis das Feuer vollkommen heruntergebrannt war und es kein Gras mehr auf seinem Vorsprung gab.

Gespannt starrte Fredric in die Dunkelheit, zu den Fischerbooten hinaus, die er nicht mehr hatte sehen können, solange das Feuer noch brannte. Sie waren verschwunden. Draußen auf dem Meer war es finster.

Er sah auf die Uhr. Es war ein paar Minuten nach neun. Wie lange hatte sein Schattenspiel gedauert? Zehn Minuten, eine halbe Stunde, eine Stunde?

Er war blind, geblendet, zeitlos und stumm.

Die Boote waren verschwunden.

Hatten sie etwas gesehen? Hatten sie begriffen, dass sich hier ein Mensch in größter Not befand? Wo waren sie geblieben? *Waren es überhaupt Boote mit lebenden Menschen gewesen?*

Hatte er überhaupt irgendeinen festen Anhaltspunkt, etwas Konkretes, das Anlass zur Hoffnung gab? Eine Versicherung, dass sein Leiden in dieser absurden Situation bald ein Ende finden und er stattdessen zwischen den Marmorsäulen im Tempel der Aphrodite wandeln würde? Wo Krüge voller Wein entlang den Wänden aufgestellt waren und der Duft von Myrrhe und Balsam für Wohlgefühl und Seelenfrieden sorgte. Wo der Böse Plan, die Kabbalisten, die Ritter der Dunkelheit, die Satanisten, die Väter der Langen Messer, der Ochsenmensch, die Titanen der Labyrinthe und die Exorzisten in die Abgründe der Keller vertrieben und durch die Tamburine der Tänzerinnen ersetzt worden waren. Die Süßen Früchte der Guten Mütter, die sanften Töne der Syrinx, der Küchenchef und Sommelier der Bacchanale mit der Wärme des Weißen Feuers und den Daunendecken des Großen Bettes.

Der Kristallstern. Wenn er doch bloß den Kristallstern in der Tasche gehabt hätte. Er war nackt.

Halb sitzend, halb liegend lehnte er an der Felswand. Er

schlief nicht, war nicht wach, fror nicht, hatte es nicht warm. Er war nichts. Doch, er war in einer Schattenwelt. Dort würde er mit Geneviève tanzen, bis die Sonne aufging. Dann würden sie über das Meer hinausfliegen, über die Wellen schweben.

Drei Polizisten hatten ihn den Abhang hinuntergestoßen. Sie zogen ihn wieder hoch. Stießen ihn wieder nach unten. Er rollte und fiel. Wurde wieder hochgezerrt und erneut hinuntergestoßen. Rauf. Runter. Rauf. Runter. Drei Polizisten lächelten. Er war der Stein. Der Stein des Sisyphos. Rauf. Runter. Rauf. Runter. Die Titanen lächelten, der dreiköpfige Titan in Uniform. Sie lachten. Alle Köpfe lachten jedesmal, wenn er rollte und fiel.

Fredric richtete sich jäh auf. Er war schweißüberströmt, seine Zunge war im Mund auf die doppelte Größe angeschwollen. Er hörte ein Geräusch. Ein lautes Geräusch! Das war ein Brummen. Es war gewaltig und dröhnte in seinen Ohren.

Dann fegte plötzlich ein scharfer Lichtkegel über die Felswand. Das Licht kam von einem Hubschrauber, der zwanzig, dreißig Meter entfernt in der Luft hing. Fredric sah ihn deutlich. Er war weiß und trug am Heck ein großes rotes Kreuz.

Keine halluzinatorischen Engel. Ein echter Hubschrauber.

Er stand ganz still und hob vorsichtig eine Hand. Sie sahen ihn nicht. Er stand im Dunkeln. Der Lichtkegel war über, unter, neben ihm. Dann wurde er plötzlich von dem starken Licht geblendet und fiel auf den Felsboden zurück.

Aus dem Helikopter wurde gerufen, gefuchtelt, gestikuliert. »*La! Un signore! La corda, rapido!*«

Er sah das Seil, das von dem Hubschrauber aus zu seinem Vorsprung herabgelassen wurde, und durchschaute das System. Ohne Probleme legte er sich die Tragegurte an und überprüfte die Verschlüsse zweimal, bevor er das Startzeichen gab. Dann wurde er hochgezogen.

Sie zerrten ihn durch die Luke und legten ihn auf eine

Trage. Drum zeigte auf eine Flasche. Er trank. Spumante. Und übergab sich. Dann trank er noch mehr Spumante und lächelte. Sie fielen sich gegenseitig ins Wort und fragten nach allem gleichzeitig. Fredric schüttelte den Kopf und schloss die Augen. Dann richtete er sich halb auf und sagte leise, aber deutlich:

»*Signori. Mi scusi. Grazie.* Könnten Sie so nett sein, mich nach Ofanes zu transportieren? Zur Polizeiwache. *Per favore.*«

Wenige Minuten später, um Viertel vor zwei in der Nacht, landete der Rettungshubschrauber auf dem menschenleeren Marktplatz der kleinen Ortschaft Ofanes, direkt neben der Polizeiwache.

Fredric Drum stieg selbstständig aus dem Helikopter, ging direkt auf die Tür der Polizeiwache zu und klopfte an. Von innen wurde geantwortet.

2.
Er bestreitet jegliche Kenntnis vom Kalabrischen Falken, genießt ein Glas »Taurasi Riserva 1982« und fällt in tiefe Gedanken

Fredric Drum öffnete die Tür und gelangte in einen kleinen Raum, in dem es einen großen Schreibtisch mit einem Telefon, einen Stuhl und eine Bank direkt neben der Tür gab. Sonst nichts. Das also war die Polizeiwache dieses Ortes.

Auf dem Stuhl saß ein dicker, kleiner Mann mit einer Glatze und müden, geröteten Augen. Er sah aus, als habe er sich in aller Eile angezogen. Das Hemd war nicht zugeknöpft, und an den Füßen, die unter dem Tisch hervorragten, trug er Pantoffeln. Das war nicht weiter erstaunlich, denn schließlich war es mitten in der Nacht.

Fredric ahnte schon, dass es mit der Laune des Polizeichefs nicht zum Besten stand, aber das galt auch für seine eigene. Er mochte nicht stehen. Deshalb setzte er sich ungefragt auf die Bank.

»Verdammter Eierdieb!« Die Einleitung des Gesprächs war in einem schroffen und zischenden Ton gehalten, und Fredric schüttelte den Kopf, um Klarheit in sein Hirn zu bekommen. Hatte er richtig gehört?

»*Sì, Signor straniero*, Eierdieb! Glauben Sie vielleicht, wir wüssten nicht, was Sie da unten auf den Klippen wollten? Ha! Wir haben dieses Jahr schon Deutsche, Niederländer, Schweden und Dänen dabei erwischt. Sie wollten Eier von unserer seltenen Falkenart, dem *Falco calabrese*, stehlen. Der ist vom Aussterben bedroht, verstehen Sie?« Der Polizeichef zündete sich eine Zigarette an und bekam einen heftigen Hustenanfall.

»*Signor poliziotto …*« Drum konnte nur noch flüstern. Er fühlte sich plötzlich vollkommen leer, hatte keine Lust, irgendetwas zu erklären. Keine Diskussion. »Ich bin mit ganz anderen Absichten nach Ofanes gekommen, als Sie glauben. Ich will zwei Wochen lang hier bleiben. Im Albergo Anziano Ofani, dem einzigen Hotel hier am Ort, ist ein Zimmer für mich reserviert. Ich könnte morgen alles erklären, wenn ich nur meinen Koffer fin …«

»Erst mal unterschreiben Sie hier!« Der kleine, dicke Mann sprang von seinem Stuhl auf, vor ihm auf dem Schreibtisch lag plötzlich ein Blatt Papier.

Fredric dachte gar nicht daran, es durchzulesen. Er nahm einen Stift und unterschrieb mit einer unleserlichen Signatur.

»*Passaporto!*«, zischte der Polizeichef.

Fredric schüttelte bedauernd den Kopf. »Der ist im Koffer«, sagte er. »Ich komme morgen wieder.« Er ging zur Tür. »Können Sie mir sagen, wo ich den Albergo Anziano Ofani finde?«

Der Polizeichef schob ihn auf die Straße hinaus und zeigte mit einem fleischigen Finger auf einen dunklen Schatten, der ein paar hundert Meter oberhalb der einzigen Straße des Ortes, einer Sackgasse, lag.

»*Buona notte*«, sagte Fredric zum Dank und taumelte in die Dunkelheit.

Dreimal musste er sich ausruhen auf dem kurzen Weg zu dem Gebäude, das angeblich sein Hotel sein sollte. Seine Beine fühlten sich wie Gelee an. Er konnte an nichts anderes denken als an Essen und Trinken. Sein Durst war unerträglich. Endlich erreichte er die Tür. Das Gebäude war dunkel, nirgendwo ein Licht. Müde registrierte er, dass es sich um ein sehr altes Bauwerk handeln musste. Nach langer Suche fand er zu guter Letzt etwas, das an eine Türglocke erinnerte: Eine

Schnur mit einem Schild darunter, das zum Ziehen aufforderte.

Irgendwo da drinnen hörte er eine Glocke läuten. Er wartete. Nichts passierte. Daraufhin zog er noch mehrmals kräftig an der Schnur. Endlich sah er Licht in einem Fenster und hörte tapsende Schritte. Die Tür wurde einen Spaltbreit geöffnet.

Fredric erblickte einen älteren Mann in einem Schlafrock. Er trug einen dunklen Vollbart, der an einen griechisch-orthodoxen Bischof erinnerte, und hatte eine lächerliche hellblaue Nachtmütze auf dem Kopf. Der Mann starrte den Gast verschreckt an.

Fredric stellte sich vor und erklärte, dass er ab vorgestern für zwei Wochen hier ein Zimmer reserviert habe. Dass ihm leider unterwegs ein kleines Unglück widerfahren sei und es ihm äußerst leidtue, zu dieser nächtlichen Stunde hier anzukommen.

Der Mann, dessen Alter irgendwo zwischen vierzig und sechzig liegen mochte, lächelte plötzlich und öffnete die Tür sperrangelweit. Dann winkte er Fredric herein. »*Sì, Signore*«, sagte er, »wir haben Sie schon erwartet. Die schöne, junge Dame hat sich Sorgen gemacht. Sie brachte Ihren Koffer vom Busbahnhof hierher. Sie ist doch Patientin in Dr. Umbros Klinik, nicht wahr?«

Fredric nickte und atmete erleichtert auf. Jetzt schienen die Dinge endlich wieder ins Reine zu kommen. Ein Hotel, in dem er willkommen war, sein Koffer war bereits eingetroffen, und Geneviève wartete auf ihn.

»Signor Gianfranco Garrofoli.« Der Hotelbesitzer stellte sich mit einem festen Händedruck vor. »Sie sehen müde und mitgenommen aus. Möchten Sie etwas zu essen und zu trinken haben, bevor wir Ihnen Ihr Zimmer zeigen?«

Fredric nahm das Angebot dankend an und wurde in einen kleinen Salon mit schweren Möbeln geführt, der nach Kampfer und Bienenwachs roch. Die Beleuchtung war spärlich. Der Hotelier drückte ihm das Gästebuch in die Hand und verschwand. Während Fredric sich umständlich eintrug, hörte er Rufe und Befehle aus dem Inneren des Hauses. Eine zornige Frauenstimme versuchte aufzubegehren, wurde aber gebieterisch zusammengestaucht vom tiefen und entschiedenen Bass des Hausherrn.

Fredric blätterte im Gästebuch. Er war der einzige Gast. Die letzten Gäste waren vor mehr als einer Woche abgereist. Liegt ja nicht gerade an einer touristischen Hauptroute, dachte er. Nur Eiersammler. *Falco calabrese.*

Eine magere, faltige Frau mit schwarzer Schürze über einem weißen Nachthemd servierte ihm Brot, Schinken, Melone und Ei sowie einen großen Krug Wasser und eine frisch geöffnete Weinflasche. Sie lächelte nicht und zuckte zusammen, als Signore Garrofoli ihr zurief: »Das Zimmer, Andrea. Du musst den Priester anfeuern, während unser Gast sein Essen zu sich nimmt! Siehst du nicht, dass er müde ist? Den Priester, hörst du!«

Fredric aß kleine Portionen des hellen Brots. Trank Wasser. Nahm etwas Schinken und Ei zu sich. Er aß langsam und kaute gründlich. Der Priester? Wovon sprachen die eigentlich? Es war ihm letztlich egal. Jetzt würde er bald schlafen, jetzt würde er bald unter einer weichen Bettdecke liegen und gut träumen. Sein Magen rumorte unwillig, doch behielt er das Essen bei sich. Fredric wagte es, ein Glas halb mit Wein zu füllen. »Taurasi Riserva 1982«, las er auf dem Etikett. Er wusste, dass dieser Wein aus Gaglioppo-Trauben gekeltert wurde. Merkwürdige Trauben, merkwürdiger Wein.

Er schnupperte, rollte einen Schluck im Mund herum und trank. Der Wein war gut. Der Geschmack war wunderbar.

Mit Hilfe des Weins beruhigte der Magen sich schließlich völlig. Fredric spürte, wie sich allmählich ein gutes, warmes Gefühl in seinem Körper ausbreitete. Die Augen fielen ihm zu.

»Signor Drum!« Der Hotelbesitzer beugte sich über ihn. »Sie dürfen nicht hier einschlafen. Das Zimmer ist bereit. Folgen Sie mir.«

Fredric schenkte sich das Weinglas noch einmal halb voll, nahm es mit und folgte dem Hotelier. Sie gingen mehrere Korridore entlang und eine breite Steintreppe hinauf in den ersten Stock. Hier war der Gang so schmal, dass man sich beinahe seitlich vorwärtsbewegen musste. Überall war es schummrig. Signore Garrofoli öffnete eine Tür.

»Kommen Sie, Signore. Alles ist bereit. Wie Sie sicher merken, ist es hier etwas feucht, aber diese Feuchtigkeit verschwindet, wenn der Priester erst mal ein Weilchen gebrannt hat. Ihr Koffer steht da drüben.«

»Grazie.«

»Das Bad liegt am Ende des Korridors. Wir werden dafür sorgen, dass Sie morgen nicht vor elf Uhr gestört werden. Wünschen Sie ein Frühstück?« Der Hotelier zog sich in Richtung Tür zurück.

»Nein danke, Signore. Kein Frühstück.« Fredric stellte das Weinglas auf dem Nachttisch ab.

Der Hotelier ging.

Fredric rieb sich die Augen. Dieses Zimmer konnte nicht der Gegenwart angehören. Ein solches Hotelzimmer hatte er noch nie gesehen! Das Bett war ein Monstrum, eine Art Himmelbett mit schweren Balken als Himmel, das mitten im Zimmer stand. Unter der Matratze, mit hinreichendem Abstand zum Fußboden, befand sich ein Rost. Auf diesem Rost konnte er ein flaches Becken mit schwelender Glut erkennen, die einen gelblichen Schimmer verströmte. Das also war der Priester! Es schien äußerst riskant, sich über dieses Glutbecken zu legen, aber er beruhigte sich damit, dass es sich hierbei bestimmt um eine alte und lange erprobte Heizmethode handelte.

Die Wände des Raumes bestanden aus grobem Naturstein. Es gab Nischen und Simse, auf denen Krügen und Schüsseln standen, sowie ein kleines Fenster hoch oben an der Wand, vor dem ein Eisengitter befestigt war. Neben dem Bett stand ein riesengroßer Nachttisch mit Schnitzereien, der aus dem Mittelalter zu stammen schien. Ansonsten gab es noch eine Kommode, einen Schrank, ein paar Stühle und einen Spiegel. Alles im selben groben, antiken Stil.

Es musste sich hier um eine Mönchszelle handeln, die zu einem Hotelzimmer umgestaltet worden war. War der Albergo Anziano Ofani ursprünglich ein Kloster gewesen? Er hatte keine Kraft mehr, zu diesem Zeitpunkt mit seinen Grübeleien fortzufahren. Stattdessen zog er sich lieber aus und kroch unter die Bettdecke. Ein Laken mit zwei Wolldecken darüber. Es roch modrig, aber er spürte, wie von der Unterseite des Bettes eine angenehme Wärme aufstieg. Der Priester funktionierte.

Fredric leerte den restlichen Wein, blies die Öllampe auf dem Nachttisch aus und schlief ein, bevor er auch nur seinen Kopf auf das Kissen gelegt hatte.

*

Fredric Drum wurde dadurch geweckt, dass ihm die Sonne direkt ins Gesicht schien. Verwundert sah er sich um. Für ein paar Sekunden war er vollkommen desorientiert. Er wusste weder, wer er war, noch wo er sich befand. Dann wurde ihm alles klar.

Er richtete sich im Bett auf. Die Sonne schien durch das kleine Fenster, und das Zimmer war jetzt deutlich zu erkennen. Es war gar nicht so düster, wie es in der Nacht gewirkt hatte, sogar gemütlich. Altmodisch, aber gemütlich. Er hatte nichts dagegen, in einem Zimmer mit Museumsgegenständen zu wohnen. Die schufen immerhin Atmosphäre. Eine Atmosphäre der Kreativität für den Auftrag, den er zu erfüllen hatte.

Er kratzte sich. Überall an seinem Körper hatte er heftig juckende kleine Wunden. Die Ameisen hatten ihre Spuren hinterlassen. Aber ansonsten fühlte er sich gut erholt; ja er strotzte nur so vor Energie.

Er blieb noch etwas liegen und übersetzte einen lateinischen Text, der eingerahmt über der Kommode hing. Er war eigenartig und hatte folgenden Wortlaut: *Die Eingeweihten mögen gut ruhen. Diejenigen, die sich an der äußersten Grenze dieser Lebensform aufhalten, mögen im Schlaf nach Plutarchs Anamnesia suchen.*

Er suchte das Badezimmer auf und gönnte sich eine gründliche Morgendusche. Dann rasierte er sich und studierte eingehend sein Gesicht. Abgesehen von den pickelartig geschwollenen Ameisenbissen sah er doch eigentlich gar nicht so übel aus.

»Geneviève, Geneviève«, murmelte er halblaut vor sich hin, während er sich mit Rasierwasser einrieb. Er fühlte, dass sein Herz außergewöhnlich schnell schlug. Sollte er tatsächlich seine Liebste wiedersehen?

Plötzlich kamen ihm ernstere Gedanken. Er konnte ihr nicht erzählen, was wirklich passiert war. Schließlich wollte er sie unter keinen Umständen aufregen. Er musste sich eine andere Geschichte als Erklärung für seine Verspätung ausdenken. Eine schön einfache Notlügengeschichte.

Plutarchs *Anamnesia*. Anamnesia, Gedächtnis. Er nahm den Rahmen von der Wand und legte ihn mit dem Rücken nach oben auf die Kommode. Er mochte das Zitat nicht.

Fredric suchte sich frische Kleidung aus dem Koffer, außerdem seinen Pass und eine Reihe anderer Papiere, die seine Pläne hier in Ofanes bestätigen konnten. Eierdieb! Er würde es dem Polizeichef schon zeigen. Heute war er wieder wach und eloquent genug, um ihm alles zu erklären.

Jetzt bei Tageslicht sah das Gebäude eher wie ein Hotel aus. Unten an der Rezeption grüßte er munter Signore Garrofoli, der zurücklächelte.

»Das französische Fräulein hat angerufen«, sagte er. »Sie hat sich sehr gefreut, als ich ihr sagte, dass Sie angekommen sind. Ich soll Sie von ihr grüßen und ausrichten, dass sie den ganzen Nachmittag und Abend Ausgang von der Klinik hat. Sie könnte Sie um drei Uhr in der Trattoria am Marktplatz treffen.«

Fredric spürte, wie er errötete! Wie einem Teenager schoss ihm die Röte ins Gesicht, während er an einem unsichtbaren Gegenstand in seiner Innentasche nestelte. Er bedankte und verbeugte sich, während er rückwärts aus der Tür trat.

Ofanes.

In das helle Licht der Vormittagssonne getaucht, lag ihm das Städtchen zu Füßen. Die Turmuhr an der weißen Kirche inmitten der Stadt schlug elfmal. Eigentlich konnte man es kaum Stadt nennen. Es war eher ein Dorf, das aus acht bis zehn Häusern bestand, die sich um den Marktplatz und die Kirche herum zusammendrängten. Das mittelalterliche Hotel, in dem er wohnte, lag ein wenig abseits auf einer kleinen Anhöhe, auf der einige alte, knorrige Olivenbäume den Ziegen Schatten boten. Von den Häusern aus führte ein Schotterweg in östliche Richtung ein paar hundert Meter zum Meer hinab. Dort gab es einen kleinen Bootssteg, an dem fünf oder sechs Fischerboote vertäut lagen. Auf beiden Seiten des Schotterweges wuchsen Olivenbäume und Rebstöcke.

Dem Hotel gegenüber, auf der anderen Seite der kleinen Anhöhe, lag ein größeres Gebäude ohne Dach. Es schien im selben Stil wie das Hotel gebaut zu sein, aber man hatte es eben nicht in Schuss gehalten.

Fredric stand da und betrachtete diesen Teil des Ortes mit Interesse. Hinter dem Gebäude, am Fuße eines steilen Berghangs, lag etwas, das an einen alten Herrenhof erinnerte. Ein großes, gut erhaltenes Haus mit zwei Flügeln, die einen Innenhof bildeten, und einem großzügigen Portal, an dem zu lesen war: »OSPEDALE VITOLLO UMBRO«. Da war es also! In diesem Haus befand sich Geneviève, dort bekam sie ihre wirkungsvolle Behandlung.

Zur Linken des Hospitals, das den Namen des weltberühmten Arztes trug, sah Fredric ein größeres Gebiet, in dem offensichtlich archäologische Ausgrabungen stattfanden. Hier und da erhoben sich Ruinen zwischen den roten, frisch aufgeworfenen Erdhügeln. Das Ausgrabungsgelände reichte fast bis zu den Häusern des Ortes hinunter.

Dort hatte also der *Kodex Ofanes* fast zweitausend Jahre lang im Verborgenen gelegen. Fredric spürte ein Kribbeln unter dem Brustbein.

Dann glitt sein Blick den steilen Berghang hinauf. Ein Weg schlängelte sich dort zwischen den Weinstöcken bis zur Kuppe, die mindestens hundert Meter über dem Dorf liegen musste. Und dort oben auf dem Plateau lag doch tatsächlich eine Burg! Sie war eindeutig bewohnt, denn eine Flagge wehte über einem der Türme, und Fredric konnte Wäsche erkennen, die oben auf einer Mauer zum Trocknen aufgehängt war.

Das war wirklich schön. Ofanes stieg um mehrere Stufen in seinem Ansehen. »Hier kann man bauen und wohnen«, zitierte er frei nach einem großen Dichter und nieste viermal.

Er schlenderte zum Marktplatz hinunter. Außer der Kirche und der Polizeiwache gab es noch eine Metzgerei, einen Eisenwarenhandel, eine Trattoria mit kleinen Tischchen zum Draußensitzen und ein paar andere Lädchen. Überall spielten Kinder, lebhaftes Geschrei war zu hören, und kleine Mopeds und Vespas parkten kreuz und quer. Ganz wie man es sich vorstellt.

Er setzte sich an einen der Tische vor der Trattoria. Dort bestellte er einen Espresso, zwei Cornetto und eine Flasche Wasser ohne Kohlensäure. Der Besitzer begrüßte ihn höflich, nahm die Bestellung entgegen und betrachtete Fredric lange und gründlich von der Türöffnung aus, während dieser aß.

Abgesehen von zwei alten Männern am Nachbartisch, die ihren Vormittagsgrappa tranken, war Fredric der einzige Gast.

»Eierdieb!«, kicherte er plötzlich laut und ließ die trostlosen Ereignisse der letzten beiden Tage noch einmal Revue passieren. Der Trattoriabesitzer näherte sich, weil er glaubte, der Ausbruch des fremden Gastes verheiße eine neue Bestellung, aber Drum winkte ab.

Mit dem Polizeichef würde er noch Tacheles reden! Irritiert blickte er zur Polizeiwache hinüber. Die Tür stand offen.

Fredric hatte eine Geschichte zu erzählen. Er hatte Papiere vorzuweisen. Und er hatte seine Freundin in der Klinik von Dr. Umbro.

Er legte genügend Lire auf den Tisch und machte einen Umweg um die Kirche herum, damit der Trattoriabesitzer nicht glaubte, er laufe geradewegs zur Polizei, um ihn wegen des soeben verspeisten Essens anzuzeigen.

Derselbe dicke Polizist saß auf demselben Stuhl hinter seinem Schreibtisch. Dieser sah klinisch rein aus. Kein Blatt Papier lag darauf. Jetzt war der Mann vollständig angezogen und schwitzte. Die Jacke und der Schulterriemen saßen stramm, aber nicht besonders elegant. In der einen Hand hielt er eine Fliegenklatsche, in der anderen ein Glas, das vermutlich Grappa enthielt.

»*Giorno.*« Fredric grüßte kurz und bestimmt.

»Aha«, grunzte der Dicke. Sein Blick war wässrig und verriet eine Spur von Angst vor unvorhergesehenen Arbeitsaufgaben, die auf ihn zukommen könnten. »Sie kommen sicher, um das Bußgeld und den Schadensersatz wegen der Eier zu bezahlen!« Aus einer Schublade zog er das Formular mit Frederics unleserlicher Unterschrift hervor.

Fredric starrte den Mann streng an und streckte die Hand nach dem Blatt Papier aus. Er bekam es zu fassen. Dann riss er es in vier Teile und legte es auf den Schreibtisch zurück.

»Jetzt hören Sie mir mal zu«, sagte er mit fester Stimme. Dann erzählte er so knapp und verständlich wie möglich, was passiert war. Der Polizeichef wollte ihn mehrmals unterbrechen, doch Drum hielt ihm abwehrend die Hände entgegen. »Also, *Signor poliziotto*«, sagte er abschließend, »jetzt erwarte ich von Ihnen, dass Sie diejenigen Ihrer Kollegen ausfindig machen, die mich in den Abgrund gestoßen haben, und dass Sie herausfinden, was der Sinn und Zweck dieser Tat war. Haben Sie das verstanden?«

»Sie Idiot!«, brüllte der Dicke und erhob sich halb von seinem Stuhl. »Und das soll ich glauben?«

»Sie können glauben, was Sie wollen. Genau so ist es gewesen. Im Bus saßen vier Zeugen.« Fredric warf seinen Pass und die Empfehlungspapiere von Professor Donato d'Angelo auf den Schreibtisch.

Der Polizeichef studierte alles gründlich, während er wütend mit der Fliegenklatsche um sich schlug. Der Schweiß lief ihm in schweren Tropfen über die Stirn. Dann griff er zum Telefonhörer, während er murmelte, dass er dem Polizeidistrikt Crotone angehöre und sich mit seinen Vorgesetzten beratschlagen wolle.

Ein langes und lautes Telefongespräch folgte.

Als er den Hörer auflegte, lächelte er listig und kniff die Augen zusammen.

»Signor Drum«, sagte er einschmeichelnd. »Sie lügen. Sie sind ganz schön frech und haben viel Phantasie. Aber das ist ja vielleicht die Voraussetzung dafür, mit Professor d'Angelo zusammenarbeiten zu können.« Diesen Namen sprach er zischend vor Verachtung aus. »Mein Chef in Crotone, der die Kontrolle über alle polizeilichen Aktivitäten hier im Bezirk hat – verstehen Sie: über *alle* –, er hat mir gesagt, dass zu dem Zeitpunkt, von dem Sie sprechen, überhaupt keine Patrouillen unterwegs waren. *Pronto*. Wenn Sie nicht auf der Stelle das Bußgeld und den Schadensersatz bezahlen, dürfen Sie diese Stadt nicht verlassen, haben Sie das begriffen?«

Fredric lächelte eiskalt zurück. »*Buono*. Es saßen vier Zeugen im Bus. Und ich werde diese Stadt sowieso nicht verlassen, bevor dieser Vorfall aufgeklärt worden ist.« Er drehte sich um und ging.

Der dicke Polizeichef füllte sein Glas aus einer durchsichtigen Flasche, die er hinter dem Schreibtisch versteckt hatte, wobei er boshaft grinste.

Fredric suchte die archäologischen Ausgrabungsstätten auf. Das Gebiet war nicht abgesperrt. Daher konnte er sich frei bewegen. Jetzt gab es gerade keine Aktivitäten, aber Professor d'Angelo sollte in einigen Tagen zusammen mit einer Gruppe aus Rom hier eintreffen. Sie wollten vor Ort Aufzeichnungen machen. Fredric setzte sich auf eine Mauer und betrachtete das Gelände: halb geborstene Säulen, Bodenmosaiken, Fundamente mehrerer großer Häuser, Treppen und Absätze. Er meinte, die Überreste eines Tempels zu erkennen.

Donato d'Angelo. Der Professor schien bei den lokalen Polizeibehörden nicht gerade beliebt zu sein. Wieso eigentlich nicht? Was war hier bloß los? Es war nicht zu übersehen, dass nichts so war, wie es sein sollte. Zum Beispiel hatte jemand etwas dagegen, dass Fredric Drum hier war.

Crotone. Der Bus, aus dem man ihn geworfen hatte, war auf dem Weg nach Crotone gewesen. Die Zeugen des Vorfalls waren wahrscheinlich dort zu finden. Aber Crotone war eine große Stadt. Ihm war klar, dass eine Suche nach ihnen so gut wie aussichtslos wäre. Trotzdem hätte er nichts dagegen, die Stadt irgendwann einmal zu besuchen. Vielleicht zusammen mit Geneviève? Er hatte gelesen, dass Crotone bis zum Jahr 272 nach Christus griechisch gewesen war. Gegründet offenbar von den Achäern im Jahr 710 vor Christus. Dann war Crotone allmählich zur wichtigsten Stadt Italiens geworden. Pythagoras von Samos hatte sich hier mit seiner berühmten Philosophenschule niedergelassen, in der die Grundregeln der Geometrie, der Arithmetik, der Ethik und der Ontologie im Allgemeinen entwickelt worden waren. Alles bekannt. Doch hatten sie womöglich noch mehr hervorgebracht?

Wer war wohl genau hier, wo er jetzt saß, vor über zweitausend Jahren umhergegangen, in diesem großartigen Gebäudekomplex, auf diesen schönen Steinböden, unter Bögen und Säulen aus Marmor? Worüber hatten sie damals gesprochen?

Der *Kodex Ofanes* würde bestimmt das meiste erklären können, wenn er denn richtig gedeutet würde.

Ein Mann mit Uniformmütze schlenderte Fredric entgegen. Ein Wachmann. Er grüßte höflich und kratzte sich hinter dem Ohr. »Interessiert Sie das?«, fragte er vorsichtig.

»*Sì, Signore,* sehr sogar.« Fredric entspannte sich wieder. Der Wachmann machte einen freundlichen Eindruck. »Ich werde mit Professor d'Angelo wegen einiger kleiner Probleme zusammenarbeiten. Ich komme aus Norwegen.«

Das Gesicht des Mannes hellte sich zu einem breiten Lächeln auf. »Aha«, sagte er. »Sie sind also *norvegese*. Dann müssen Sie Signor Drum sein.« Er gab Drum die rechte Hand und stellte sich als Signor Loppo vor. Er kümmere sich darum, dass das Gelände vor Souvenirjägern sicher war.

»Also hat Professor d'Angelo mein Kommen schon angekündigt?« Fredric fühlte sich geschmeichelt.

»Nein, nein, ich habe es nicht von ihm gehört, sondern von der schönen französischen *Signorina*. Sie wartet auf Sie und hat so viel von Ihnen erzählt, wenn wir abends in Signor Rattis Trattoria gemütlich zusammensaßen. Sie sind Experte für die Entschlüsselung geheimer Sprachen und Codes, nicht wahr? Und außerdem lieben Sie guten Wein, was?« Er stupste Fredric kameradschaftlich in die Seite und setzte sich neben ihn auf die Mauer. »Sie ist übrigens dank der Behandlung durch Doktor Umbro wieder fast ganz gesund. Er kann wirklich Wunder bewirken.«

Sie redeten noch eine Weile über alles Mögliche, und Fredric gewann den Eindruck, dass der Professor durchaus nicht unbeliebt war, ganz im Gegenteil.

»Signor Loppo.« Fredric Drum versuchte, seine Frage richtig zu formulieren. »Sind Signor d'Angelo und der Polizeichef gute Freunde?«

»Ha!« Signore Loppo sprang von der Mauer. »Dieses Schwein! Entschuldigen Sie, dass ich Vittorio Nuragus ein Schwein nenne, aber das ist er eben. Er ist so faul, dass er freiwillig keinen Finger rührt. Er ist gerade noch dazu bereit, seine Pastagabel an den Mund zu heben. Nein, sie sind wirklich keine guten Freunde, vor allem nachdem vor einem Monat die beiden Jungs so plötzlich umgekommen sind. Eine Tragödie, was für eine traurige Geschichte. Ich kenne ihre Eltern, und die können es einfach nicht fassen.« Er setzte sich wieder auf die Mauer.

»Ach?« Drum wurde neugierig. »Erzählen Sie doch mal.«

»Es ist eine rätselhafte Geschichte. Die beiden Jungen Marco Albelli und Aldo Puggi waren fünfzehn Jahre alt. Sie haben bei den Ausgrabungen mitgeholfen, um sich ein paar Lire zu verdienen. Nette, lebhafte und anständige Jungs waren das. Eines Tages, vor etwas über einem Monat, wurden sie plötzlich beide tot an der Mauer gefunden, die Sie da hinten sehen.« Signore Loppo zeigte Fredric die Stelle und fuhr fort: »Es wirkte so, als ob sie einfach so, ohne Grund, gleichzeitig von der Mauer gefallen und gestorben wären. Die Obduktion konnte keine Todesursache ermitteln, aber Professor d'Angelo war außer sich vor Wut und sicher, dass hier ein Verbrechen geschehen war. Zwei gesunde und geschickte Fünfzehnjährige fallen doch nicht einfach so von der Mauer. Nuragus kümmerte sich einen Dreck um die Ermittlungen. Er meinte, es handle sich um einen Sonnenstich oder so etwas.

Von einem möglichen Verbrechen wollte er nichts hören. Bedenken Sie nur, was für einen Papierkram er dann zu erledigen gehabt hätte! Verhöre und Berichte. Professor d'Angelo hat ihm irgendwann mitten auf dem Marktplatz eine kräftige Abreibung verpasst, sodass es der ganze Ort hören konnte.«

»Aber diese Todesfälle«, wollte Fredric wissen, »sind die dann noch untersucht worden?«

»Von wegen«, antwortete der Wachmann. »Die ganze Sache wurde niedergeschlagen, und die fette Sau Nuragus reibt sich die Hände.«

Nachdem der Wachmann gegangen war, um seiner Frau bei der Schlachtung eines Zickleins zu helfen, blieb Fredric grübelnd zurück.

Seine Gedanken führten zu nichts, und als es auf ein Uhr zuging, kehrte er in sein Hotel zurück. Die Tür stand offen, aber es war niemand an der Rezeption. Er blieb stehen und betrachtete die Einrichtung.

Die Rezeptionstheke bestand aus zwei antiken Säulenstümpfen, über die ein paar breite Bretter gelegt worden waren. Primitiv und elegant. An den Wänden hingen unzählige Ikonen und Kruzifixe sowie andere religiöse Symbole, unter anderem ein Schild mit dem Insignium des Heiligen Anakrion. Ein ketzerisches, düsteres Bild, braun und rissig vom Alter, stellte die Jungfrau Maria mit dem Bluteimer dar. Außerdem gab es da noch Regale mit alten, in Leder gebundenen Büchern. Fredric nahm eines heraus und schlug das Titelblatt auf: Paracelsus. *De Homunculis Operum Volumen Secundum. De Tournes MDCLVIII.* Falls dies das persönliche Eigentum des Hotelbesitzers war, hatte er einen recht bizarren Geschmack, fand Fredric. Aber es war wohl eher so, dass ein Großteil des Inventars schon seit Jahrhunderten zum Gebäude gehörte.

Er entdeckte seinen Schlüssel, nahm ihn vom Brett und ging die Steintreppe hinauf.

Obwohl die Türen in dem schmalen Korridor keine Nummern hatten, konnte er sich doch gut daran erinnern, wo er untergebracht war. Hier oben gab es nur vier Türen, von denen eine ins Bad führte. Er dachte sich, dass es schöner wäre, wenn das Hotel außer ihm noch andere Gäste hätte. Aber Ofanes war eben allzu abgelegen.

In den letzten Stunden, bevor er Geneviève wiedersehen würde, wollte er das Fragment, das er von Professor d'Angelo bekommen hatte, schon einmal oberflächlich studieren. Die Zeit verging jetzt trostlos langsam. Die Minuten schlichen nur so dahin.

Sein Zimmer war aufgeräumt, das Bett gemacht und der Priester entfernt worden. Der Rahmen mit dem lateinischen Zitat hing wieder an seinem Platz. Fredric wollte ihn gerade erneut abnehmen, als er entdeckte, dass jetzt etwas ganz anderes da stand. Das war ein völlig anderer Text!

Er setzte sich auf das Bett und stieß sich den Kopf an einem der niedrigen Balken. Auch diesmal war es Latein, und der Text lautete übersetzt: *Wer versucht, sich ohne Schlüssel in den Rosengarten der Philosophie einzuschleichen, wird dort keine Blumen finden, sondern grinsende Totenköpfe.* Da er auch von diesem Text nicht begeistert war, nahm er ihn resolut von der Wand und legte ihn auf einen Tisch in der Ecke.

Also dann. Er suchte seine Papiere heraus und setzte sich bequem auf das breite Bett. Endlich beschäftigte sich Fredric Drum wieder mit dem, was ihn auf dieser Welt am meisten faszinierte: mit der Deutung von Geheimschriften, ihrer Entschlüsselung, dem Eindringen in eine bisher unbekannte Welt, der Übersetzung von Botschaften aus fernen Zeiten. Er war konzentriert. Nichts konnte ihn stören. Er war glücklich in seiner privaten, verhexten Atmosphäre.

Für die Arbeit hatte er seine eigenen, ganz besonderen Werkzeuge entwickelt. Jahrelange Studien und fruchtbares Abtauchen in große Tiefen, zum Ursprung unserer Schrift, unserer Symbole und Bilder, hatten ihm zu einer Erfahrung verholfen, die nur wenigen anderen vergönnt war. Er hatte Systeme und Codeschlüssel für die Ursprachen entwickelt, Kombinationstabellen, Assoziationsmuster und Wurzeläquivalente, die so ausgeklügelt waren, dass es für jeden Außenstehenden sehr lange dauern würde, sich auch nur in das einfachste seiner Systeme einzuarbeiten.

Die trithemisch-champollianische Schraube. Mehrere Kreise mit Ursymbolen und Basisbuchstaben. Eine Scheibe, auf der jeder der Kreise gedreht oder durch andere auflegbare Kreise ersetzt werden konnte. Das war eines der Werkzeuge, die er entwickelt hatte. Wahrscheinlich passte es für alle Codes und jede Geheimschrift, die in unserer Kultur verwurzelt waren, von Kleinasien bis zur Atlantikküste. Auf die trithemisch-champollianische Schraube war er sehr stolz.

Die vier Zeilen des Textes, den er vor sich hatte, ähnelten nichts anderem, was er je gesehen hatte. Sie waren mitten in einen griechischen Text eingefügt und sahen aus wie folgt:

Die nächste Stunde verbrachte Fredric Drum auf seinem Bett sitzend. Er summte vor sich hin und redete laut mit sich selbst. Mehrmals nieste er aufgeregt und trank immer wieder aus einem Glas Wasser, das er auf dem Nachttisch abgestellt hatte.

Der Text, wenn es sich denn überhaupt um einen solchen handelte, erwies sich als sehr unzugänglich. Er folgte keinem Muster, dem Fredric bisher begegnet war. Schließlich blieb ihm nichts anderes übrig, als Tabellen und Kreise aus nichtmediterranen Kulturen zum Einsatz zu bringen. Aber er fand einfach keinen Ansatzpunkt. Die Symbole blieben ihm verschlossen.

Er setzte sich auf, rieb sich die Augen und blinzelte im Sonnenlicht, das durch das Fensterchen oben in der Wand drang. Diese Angelegenheit konnte sich als echte Herausforderung erweisen. Und wenn es irgendetwas gab, das er mit seiner grenzenlosen Neugier zu schätzen wusste, dann waren das Herausforderungen. Damit konnte er gelegentlich sogar seine Gesundheit gefährden.

Er legte die vier rätselhaften Zeilen beiseite. Stattdessen nahm er sich den griechischen Text vor, der sie einrahmte. Sein Inhalt war unverständlich, aber die einzelnen Wörter für sich genommen waren es nicht. Welche Botschaft mochte wohl dahinterstecken? Im Text kam eine Reihe von Namen vor. Fredric trug in sein Notizbuch ein:

Damippos: ? (Griechischer Mann, Gott?)
Odeion: Griechisches Theater, der Musik und dem Gesang geweiht
Apaturiefest: Traditionelles griechisches Fest zur Sommersonnenwende.
Simmias: Philosoph aus Theben (Notabene! Die thebanische Schule.)
Croton: ? (Mann, eigenartig, vergleiche die Stadt Crotone hier)
Ermetica: Ist das die Göttin der Hermetischen Philosophie?
Hephaistos: Gott des Feuers
Hekate: Göttin der Zauberei

Persephone: Herscherin über die Unterwelt
Cylotion: ?? (Person, Gegenstand?)
Chiron: Zentaur?
Synedrium: Versammlungsort
Umbilicus Telluris: Latein, bedeutet Nabel der Welt

Also gut. Es war durchaus möglich, dass Professor d'Angelo recht hatte: dass es sich hier wirklich um eine sogenannte Hermetische Schule der Philosophie handelte. Eine Richtung, die Weisheiten und Erkenntnisse behandelte, die den meisten Menschen nicht zugänglich sein sollten. Eine Richtung, die womöglich behauptete, die Antwort auf die innersten Mysterien des Lebens zu haben.

Die Namen in diesem Text konnten darauf hindeuten. Hier gab es Bezüge zu Feuer, Zauberei und der Unterwelt. Hier war vielleicht die Rede von einem Ritual, einem Schlüssel, der wichtige Bestandteile der Lehre dieser Schule enthüllen würde. Vielleicht waren gerade die vier Zeilen mit unbekannten Zeichen der eigentliche Schlüssel.

So sehr er sich auch bemühte, kam er doch zu keiner befriedigenden Erklärung dafür, warum er sich über die Kulturtradition des Mittelmeeres hinausbewegen musste, wenn er den Text deuten wollte. Es gab keine Verweise, weder bei den Namen noch bei den Begriffen des griechischen Teils, die einen Zusammenhang zu anderen Kulturen herstellten.

Also musste er sich an die bekannte Antike halten, an Altgriechisch, vielleicht auch *Linear A* oder *B*.

Endlich war es halb drei. Er legte alle Papiere beiseite und konzentrierte sich ganz auf den Augenblick, den wirklich großen Moment, das Treffen, auf das er sich schon so lange gefreut hatte.

Vor sich hin pfeifend ging er ins Bad und wusch sich gründlich. Dann studierte er sich sorgfältig im Spiegel. Sah er gut aus? Würde Geneviève ihn wiedererkennen? Er sah doch wohl nicht wesentlich älter aus als vor drei Jahren? Er rieb sich noch einmal mit Rasierwasser ein.

Dann holte er die Geschenke hervor. Den samischen Goldschmuck: ein wunderschönes Halsband, gehämmert und geschmiedet aus Gold, das er in Jaukko Pentas Goldschmiede in der Finnmarksvidda bei Karasjok gekauft hatte. Außerdem eine besonders edle Flasche Wein, verpackt in rotes Zellophan, das von einem blauen Band zusammengehalten wurde. Das war genau das richtige Geschenk.

Er trank zwei Gläser Wasser und bürstete imaginären Staub von seiner Hose. Dann schloss er die Zimmertür hinter sich ab.

Draußen auf dem Korridor war es schummrig, fast schon finster. Als er am Nachbarzimmer vorbeikam, zuckte er zusammen. Er starrte in ein bleiches, verschrecktes Gesicht. Das war Andrea, die ihm in der Nacht das Essen serviert hatte.

»*Mi scusi*«, brach es aus ihm hervor.

Sie gab keine Antwort, blieb nur auf der Stelle stehen. Fredric atmete tief durch und schlängelte sich an ihr vorbei, wobei er dämlich grinste.

An der Rezeption war immer noch niemand. Fredric wollte eigentlich seinen Schlüssel am Brett aufhängen, überlegte es sich jedoch anders und steckte ihn in die Hosentasche. Dann ging er in die Sonne hinaus.

Er suchte sich einen Tisch am Rande der Trattoria und setzte sich. Hier war viel los. Fast alle Tische waren besetzt. Es war Mittagszeit, und um ihn herum wurden große Mengen von Pasta verzehrt. Er selbst war überhaupt nicht hungrig. Er bestellte ein Glas Campari und dazu ein Wasser. Von seinem Stuhl aus hatte er Aussicht auf die Straße, die zu Dr. Umbros Hospital hinaufführte.

Fredric Drum war nicht er selbst. Sein Herz schlug heftig und sein Magen war angegriffen.

Da sah er sie. Elegant, leichtfüßig und strahlend schön kam

sie mit dem Wind angeflattert. Die Männer legten ihre Gabeln hin und starrten sie an.

Fredrics Wangen waren genauso rot wie sein Campariglas, als er ihr zuwinkte.

3.
Fredric Drum gibt den Düften Namen, er kann in die Sonne schauen, ohne zu niesen, und nimmt einen Schlüssel entgegen

Sie trug ein bernsteinfarbenes Kleid mit einem breiten, roten Gürtel, rote Schuhe und ein Stirnband in Rot und Orange. Ihre Taille war schmal wie die einer Wespe. Ihr braunschwarzes Haar reichte bis auf die Schultern und umkränzte ihr schönes, weiches Gesicht. Ihre Augen strahlten und sie lächelte.

Sie hätte durchaus Kleopatra sein können.

Sie hätte Helena sein können oder eine griechische Göttin, Aphrodite oder Hera.

Sie war Geneviève Brisson, neunundzwanzig Jahre alt, wieder gesund nach drei Jahren in einsamer Finsternis.

Fredric erhob sich von seinem Stuhl. Sie kam geradewegs auf ihn zu, baute sich vor seinem Tisch auf und zwinkerte ihm mit ihren großen braunen Augen zu. Dann lächelte sie glücklich und warf sich ihm an den Hals.

Er nahm einen Duft wahr, der die Bouquets aller Weine übertraf, die er jemals gekostet hatte. Er hielt sie behutsam in den Armen. So blieben sie lange stehen. Dann hob sie ihr Gesicht von seiner Schulter und sah ihn erneut an. In jedem Augenwinkel hing eine blanke Träne. Er selbst verspürte einen Kloß im Hals, der es ihm unmöglich machte, auch nur ein einziges Wort zu sagen.

»Fredric?«, flüsterte sie fragend, als ob sie nicht ganz begriffe, dass er es wirklich war.

»*Oui, c'est moi*«, krächzte er.

Schließlich setzten sie sich hin, und die Menschen um sie herum, die diesem romantischen Wiedersehen atemlos gefolgt waren, widmeten sich wieder ihrer Pasta.

»Du ... du bist wieder gesund?« Er wusste nicht, wie er das Gespräch beginnen sollte, und lächelte vorsichtig.

»Fast ganz gesund, sagt Vitollo, der Arzt. Und du, Fredric, ach, du ahnst ja gar nicht, wie oft ich an dich gedacht habe, wie ich mich nach dir gesehnt habe. Tief in meiner stillen Einsamkeit habe ich mich nach dir gesehnt, aber ich konnte das niemandem sagen. Ich ... ich«, sie blickte zu Boden, »ich habe sozusagen keine Vergangenheit, nur eine Zukunft ...«

Er ergriff ihre Hand und drückte sie fest. Dann holte er die Geschenke hervor, stellte sie vor ihr auf den Tisch und bat Geneviève, sie auszupacken.

Während sie damit beschäftigt war, bestellte er zwei Portionen Lasagne à la Ratti, die als Spezialität des Hauses galt. Außerdem zwei Gläser des Hausweins.

Sie war entzückt von dem Schmuck und legte ihn sofort an. Es sah so aus, als sei er speziell für ihren schlanken, weißen Hals geschaffen worden.

»*Formidable!*«, rief sie aus, als sie den Wein erblickte. »›Castello di Neive‹, das Schneeschloss, wie schön! Den müssen wir heute Nachmittag zusammen trinken, draußen im Garten beim Hospital. Oh, Fredric, wie sehr ich mich auf unser Wiedersehen gefreut habe!« Plötzlich glitt ein Schatten über ihr Gesicht.

»Fredric, was ist eigentlich passiert? Ich hatte solche Angst, dass dir etwas zugestoßen sein könnte. Warum ist der Koffer lange vor dir hier eingetroffen?«

Diese Frage hatte er erwartet und eine Geschichte vorbereitet. Er erzählte, er habe sich im Bus von Catanzaro plötzlich nicht wohlgefühlt, was wahrscheinlich an der ungewohnten Hitze gelegen habe. Er sei aus dem Bus getragen und bei einem armen Winzer untergebracht worden. Dort sei schließlich ein Arzt gekommen, der zu dem Ergebnis gelangt sei, dass es sich um nichts Ernstes handelte. Er habe nur ein wenig Ruhe und viel Flüssigkeit gebraucht. Unglücklicherweise habe er den Koffer im Bus vergessen und der Winzer kein Telefon gehabt, sodass er sie nicht hatte vorwarnen können. Aber jetzt sei er ja hier, gesund und munter wie nie zuvor.

»Ach, lieber Fredric, du musst besser auf dich aufpassen. Ich kann mich an das meiste, was da vor drei Jahren zu Hause in St. Emilion passiert ist, nicht mehr erinnern, aber du warst so mutig, so mutig. Das hat Vater mir erzählt. Du musst wissen, dass er dich sehr gelobt hat. Hast du übrigens gehört, dass wir endlich aufgewertet worden ist? Jetzt sind wir *Grand Cru Classé*.«

»Herzlichen Glückwunsch, das habt ihr wirklich verdient!« Sie prosteten sich zu und aßen eine Weile schweigend. Beide waren verlegen angesichts der glückseligen Erfüllung, die in diesem Augenblick lag.

Geneviève nickte vielen an den Nachbartischen freundlich zu. Sie erzählte, dass sie die meisten von ihnen kenne. In den letzten Wochen hatte sie oft nachmittags hier gesessen. Ihre Behandlungen waren immer um drei Uhr beendet gewesen. Sie wussten alle, dass sie auf ihren Freund aus *Norvegia* wartete.

»Hast du ihnen wirklich von mir erzählt?« Fredric trank einen großen Schluck aus seinem Weinglas. Seine Unsicherheit und Schüchternheit waren inzwischen verflogen. Er fühlte sich leicht, beschwingt und sprudelnd wie ein Spumante.

»*Mais oui*, ich habe erzählt und geträumt. Von deinen phantastischen Kenntnissen über alte Kulturen habe ich erzählt, dass du vielleicht bald *professeur* wirst und auf der Weinmesse in Bordeaux zum *Premier Connaisseur du Vin* gewählt worden bist. Hier kennen dich alle, Fredric.«

Er sah sich um, warf verstohlene Blicke auf ihm unbekannte Gesichter. Manche lächelten und nickten ihm zu, andere starrten neugierig zurück. Signore Ratti, der Trattoriabesitzer, lehnte an der Tür und erwiderte seinen Blick, doch konnte Fredric keine besondere Freundlichkeit darin erkennen.

Ein sonderbares Gefühl ergriff Besitz von ihm. Ein Gefühl, das ihm unangenehm war. Es wäre ihm lieber gewesen, inkognito hier zu sein. Wenn keiner von ihm gewusst hätte – vielleicht wäre ihm dann der Albtraum in der Felswand hoch über dem Ionischen Meer erspart geblieben?

»*Qu'est-ce que c'est?* Du bist plötzlich so ernst?« Sie ergriff seine Hand.

Er räusperte sich lächelnd. »Ich jage Schatten der Vergangenheit nach«, sagte er. »Auch ich habe in diesen Jahren schwere Zeiten durchgemacht. Jetzt sind sie vorbei. Endlich.«

»*Merci*«, sagte sie leise. »Dafür bin ich dir sehr dankbar.«

Sie waren mit dem Essen fertig. Geneviève bat Fredric, sie in den Garten vor dem Hospital zu begleiten. Dort sei es schön, still und friedlich, und sie könnten in Ruhe den guten Wein genießen. Danach sollte er sehen, wie sie wohnte. Vielleicht konnte er auch Doktor Umbro kennenlernen. Die anderen Patienten, es waren zur Zeit sieben, waren in ihrer Behandlung noch nicht so weit gekommen wie sie und hielten sich auf ihren Zimmern auf. Einige von ihnen waren sehr krank.

Die beiden bezahlten und gingen. Signore Ratti lächelte Geneviève höflich zu, mied aber Fredrics Blick.

Sie spazierten die Straße hinauf. Er legte seinen Arm um ihre Taille, und sie gab ihm einen Kuss auf die Wange. Sie lachten und alberten miteinander herum und winkten dem Wachmann bei den Ruinen zu, der ihnen eine neckische Bemerkung zurief.

Fredric blieb stehen und betrachtete das mächtige Portal: OSPEDALE VITOLLO UMBRO. Das Gebäude sah überhaupt nicht aus wie ein Krankenhaus, eher wie ein vornehmes Hotel. Sicher war es einmal ein alter Gutshof gewesen.

»Sieh mal!« Geneviève zeigte nach oben zu der steilen Anhöhe, auf der sich eine Burg befand. »Da wohnen Doktor Vitollos Onkel und Nichte. Das sind vielleicht komische Leute. Sie grüßen den Doktor nicht, und er besucht sie nie. Ursprünglich gehörte der Familie Umbro die ganze Gegend hier, bis hinauf nach Crotone im Norden. Jetzt ist der Landbesitz unter ihnen aufgeteilt. Doktor Vitollo hat die Gebäude hier unten übernommen, während sein Onkel die Burg und den Großteil der Weinberge bekommen hat. Um diese Weinberge hat es wohl einen langen Streit gegeben. Diejenigen, die auf den Doktor entfielen, hat er freigiebig unter den armen Fischern und Ziegenbauern verteilt. So muss wohl die Feindschaft zwischen den beiden entstanden sein, wie ich gehört habe.

Aber von Gianna Umbro, der Tochter des Onkels, solltest du dich wirklich fernhalten. Sie ist schön und gefährlich. Ich habe sie einmal gesehen, und danach habe ich zwei Nächte lang schlimme Träume gehabt. Aber jetzt erzähle ich dir alles Mögliche, was dich bestimmt nicht im Geringsten interessiert. Komm!« Sie nahm seine Hand und zog ihn zum Tor hinein.

Es interessierte ihn schon. Aber nicht jetzt.

Sie kamen in einen üppigen grünen Garten mit einer Quelle und mehreren Springbrunnen. Es gab wunderschöne Rosenbeete und Orchideen, die um antike Skulpturen, Torsi und Säulenstümpfe herum blühten. Auch das hier war ein Museum, dachte Fredric.

Im Schatten unter den Bäumen waren überall kleine Tische und Bänke aufgestellt. Aus dem großen Gebäude waren die Klänge einer Oper zu hören, Verdis *Nabucco*. Die Ruhe und Harmonie, die über diesem Ort lagen, waren vollkommen. Kein Wunder, dass scheinbar unheilbar verschlossene Menschen hier zu sich selbst fanden, dachte Fredric.

Geneviève zeigte auf einen Tisch und eine Bank, die windgeschützt unter einem üppigen Hibiskusstrauch aufgestellt waren. Dort wollten sie sitzen. Sie verschwand für einen kurzen Moment, um die Flasche zu entkorken und Gläser zu holen. Glücklich eilte sie durch den Haupteingang.

Er blieb auf der Bank sitzen und genoss die Düfte. Es waren intensive Düfte, aber der von Geneviève war intensiver als alle anderen. Er schloss die Augen und gab den Düften Namen. Namen aus dem fruchtbaren Vokabular der Ursprachen. Namen, deren innerste Bedeutung nur er, Fredric Drum, begriff. Die Erde, Gaias ursprüngliche Sprache. Archetypen aus der Urtiefe. Eine heimliche Harmonie, die man verstehen konnte, wenn man sie in den richtigen Zusammenhang brachte. *Er* kannte den Zusammenhang.

Danach öffnete er die Augen und konnte direkt in die Sonne blicken, ohne zu niesen.

Sie kam mit einem großen Tablett zurück, auf dem Gläser, einige Stücke italienischer Käse und kleine, blaue Trauben lagen. Sie stellte alles auf den Tisch. Dann ging sie auf Fredric zu, zog ihn von der Bank hoch und küsste ihn. Erst vorsichtig, dann schmiegte sie sich fest an ihn. Sie umarmten sich leidenschaftlich und fühlten, wie ihre Herzen schnell, schnell, schnell schlugen.

Dann rissen sie sich voneinander los und lächelten sich glücklich an. Fredric fühlte sich schwindlig, berauscht, jenseits aller Vernunft. Er war fünfunddreißig Jahre alt und kam sich vor wie neugeboren und konnte in Genevièves Worte einstimmen: Er hatte keine Vergangenheit, nur eine Zukunft.

Sie schenkte den Wein in die Gläser. Die roten Tropfen funkelten in der Sonne. Der »Castello di Neive« aus dem Jahr 1971 war dieses Augenblicks würdig. Die Trauben waren in Italiens bester Weingegend gereift. Der Wein war reich an Frucht, füllig, weich und einschmeichelnd. Er bestand aus Sonne, Schnee und Blumen.

Sie setzten sich nebeneinander auf die Bank und hielten sich an den Händen. Sie aßen, tranken und ließen ihre Verzauberung Wurzeln schlagen. Im Garten zwischen den Blumen und antiken Skulpturen hätten sie Figuren aus einer klassischen Romanze sein können.

»Was ist das Besondere an diesem Ort? Was macht die Menschen wieder gesund? Ihr sitzt doch sicher nicht den ganzen Tag hier und hört euch Opern an.« Bei Fredric gewann die Neugier die Oberhand.

»Das ist schwer zu erklären.« Geneviève wurde ernst. »Doktor Vitollo und seine Assistenten haben eine besondere Methode. Hier erinnert nicht viel an ein Krankenhaus. Wir sitzen in einem wunderschönen Raum mit freier Sicht über das Meer. Der Doktor selbst, oder einer seiner Assistenten, spielt auf einem Instrument, das ganz sanfte Töne von sich gibt. Alles löst sich auf. Du löst dich praktisch von dir selbst und kannst tun, was du die ganze Zeit wolltest, aber wegen deiner Krankheit nicht hast tun können. Nein, ich weiß nicht, wie ich es erklären soll. Aber vielleicht kannst du ja selber eines Tages mal mit dem Doktor sprechen.«

Fredric nickte. Natürlich hatte er schon von Klang- und Musiktherapien gelesen. Aber wie ließ sich ihre Wirkung erklären?

»Gibt es auch Leute, die Doktor Umbro nicht heilen kann?«

Geneviève sah zur Seite. »Das weiß ich nicht«, antwortete sie. »Vielleicht. Aber es kommt bestimmt darauf an, an welcher Krankheit man leidet.« Plötzlich lachte sie laut.

»Weißt du, was letzte Woche hier passiert ist? Ja, stell dir mal vor: Dieser merkwürdige Onkel da oben auf der Burg, ich glaube, er heißt Romeo, hat sich dort am Hang ein furchtbares Dieselaggregat anbringen lassen. Eine Maschine, die einen schrecklichen Krach machte und die Behandlung des Doktors so gestört hat, dass er stinksauer wurde. Diese

Maschine sollte Wasser hochpumpen, um es über die Weinberge zu versprühen, hatte der Onkel behauptet, und da konnte der Doktor noch so protestieren, die Maschine arbeitete Tag und Nacht. Schließlich hat Vitollo Dynamit gekauft und das Monstrum in die Luft gesprengt. Danach hat er seinem Onkel einen Scheck geschickt, eine große Summe, die er zum Kauf einer elektrischen Pumpe verwenden sollte, die das Wasser ohne Lärm transportieren kann. Die ist immer noch nicht installiert worden, aber die Weinreben scheinen auch so hervorragend zu gedeihen.«

»Gaglioppo-Trauben«, murmelte Fredric. »Die wachsen hier schon seit tausend Jahren. Viel Wasser brauchen die nicht. Außerdem sollte man Rebstöcke gar nicht künstlich bewässern.«

Als die Weinflasche leer war, strich Geneviève Fredric über das Gesicht und bat ihn, ihr zu folgen. Sie wollte ihm zeigen, wie sie untergebracht war.

Hand in Hand gingen sie zum Eingang des einen Flügels, stiegen die Treppe hinauf und betraten einen Korridor. Auf den Böden lagen weiche Teppiche und an den Wänden hingen moderne Bilder. Fredric erkannte Lithografien von Dali, Klee und Laxeiro. Geneviève blieb vor einer großen, rosafarbenen Tür stehen, die mit Ornamenten verziert war, die an minoische Kunst erinnerten. Dieser Arzt musste wirklich stinkreich sein, dachte Fredric.

Sie öffnete die Tür und lächelte ihn schüchtern an.

Er betrat ein großes, helles Zimmer. Es war im Rokokostil eingerichtet, mit hellblauen Seidentapeten an den Wänden. Es gab ein Sofa, einen Tisch und Stühle, dahinter die Tür zum Badezimmer, an der Decke einen Kronleuchter und dann noch ein Himmelbett. Natürlich, dachte er. Aber hier brauchten sie keinen Priester. Hier war es nicht feucht und ungemütlich.

Papa Brisson musste viel guten Wein produzieren, um diesen Aufenthalt bezahlen zu können. Aber kein Preis war ihm zu hoch, wenn es um Genevièves Gesundheit ging.

Sie schloss die Tür. Drehte den Schlüssel um. Dann schüttelte sie die Schuhe von ihren Füßen und legte ihre Arme um Fredrics Hals.

»Komm«, flüsterte sie. »Ich habe mich drei Jahre lang nach dir gesehnt. Ich habe phantasiert, geträumt und gespielt, dass du bei mir wärst. Jetzt bist du da. In Fleisch und Blut. *Mein* Fredric.«

Behutsam setzten sie sich auf das Bett, jeder gefangen im Spannungsfeld des anderen. Sie waren andächtig, als wollten sie, dass alles, was nun geschehen würde, sich in ihr Innerstes einmeißelte und Spuren hinterließ, die sie nie mehr vergessen konnten.

Sie legten sich nebeneinander. Er streichelte sanft ihre Wange, sie küsste ihn zärtlich, dann leidenschaftlicher. Sie umarmten sich, spürten die Haut des anderen und das Beben darunter und befanden sich in vollkommenem Gleichklang.

Vorsichtig bewegte er seine Hand über ihren Rücken, ihren Bauch, ihre Hüften, und sie flüsterte ihm das Allerfranzösischste zu.

Die Zeit stand still.

*

Irgendwie musste die Zeit doch vergangen sein. Als Fredric Drum endlich wieder klar denken konnte, war die Sonne schon untergegangen. Er richtete sich auf und blieb auf der Bettkante sitzen.

Sie war nackt und lag mit geschlossenen Augen und einem unergründlichen Lächeln um die Lippen da. Er betrachtete sie ohne Scheu. Sie war das schönste Geschöpf, das er je gesehen hatte. Geneviève Brisson war ein *idolum*. Er selbst war

Idolum Drum. Mit Mühe und Not gelang es ihm, ein Niesen zu unterdrücken.

Auch er war nackt und stand vorsichtig auf. Wo war noch mal das Bad? Er wollte duschen.

»Das Badezimmer ist geradeaus. Du kannst das große, blaue Handtuch benutzen.« Sie sagte es mit leiser, sanfter Stimme, ohne die Augen zu öffnen.

Er lachte. Lief ins Bad und schloss die Tür.

Unter der Dusche sang er. Ihm fielen Melodien wieder ein, die ihm jahrelang entfallen waren. Strophen, die er längst vergessen hatte, tauchten wie von selbst in seinem Gedächtnis auf. Zum Beispiel »Davy Crockett« und »Yellow Rose of Texas«. Er sang »Dans le jardin de mon père« und die Marseillaise mit rollendem R wie die Piaf.

Sie folgte ihm ins Bad.

Danach zogen sie sich an, während sie sich verliebte Blicke zuwarfen.

Sie wollte, dass er sie in den Salon begleitete, um dort mit ihr Tee zu trinken. Fredric zögerte. Er fragte sich, ob er dadurch nicht auf fragwürdige Weise in die Behandlung eingriffe. Was würde denn das Personal denken? Sie mit roten Rosen auf den Wangen und einem Blick, den man nur auf eine Art deuten konnte; er förmlich glühend vor Hyperaktivität. Er konnte jederzeit wie ein Heliumballon in die Lüfte steigen.

Sie bestand darauf und er begleitete sie.

Geneviève holte den Tee aus einem anderen Raum, während Fredric den Salon musterte. Venezianische Möbel. Persische Teppiche. Eine echte Chippendale-Kommode. Gemälde von Gauguin, Monet und Fortenzola. Fenster mit Bleieinfassung und farbigen Glasmosaiken. Vitollo Umbro stammte aus einer reichen Familie. Und seine Patienten kamen aus der ganzen Welt. Er ließ sich sicher nicht zu knapp bezahlen. Schließlich vollbrachte er ja wahre Wunder.

In einer Ecke des Salons saß eine Frau mittleren Alters.

Die Diamanten in ihrer Halskette, in ihren Ringen und Armbändern funkelten. Sie tat nichts, sie saß nur da und starrte zu Boden.

»Eine englische Gräfin«, flüsterte Geneviève und stellte die Teetassen auf den Tisch. »Sie hat seit vierzig Jahren kein Wort gesagt. Doktor Umbro hat sie dazu gebracht, zweimal laut und sehr grob zu fluchen. Und dabei ist sie erst seit einer Woche hier.«

Fredric nickte. Nicht schlecht.

»Ofanes ist wirklich ein interessanter Ort.« Er nippte an seinem Tee. »Hast du etwas von den Ausgrabungen mitbekommen, die man hier gemacht hat? Die haben ja eine kleine archäologische Sensation zutage gefördert.«

Sie schüttelte den Kopf. »Kaum«, sagte sie. »Aber viele im Dorf sprechen darüber. Einige sind wütend, andere befürworten die Ausgrabungen.« Sie wurde nachdenklich, wirkte plötzlich geistesabwesend. Dann fuhr sie fort: »Fredric. Ich hoffe, du bist wirklich hier, um *mich* zu besuchen. Du darfst dich nicht wieder in irgendetwas verwickeln lassen. Wir werden sehr glücklich zusammen sein. Wir werden jeden Nachmittag lange Spaziergänge machen, wenn ich freihabe. Und dann gehen wir nicht durch die Ruinen, sondern machen einen großen Bogen darum, verstehst du?«

Er verstand gar nichts, sagte aber erst einmal Ja. Er hatte den Schatten auf ihrem Gesicht bemerkt. Hatte der mit der Vergangenheit zu tun, oder gab es irgendetwas, das hier passiert war? Warum sollten sie nicht durch die Ruinen spazieren?

Die Jungen, Marco Albelli und Aldo Puggi, waren nahe der Ruinen ums Leben gekommen.

In irgendetwas verwickelt werden? Er *war* doch schon längst in etwas verwickelt. Aber er wollte Geneviève lieber nicht von der Verabredung mit Professor d'Angelo erzählen. Er konnte sich ja in aller Ruhe vormittags mit dem *Kodex*

Ofanes beschäftigen. Das war sein Hobby, es bedeutete für ihn Entspannung, war aber letztlich unwichtig. Selbstverständlich war er hierhergekommen, um Geneviève zu besuchen.

»Liebst du mich, Fredric?« Sie beugte sich über den Tisch hinweg und sah ihn mit großen, braunen Augen an, während sie diese Worte flüsterte, die in den wenigen Stunden, die sie zusammen gewesen waren, unausgesprochen in ihr geruht hatten.

»Ja, Geneviève, ich liebe dich.« Er hätte es so laut rufen können, dass ganz Ofanes es gehört hätte. Denn genauso war es: Er liebte Geneviève schon seit dem Augenblick, als er sie zum ersten Mal gesehen hatte.

Sie fummelte an ihrer Teetasse herum. »Ich … ich könnte mir schon gut vorstellen, nach Norwegen zu ziehen. Ich könnte eine gute … gute Wirtin im *La Casserole* werden. Wenn ihr mich gebrauchen könnt …«

Sie offenbarte sich ganz direkt. Es wirkte vollkommen überzeugend und war natürlich auch das, was er stets ersehnt, doch nicht zu hoffen gewagt hatte. Geneviève und er! Tob würde jubeln und das *La Casserole* eine Königin bekommen, eine echte Weinkönigin.

»Du kannst nach Norwegen kommen, wann immer du willst … wenn du mich haben willst … wir könnten zusammen ein Schloss bauen, ein *Premier Grand Cru Classé*, genau wie …« Er stotterte. Fredric Drum stotterte. Das, was da gesagt wurde, was er da sagte, war ungewohnt, ganz neu.

Sie wurden unterbrochen. Zwei Personen betraten den Salon. Ein großer, grauhaariger Mann mit scharfen, markanten Zügen und einer Adlernase, gekleidet in einen einfachen Cordanzug, gefolgt von einem jüngeren, mageren und etwas ungelenken Mann, der etwa in Fredrics Alter sein musste. Beide kamen lächelnd auf sie zu.

»Hier sitzen Sie also, schöne *Mademoiselle*! Aha, wie ich

sehe, ist der ersehnte Besuch endlich eingetroffen. Höchste Zeit, höchste Zeit, Signor Drum. Berühmte Landsleute sind einfach kein Ersatz. Sie sind doch wohl Fredric Drum?«

Fredric sprang von seinem Stuhl auf und schüttelte die Hand, die ihm gereicht wurde.

»Vitollo Umbro, zu Ihren Diensten. Wenn es Ihnen die Sprache verschlagen hat, dann sind Sie hier ja genau am richtigen Ort.« Er lachte laut. »Dies ist mein Assistent, Signor Pinelli, Doktor der Medizin, Psychologie und Musik.«

Fredric schüttelte auch dem mageren Genie die Hand, während er den Mund lautlos öffnete und schloss wie ein Fisch auf dem Trockenen.

»Oh, Doktor Vitollo, ich bin so glücklich! Sehen Sie sich doch mal den schönen Schmuck an, den er mir mitgebracht hat. *Les lapons*, die Samen, haben ihn gemacht. Und wenn ich aus der Klinik entlassen werde, reise ich fast unverzüglich nach Norwegen!« Geneviève strahlte über das ganze Gesicht.

»Das kann durchaus bald soweit sein, so gesund, wie Sie schon sind.« Der Doktor lächelte und setzte sich zu ihnen. Dr. Pinelli ging zu der englischen Gräfin, die unverändert auf ihrem Platz saß.

»Also, Signor Drum. Unser *Synedrium* ist gar nicht so gering, aber *ex nihilo nihil*, von nichts kommt nichts, und hinter diesen, sagen wir ruhig luxuriösen Fassaden liegt die harte Arbeit von vielen Jahren. Sowie natürlich einiges an ererbtem Treibgut.« Er lachte sein munteres Lachen, und Fredric kam allmählich wieder zu sich.

»*Sì*, Doktor Vitollo. *Arcana publicata vilescunt, et gratiam prophanata amittunt, ergo ne margaritas objice porcis, seu asinus substerne rosas.*« Das Latein war ihm herausgerutscht, ohne dass er eigentlich wusste, was er da sagte, und er bezweifelte stark, dass dieses Zitat in einem Gespräch gut untergebracht war. Aber gesagt war gesagt.

Geneviève blickte von einem zum anderen.

»Na, so schlimm ist es wohl auch wieder nicht«, sagte Doktor Umbro. »Sie finden doch sicher auch, dass Ihre Freundin beträchtliche Fortschritte gemacht hat?«

»Ganz unglaubliche Fortschritte«, antwortete Fredric leise. »Ich verstehe zwar nicht, was für eine Zauberkunst Sie da anwenden, aber meiner Meinung nach hätten Sie dafür schon längst den Nobelpreis bekommen müssen.«

Dr. Umbro setzte eine ernste Miene auf. Dann beugte er sich vor, während er sich Geneviève und Fredric zuwandte:

»In meinem Fach«, begann er, »werden die Methoden nicht an den Resultaten gemessen. Leider. Die anerkannten Methoden werden oft von Gurus innerhalb der Medizin und der Psychiatrie bewahrt und geschützt. Das, was ich mache, ist sehr einfach, aber nicht allgemein anerkannt. Ich verwende Musik als Hilfsmittel, um eine Reihe von akuten und chronischen mentalen Störungen zu beseitigen. Keine Medikamente. In den meisten Fällen können wir sowohl sensorische als auch motorische Aphasie heilen, sofern sie nicht durch eine wachsende Geschwulst verursacht wird. Auf angeborene Aphasie, sogenannte Taubstummheit, sind wir spezialisiert. Die sensorische Aphasie hat die Sprache primitivisiert, und wir erwecken sie durch aktive Stimulation der linken Hirnhälfte wieder zum Leben. Wenn es um autistische Patienten geht, wissen wir ja, dass der Ausgangspunkt des Problems die Schizophrenie ist, eine schwierige Geisteskrankheit. Der Kranke führt eine Traumexistenz mit wenig Interesse an seiner Umgebung. Autisten lassen sich in der Regel nicht beeinflussen oder von der Wirklichkeit, so wie wir sie täglich wahrnehmen, überzeugen. Aber sie werden durch Musik beeinflusst – wenn sie richtig eingesetzt wird! Ich gehe wohl nicht zu weit, wenn ich behaupte, dass sich siebzig Prozent aller autistischen Patienten heilen lassen. Aber das erfordert Zeit und Geduld.« Er zündete sich eine Zigarette an und fuhr fort: »Genevièves Fall war ganz außergewöhnlich.« Er zwinkerte ihr schelmisch zu. »Sie litt weder an Aphasie noch an Schizophrenie. Eine Kombination aus der Lähmung durch das Gift sowie der Traumatisierung durch ihre schlimmen Erlebnisse blockierte wichtige Regionen ihres Gehirns. Geneviève war tatsächlich ein sehr einfacher Fall. Sie hat schon auf unsere ersten Stimuli reagiert, und Sie können ganz sicher sein …« Er blickte Geneviève durchdringend an. »Ganz sicher sein, wieder vollkommen gesund zu werden. Das heißt, Sie sind bereits vollkommen gesund. Wir wollen nur noch ein paar Nachuntersuchungen vornehmen, um Erfahrungswerte zu sammeln. Es besteht übrigens auch keine Gefahr eines Rückfalls. Sie können glücklich und sorglos zu den Eisbären im kalten Norden reisen, schöne *Mademoiselle*!« Er ergriff ihre Hand und küsste sie galant.

»Genial.« Fredric war beeindruckt. Der grauhaarige Arzt wirkte sympathisch, und Fredric überlegte tatsächlich, ob er sich selbst, natürlich schriftlich, zum Aphasiker erklären sollte, um selbst in den Genuss dieser wundersamen Musikbehandlung zu kommen. Er hielt es durchaus für möglich, dass in einer solchen Therapie bestimmte Gehirnbereiche so stimuliert würden, dass sich der *Kodex Ofanes* anschließend problemlos würde deuten lassen.

»Jetzt, meine jungen Freunde, muss ich euch verlassen. Ich habe zwei Stunden mit einem hartnäckigen Amerikaner vor mir, der in den letzten zehn Jahren ausschließlich mit seiner Zahnbürste kommuniziert hat, nachdem ihn seine Frau verlassen hat. Sie sind hier immer willkommen, Signor Drum. Fühlen Sie sich wohl in diesem Haus, das für meine Patienten und Gäste wie ein Zuhause sein soll. *Buona notte*!« Er winkte und ging.

»Signore Vitollo verbreitet immer gute Stimmung unter uns allen!«, rief Geneviève aus.

»Sieht ganz so aus«, antwortete Fredric. »Abgesehen natürlich von seinem Onkel da oben in der Burg.«

»Wieso sagst du das? Was weißt du über ihn?«

»Nein, nein, um Himmels willen. Ich weiß nichts und will auch nichts wissen. Aber willst du wirklich nach Norwegen mitkommen, habe ich da eben richtig gehört?«

»Oh, du bist so süß, du bist so dumm! Natürlich will ich das. Ich werde heute Nacht davon träumen.« Sie schloss die Augen und seufzte.

Drum, Drum, dummer Drum, drummelidum, dachte er und sah zu Monets Wasserlilien hinüber. Kein Klabautermann, kein Nöck an der Wasseroberfläche. Doktor Pinelli saß immer noch bei der stummen Gräfin. Es war spät geworden, und Fredric deutete an, dass er sich vielleicht allmählich zurückziehen sollte.

Geneviève nickte. Sie wollte ihn noch zur Pforte begleiten.

Während sie den Salon verließen, hörten sie eine grobe, schnarrende Stimme sagen: »*Fuck my ass, you dego!*« Vorgebracht mit dem vornehmsten Oxfordakzent. Kein Zweifel, die englische Gräfin befand sich auf dem Wege der Besserung.

»Gute Nacht, meine Liebste. Danke für einen wunderbaren Abend.« Sie küsste ihn, während sie eng umschlungen unter dem Torbogen standen. Rundherum war es stockfinster, und das Zirpen der Zikaden übertönte alle anderen Geräusche, die es womöglich noch geben mochte.

»Du kommst morgen zu mir? Direkt in mein Zimmer? Ich erwarte dich um vier Uhr, mein liebster Fredric. Lass mich nicht warten, ich brenne schon vor Sehnsucht.«

»Ich komme, Geneviève, ganz bestimmt! Gute Nacht, Liebste.« Er winkte, bis sie durch die Tür nach innen verschwand.

Die Romantik, Fredric, dachte er bei sich, während er durch die Dunkelheit stolperte, die Romantik ist die Mutter aller Floskeln. Das ist die banalste, reduzierteste und reinste Form von Poesie. Und so herrlich, so herrlich, wenn man hören konnte, wie jemand zu einem sagte: »Ich brenne vor Sehnsucht nach dir!« Und es auch noch wirklich *meinte*. Auch er brannte so, dass es kaum auszuhalten war. Was er an diesem Nachmittag und Abend erlebt hatte, überstieg seine kühnsten Hoffnungen. Er war ein Liebhaber von gutem Essen, ein Liebhaber von gutem Wein, ein Liebhaber von interessanten Codes. Jetzt war er auch noch ein Liebhaber *an sich*. Es war das Reinste, Einfachste und Banalste von allem. Und das Wahrhaftigste.

Er hatte Probleme mit der Dunkelheit, denn er kannte die Wege hier nicht. Hundert Meter vor sich sah er die Lichter des Dorfes und konnte den Schatten des großen Gebäudes erkennen, das teilweise eingestürzt war. Dahinter lag das Hotel. Irgendwo da oben sah er eine einsame Glühbirne leuchten. Das musste der Albergo Anziano Ofani sein. Der gute Hotelier, Signore Garrofoli, war sparsam mit dem Verbrauch von Elektrizität.

Aber Fredric Drum hatte ja genug Zeit. Er hatte keinen Grund, sich damit zu beeilen, in seine Mönchszelle zurückzukehren. Er gelangte in den schwachen Lichtschein der Häuser um den Marktplatz. Dann kam er in die Nähe der archäologischen Grabungsstätten und konnte soeben das Bruchstück einer Säule erkennen, das neben der Straße lag. Er ging darauf zu und setzte sich. Die Kirchenuhr schlug elf.

Er hatte die Absicht, vierzehn Tage hier zu verbringen. Geneviève war wieder gesund. In einigen Tagen sollte Professor d'Angelo kommen. Irgendwann würde Fredric ihr von dem *Kodex Ofanes* erzählen müssen. Es gab doch eigentlich keinen Grund, dessen Existenz vor ihr zu verbergen? Aber sie hatte vor irgendetwas Angst gehabt. Wusste sie vielleicht etwas? Sie war ja schließlich schon seit einigen Monaten hier, und wenn da irgendetwas Dubioses im Gange war, hatte sie es wahrscheinlich bemerkt. Sie wollte nicht, dass *er* sich in etwas einmischen, verwickeln würde. Er lachte im Dunkeln vor sich hin.

Fredric Drum. Neugierig geboren. Er würde mit einer Frage auf den Lippen sterben. Es war erst zwei Tage her, dass eine unbeantwortete Frage in der Luft über den Klippen am Ionischen Meer gehangen hatte, nachdem ihn die Polizisten hinuntergestoßen hatten. Diese Frage hing immer noch da. Und er befürchtete, dass mit demjenigen, der sie beantworten konnte, nicht zu scherzen war.

Er schlenderte weiter zum Hotel. Über der Eingangstür hing tatsächlich eine Glühbirne. Die Tür war nicht abgeschlossen.

»Signor Drum.« Die tiefe Stimme des Hotelbesitzers kam irgendwo aus der Dunkelheit, als Fredric die Tür aufschob. Er zuckte zusammen. Dann entdeckte er einen Schatten in der Ecke. Im nächsten Moment wurde ein Licht angemacht.

»*Sì, Signore*, ich bin's.« Er versuchte, fröhlich zu klingen. Das düstere Aussehen von Signore Garrofoli konnte jeden zu Tode erschrecken.

»Ich habe einen Schlüssel für Sie. Einen Schlüssel, der für die Außentür passt. Jetzt, wo wir so wenig Gäste haben, gehen wir immer früh ins Bett. So können Sie kommen und gehen, wann Sie wollen.« Er hielt ihm einen Schlüssel vor die Nase.

Ein griechisch-orthodoxer Bischof, dachte Fredric. Oder ein Prior. Ein Klostervorsteher. Garrofoli passte hervorragend zu seiner Umgebung.

»*Grazie*, *Signor* Garrofoli.« Er nahm den Schlüssel entgegen und steckte ihn in die Tasche.

»Im Übrigen,« fuhr der Hotelier fort, »ist es nicht gut, dass Sie den Zimmerschlüssel mitnehmen, wenn Sie ausgehen. Ich nehme an, dass Sie ihn auch jetzt in der Tasche haben?« Er starrte Fredric geradezu anklagend an. Dieser nickte bedauernd.

»Das verstehe ich, Signore. Ich war heute Morgen, als ich gerade aufgestanden war, wohl noch nicht ganz wach.« Er wollte dem Mann so schnell wie möglich eine gute Nacht wünschen und in sein Zimmer gehen. »Ich werde in Zukunft daran denken.« Er ging auf die breite Steintreppe zu.

»Nur noch eins, Signor Drum. Sie müssen wissen, dass ich zur Zeit in Schwierigkeiten bin. Sie werden mich nicht so oft hier an der Rezeption sehen. Das hat nichts mit Unhöflichkeit zu tun. Ich bin eigentlich dafür bekannt, ein korrekter und höflicher Mann zu sein. Dieses Hotel, das einen hervorragenden Ruf hat, betreibe ich schon seit mehr als zwanzig Jahren. *Buona notte.*« Er verschwand lautlos durch eine Tür.

Fredric stutzte. Dann schüttelte er den Kopf und machte sich auf den Weg zu seinem Zimmer.

Der Priester glühte angenehm warm, und der Raum war längst nicht mehr so feucht wie am Anfang. Fredrics Notizen lagen noch genau so da, wie er sie zurückgelassen hatte.

Er zündete die Öllampe an. Noch bevor sich das flackernde Licht des Dochtes stabilisiert hatte, sah er, dass ein neues eingerahmtes lateinisches Zitat seinen Platz an der Wand gefunden hatte. Es lautete kurz und gut: *Morituri te salutant.*

Die Todgeweihten grüßen dich.

4.
Ein Tauchgang in die Welt der Hermetik, ein Lebewohl für Signore Loppo, und Fredric Drum folgt einem Licht im Dunkeln

Fredric Drum richtete sich jäh in seinem Bett auf. Seine Armbanduhr zeigte Viertel vor drei. Er war sicher, dass er nicht geträumt, sondern tatsächlich ein Geräusch gehört hatte.

Er lauschte in die Dunkelheit.

Dann, plötzlich, hörte er es wieder: einen intensiven, klagenden Gesang, eine wehmütige Melodie, die anschwoll und wieder verklang, teils grauenhaft schief, dann wieder harmonisch und rein. War jemand da draußen auf dem Gang? Er drehte seinen Kopf in alle Richtungen, konnte aber nicht orten, woher der Gesang kam.

Er zündete die Öllampe an und stellte sie so ein, dass sie nur mit ganz kleiner Flamme brannte. Dann zog er Hemd und Hose an. Dieses Hotel hatte etwas an sich, das ihn unendlich neugierig machte.

Er wühlte in seinem Koffer und fand, was er suchte: eine kleine Stifttaschenlampe. Daraufhin ging er zur Tür und legte sein Ohr an das Schlüsselloch. Der Gesang kam von draußen, vielleicht aus einem der anderen Zimmer.

Er öffnete die Tür einen Spaltbreit. Der Korridor war stockfinster. Der Gesang wurde nicht lauter, doch Fredric wusste jetzt, dass er aus dem Raum am hintersten Ende des Ganges kam. Fredric schaltete die Taschenlampe nicht ein und tastete sich lieber vorsichtig an den Wänden entlang. Mehrmals klang der Gesang, als sei jemand in größter Not. Es war eine Frauenstimme.

Wieso soll ich mich überhaupt darum kümmern?, dachte er und blieb stehen. Er hatte nichts damit zu tun. Durfte eine Frau nicht des Nachts ihren Kummer und ihre Freude hinaussingen, ohne dass er, ein Tourist, ein Gast, sich einmischte? *Aber war es wirklich ein Gesang, den er da hörte?* Er ging weiter.

Lange blieb er vor der Tür stehen, hinter der die Klänge zu hören waren. Dann legte er vorsichtig seine Hand auf die Klinke und drückte sie hinunter. Die Tür öffnete sich nach innen.

Ein feuchtkalter Luftzug strömte aus dem Zimmer. Fredric sah nichts, es gab kein Licht. Das Eigenartige war, dass der Gesang auch jetzt kaum lauter zu hören war. Das Zimmer musste leer sein. Er wartete eine Minute und noch eine. Dann knipste er die kleine Taschenlampe an und leuchtete den Raum aus.

Was er sah, erstaunte ihn eigentlich nicht. Das Zimmer sah fast genauso aus wie sein eigenes. Ein weiteres Gästezimmer. Es waren keine Menschen anwesend. Er ließ den Lichtstrahl über die Wände gleiten. Der Klang, der Gesang, all das musste doch irgendwoher kommen? Ganz hinten im Zimmer stand ein großer, massiver Kleiderschrank aus Zedernholz. Konnte der Klang …?

Er ging zum Kleiderschrank und öffnete ihn. Der Klang wurde lauter. Fredric untersuchte das Innere des Schranks gründlich, sah aber nichts. Es hätte ihn nicht gewundert, wenn da ein laufendes Tonbandgerät gestanden hätte. Aber der Schrank war leer, vollkommen leer. Er betastete die Innenwände, und plötzlich rannte eine Riesenspinne über seine Hand und biss sich fest. Fredric zuckte erschrocken zurück. Er spürte noch, wie er einen harten Schlag auf den Kopf bekam, Funken tanzten vor seinen Augen, dann wurde alles schwarz.

Als er wieder zu sich kam, lag er auf dem Boden. Er fror

und begriff nicht, wo er war. Dann fiel es ihm wieder ein. Er tastete seinen Kopf ab und fühlte eine riesige Beule auf der rechten Seite. Es war still. Dunkel. Kein Geräusch.

Er rappelte sich auf und spürte die Schmerzen, die durch seine Schläfe pulsierten. Er hatte einen heftigen Schlag abbekommen. Auf dem Boden suchte er nach der Taschenlampe und fand sie schließlich. Sie lag halb unter dem riesigen Monstrum von einem Bett. Natürlich, er hatte sich an dem gewaltigen Balken über dem Bett den Kopf gestoßen.

»Ich Idiot!«, zischte er vor sich hin.

Schließlich fand er den Weg zurück in sein eigenes Zimmer und leerte das Wasserglas, das auf dem Nachttisch stand. Die kleine Wunde auf seinem Handrücken pochte heftig, aber darum kümmerte er sich nicht weiter. Der Gesang war verstummt.

Der Gesang?

Er fasste sich an den Kopf und stöhnte. Dann zog er Hemd und Hose wieder aus und blieb noch einen Augenblick vor der Kommode stehen, wobei er das alberne lateinische Zitat betrachtete. *Die Todgeweihten grüßen dich.* Der letzte Gruß der sich verbeugenden Gladiatoren vor dem Kaiser im Zirkus. Resolut nahm er einen Stift und ein Blatt Papier und schrieb mit großen Buchstaben: *Plaudite, cives!* Applaudiert, Bürger! Das hängte er unter dem Zitat auf. Die letzte Gunst des Kaisers für die Verlorenen.

*

Er duschte und untersuchte die Beule an seinem Kopf. Sie war nicht gerade klein. Dann klebte er ein Pflaster über den Spinnenbiss auf seinem Handrücken.

Er war früh aufgewacht und gut gelaunt. Es war kurz vor acht. Das merkwürdige Erlebnis der vergangenen Nacht schien in weiter Ferne zu liegen. Was ihm dagegen überhaupt nicht fern erschien, war die wundervolle Begegnung mit Geneviève.

»Geneviève«, sagte er laut zu seinem Spiegelbild im Bad. Er zwinkerte sich zu. Das Leben des Fredric Drum würde sich vielleicht schlagartig verändern. Frauen gegenüber war er bisher immer schüchtern und zurückhaltend gewesen. Das, was gestern Nachmittag passiert war, ragte wie eine Kirchturmspitze aus seinen Erinnerungen hervor. Und er nahm immer noch ihren Duft wahr. Bald würde er sie wiedersehen. »Du Grobian!«, sagte er. So starke Worte richtete Fredric Drum nur selten an sich selbst.

Auf dem Rückweg zu seinem Zimmer blieb er für einen Moment vor dem Raum stehen, den er in der Nacht erforscht hatte. Schließlich konnte er der Versuchung nicht länger widerstehen:

Er drückte die Klinke hinunter. Die Tür war verschlossen.

Bis zu seinem Treffen mit Geneviève um vier Uhr hatte er noch einige lange Stunden Zeit. Er ertappte sich bei dem Gedanken, dass alles andere eigentlich vollkommen unwichtig war. Sollte er einfach die ganze Angelegenheit mit dem *Kodex Ofanes* auf sich beruhen lassen, die Ruinen und Professor Donato d'Angelo vergessen und Geneviève darum bitten, so bald wie möglich ihre Sachen zu packen, damit sie gemeinsam von hier abreisen konnten, bevor er in etwas hineingezogen wurde, das ihm bestimmt nur Ärger einbrachte? Er hatte einen guten Riecher für heraufziehende Probleme, und dieser Geruch, von dem er hier einen ersten Anflug wahrnahm, kam ihm unangenehm bekannt vor. Oder war das eine Überreaktion? Erschien ihm plötzlich *alles* verdächtig, nur weil man ihm im Überlandbus nach Ofanes einen makaberen Streich gespielt hatte?

»Fredric«, sagte er laut zu sich selbst und setzte sich auf sein Bett. »Diesmal wirst du deine Neugier im Zaum halten.

Du hältst dich von allem fern, das dich nichts angeht und ein Problem werden könnte, okay?«

»Okay«, antwortete er.

Aber ich darf doch wohl *nachdenken*, sagte er sich und nickte eifrig. Er durfte denken, soviel er wollte. Hier in diesem Zimmer, in dieser Mönchszelle konnte er in Ruhe und Frieden nachdenken. Er konnte zum Beispiel *Zusammenhänge* aufspüren. Den Zusammenhang zwischen seinem Aufenthalt auf dem Felsvorsprung und dem Tod zweier Jungen. Der war einfach zu finden: In beiden Fällen waren die Betroffenen mehr oder weniger stark in die archäologischen Forschungen vor Ort involviert gewesen. Er konnte über den Zusammenhang zwischen den kryptischen lateinischen Zitaten, die immer wieder an der Wand seines Zimmers auftauchten, und dem Gesang nachdenken, den er heute Nacht gehört hatte. Auch darüber, dass der Hotelbesitzer ihm anvertraut hatte, er sei zur Zeit in Schwierigkeiten. Das konnte an Andrea liegen – der mageren Frau, der Haushälterin?, der Geliebten? –, die im Haus herumwirtschaftete und dabei verschreckt und grimmig aussah.

Es konnte alle möglichen Zusammenhänge geben. Aber ihm fehlten Verbindungsstücke, notwendige Verbindungsstücke. Es war sinnlos, einfach nur zu raten. Er musste seine Konzentration steigern.

In den nächsten beiden Stunden steigerte er sie durch die Anwendung der trithemisch-champollianischen Schraube. *Fragment Nr. 233 XII* des *Kodex Ofanes* wurde auf die sorgfältigste Weise analysiert. Er setzte die kabbalistischen Kryptosymbole des arabischen Weisen al Mal-ahqiud ein. Er legte den weiten Weg nach Tibet zurück und benutzte die Feuerschrift der Vierzehn Heiligen Mönche aus den Tylindus-Büchern. Er teilte die Wurzeln des Tetragrammaton der Sumerer in Gruppen ein und fand eine Unzahl neuer Zugangswege. Er ging vierzig der großen Kryptosysteme durch, die

Trithemus entwickelt hatte, und er benutzte Piktogramme und Ornamentik der alten Lykier. Alles war vergeblich. Die vier Zeilen mit den fremdartigen Zeichen blieben ihm verschlossen.

Er hatte noch nicht einmal eine Spur, nicht die geringste Ahnung.

Aber seine Gedanken waren jetzt konzentrierter. Er konnte direkt durch die dicke Steinmauer blicken und hinauf zur Burg auf dem Hügel. Dort saßen Krähen auf der Wäsche, die im Wind wehte. Große, schwarze, heisere Krähen. Sie flogen auf, als eine Frau kam, um die Wäsche abzuhängen.

Er holte einige dicke Bände über die Philosophie der Antike hervor und schlug einen davon an willkürlicher Stelle auf. Nach einiger Zeit wandte er seine Lektüre der Geschichte der Pythagoreer zu. Pythagoras von Samos, der sich in Crotone niedergelassen hatte. Es schien durchaus möglich, dass die Ruinen, die man in Ofanes ausgegraben hatte, von den Nachfolgern des Pythagoras stammten. Des Rätsels Lösung, die Entschlüsselung des Codes, war vielleicht bei diesem berühmten Philosophen zu finden.

Pythagoras musste eine wirkliche Kapazität gewesen sein. Eine Unzahl von Anekdoten war über das Leben und die Lehre dieses Mannes aufgezeichnet worden. Der Philosoph und Dichter Xenophanes (Xenophanes – Ofanes?, notierte Fredric in seinem Notizbuch) berichtete über seinen Glauben an die Seelenwanderung. Er schrieb über seinen Meister, dass dieser, als er sah, dass man einen Hund prügelte, rief, man dürfe das Tier nicht schlagen, denn seine Seele habe einem seiner Freunde gehört. Er hatte den Freund am Gewinsel des Hundes wiedererkannt. Pythagoras erschien in den unterschiedlichsten Zusammenhängen wie ein beinahe übermenschlicher Seher und Wundertäter. Er war eng verwandt mit den göttlichen Weisen des Orients. Man konnte ihn sich als eine Parallele zum Zarathustra der Perser oder dem Hermes Trismegistos der Ägypter vorstellen.

Indische Mystik, dachte Fredric. Sankhya-Philosophie. Was waren die Quellen der Lehre des Pythagoras gewesen?

Pythagoras betrachtete die Seele als ein höheres, gottähnliches Wesen, einen *Daimon*, der an die körperliche Existenz gebunden ist, bis er gereinigt wird und zu seinem göttlichen Ursprung zurückkehren kann.

Die Seele war in der Materie eingesperrt. Aber anstatt sich der Mystik und einer asketischen Selbstdisziplin hinzugeben, die in eine Metaphysik gemündet hätten, beschäftigten sich die Pythagoreer mit Arithmetik, Geometrie und Astronomie. Die Mathematik war ein Werkzeug zur Reinigung der Seele. Diesen Gedanken hatten später Euklid, Aristarchos und Archimedes weiterentwickelt.

Fredric kamen Zweifel. Die Lehre des Pythagoras konnte durchaus metaphysische Seiten haben! Die Metaphysik war der Lehre von Zahlen und Begriffen übergeordnet. Diese waren nur Mittel zum Zweck, um eine höhere Erkenntnis zu erlangen. Gut und schön. Es mochte ja stimmen, dass die arithmetische Metaphysik die *Arché*, den metaphysischen Urgrund aller Dinge, in den Zahlen fand. Aber wofür konnten sie verwendet werden? Ermetica, dachte Fredric. Die Kabbalisten und die Tempelritter, die Alchemisten und moderne Wahrsagerinnen, sie alle hatten genau dieselbe Idee wie Pythagoras. Seine Philosophie konnte in letzter Konsequenz in eine reine, hermetische Richtung führen. Ins Verborgene.

Er fragte sich, wie viele Tausend Wissenschaftler, die sich mit Antike und Philosophie beschäftigten, sich wohl dieselben Gedanken gemacht hatten wie er. Aber ihnen fehlten die Beweise.

Der Beweis lag vielleicht auf dem Tisch, dort, direkt vor seiner Nase: Die vier unlesbaren Zeilen im *Fragment Nr. 233*

XII. Fredric lief es kalt den Rücken hinunter. Erst in diesem Augenblick ging ihm auf, welche Bedeutung es haben konnte, sollte ihm die Dechiffrierung dieses Textes gelingen.

Er las noch gut zwei Stunden lang Texte über die Pythagoreer. Dann hatte er vor Hunger ein Loch im Bauch und fand, es sei höchste Zeit für ein Frühstück.

Auf dem Weg zur Trattoria hinunter murmelte er zwei Wörter vor sich hin, zwei Begriffe aus der pythagoreischen Philosophie: *peras* und *apeiron*. Die Unmöglichkeit und Möglichkeit der Gegensätze. In jedem Gegensatzpaar lag eine Spannung, ein unsichtbares Kraftfeld, das eigentlich die *Arché*, die Ursache des Gegensatzes war. Derjenige, der dieses Kraftfeld erfasste und verstand, öffnete die innerste Tür der Erkenntnis.

*

Signore Ratti, der Trattoriabesitzer, begrüßte Fredric mürrisch, als dieser sein Frühstück bestellte. Fredric war dagegen in bester Laune und sagte lyrisch:

»*Ave, Bacchus*! Verzaubernde Sonne über der Landschaft der Antike. Ich hätte gern einen Wein, Signor Ratti, nach dem Frühstück, den besten, den Sie in der Tiefe Ihres Kellers beherbergen.«

Entweder war sein Italienisch unverständlich, oder Ratti zeigte ihm, aus welchem Grund auch immer, ganz offen seine Abneigung, denn nachdem Fredric sein Frühstück beendet hatte, lehnte Ratti lässig am Türrahmen und tat, als ob Fredric nicht existierte, während er seine Vorderzähne mit einem Zahnstocher bearbeitete. Der Wein ließ sich auf sich warten.

Fredric ergriff das Übel bei der Wurzel.

Mit Bestimmtheit erhob er sich vom Tisch und ging an dem Trattoriabesitzer vorbei ins Innere des Lokals, das selten benutzt wurde. Hier blieb er stehen und sah sich um, während Ratti schnell auf ihn zu kam und ihn nach seinen Wünschen fragte.

»Ich suche die Treppe in den Weinkeller. Ich will all den guten Wein sehen, den Sie haben.« Er starrte Ratti fest in die Augen.

»Sehen? Wein sehen?« Ratti zuckte mit den Schultern. »Ich habe Wein hier oben.« Er zeigte auf ein Regal über der Bartheke.

Fredric schüttelte den Kopf. »*No, Signore*. Sie haben doch noch anderen Wein. Guten Wein. Zeigen Sie mir, was Sie haben.« Er verschränkte demonstrativ die Arme vor der Brust.

»*Sì, sì, Signor* Drum. Natürlich sollen Sie guten Wein bekommen. Aber wollen Sie ihn wirklich *sehen*?« Er lächelte plötzlich. Fredric begriff nicht, warum.

»Natürlich«, antwortete Fredric.

Ratti ging voran. Sie stiegen eine Treppe hinunter und tatsächlich, sie kamen in einen Weinkeller. Zahlreiche Flaschen stapelten sich in den Regalen.

»Hier.« Der Trattoriabesitzer räusperte sich und war etwas verlegen. »Hier ist viel guter Wein. Der beste der Gegend, würde ich sagen. Ciro, Melissa, Capo Rizzuto, Wein aus Apulien und Basilicata. Und da drüben in der Ecke habe ich einige Kisten Ciro Classico.«

Fredrics Lippen entwich ein lauter Pfeifton. Das hatte er allerdings nicht erwartet. Aber warum war Ratti so abweisend gewesen?

»Signor Ratti«, sagte er. »Das ist eine großartige Auswahl. Bitte suchen Sie eine Flasche von dem Wein aus, den Sie für den allerbesten aus dieser Gegend halten.«

»Ja? Soll ich das wirklich?« Der Wirt sah Fredric misstrauisch an. »Ich weiß natürlich, was *ich* am liebsten trinken würde, wenn ich etwas Besonderes zu feiern hätte. Den hier.« Er zog eine Flasche aus dem Regal.

Fredric studierte das Etikett. »Preludio No. 1, 1975«. Es war eine schöne Flasche und er nickte.

»*Grazie, Signore*. Den nehme ich.« Fredric ging die Treppe hinauf, trat ins Sonnenlicht und setzte sich wieder an seinen Tisch. »Merkwürdig«, murmelte er vor sich hin. »Äußerst merkwürdig.«

Kurz darauf kam Ratti mit der Flasche und einem großen Glas zu ihm. Er trocknete beides umständlich mit einem Handtuch ab. Dann öffnete er professionell und vorsichtig die Flasche und schenkte einen kleinen Schluck in Fredrics Glas.

Der ließ sich viel Zeit und schnupperte lange, bevor er trank. Dann ließ er den Wein durch seinen Mund rollen. In kurzen Abständen schluckte er winzige Mengen. Er wartete mit geschlossenem Mund und käute schließlich wider wie eine Kuh. Endlich sah er den Trattoriabesitzer an und sagte:

»Signor Ratti. Es ist mir eine Ehre. Das ist ein großer Wein, *wirklich* groß. Er hat ein reiches, lang anhaltendes Bouquet, ist weich, aber nicht zahm, und regt die Phantasie an. Das ist genau das, was ich jetzt brauche.«

Ratti stand regungslos an Frederics Tisch, mit einem beinahe verblüfften Ausdruck im Gesicht. Dann zog er sich zurück, ging in sein Lokal und blieb verschwunden.

Fredric vergaß für eine Weile seine Umgebung. Er schnupperte und gurgelte, schmatzte und schluckte und war vollständig versunken in die neuen Geschmackserlebnisse, die dieser Wein zu bieten hatte. Zwischen den Schlucken murmelte er eigenartige Wörter. Wörter, die aus einem südamerikanischen Indianerdialekt stammten, einer Sprache, die zum Beispiel hundert Synonyme für das eine norwegische Wort *vann*, Wasser, H_2O, hatte. So konnte er sehr präzise die neuen Düfte und Geschmacksnuancen benennen. Auf diese Weise würde er sich lange an das Erlebnis erinnern können.

Jetzt hätte Tob, sein Kompagnon aus dem *La Casserole*,

hier sein sollen! Die runden Gläser seiner Apothekerbrille hätten sich beschlagen vor lauter Begeisterung über die Entdeckung eines unbekannten großen Weines. Aber Tob passte zu Hause in Oslo auf die Kochtöpfe auf.

Als Fredric die Flasche fast zur Hälfte geleert hatte, kam er wieder zu sich. Signore Ratti war immer noch nicht zu sehen. Fredric war so früh am Tag der einzige Gast in der Trattoria. Wohin hatte sich der Wirt bloß zurückgezogen? Fredric wurde einfach nicht schlau aus dem merkwürdigen Verhalten des Mannes. Aber als Fredric den Wein gelobt hatte, hatte Ratti gar nicht mehr so feindselig ausgesehen. Eher verängstigt.

Verängstigt. Fredric konnte nicht begreifen, wieso er jemandem Angst einjagte.

Er genoss die Sonne und den Wein. Als es halb zwölf war, begannen sich die Tische um ihn herum zu füllen. Es wurden Grappa, Espresso und kleine Gläser mit einem grünen Getränk bestellt. Die meisten Gäste waren Männer mittleren Alters und älter. Mehrere von ihnen nickten Fredric höflich zu, und er nickte lächelnd zurück.

Er blickte zur Burg empor. Keine Wäsche heute. Dafür sah er zwei Personen, die den steilen Weg von der Burg herabkamen. Der Weg schlängelte sich in großen Bögen den Hang hinunter. Es handelte sich um einen Mann und eine Frau.

Bei den Ruinen ruhte die Arbeit. Fredric konnte den Wachmann erkennen, Signore Loppo, der zwischen den Mauern herumging und sich am Kopf kratzte.

Fredric war durch den guten Wein und die gemächliche Geschäftigkeit des Vormittags extrem gut gelaunt. Die Vorfreude auf den Nachmittag verstärkte diese Stimmung noch. *Drykkjumadur mikill var han ok kvennamadur mikill.* – Ein großer Trinker war er und ein großer Frauenheld. So konnte er auf Altnordisch seinen alten und längst verstorbenen Landsmann zitieren, König Magnus Erlingsson. Vertraulich zwinkerte er zwei Grappa-Greisen am Nachbartisch zu.

Ein kräftiger, gut gebauter und sonnengebräunter Mann kam über den Marktplatz auf die Trattoria zu. Er trug einen großen, schwarzen Hut, der perfekt zu seinem eleganten Schnurrbart passte, der an beiden Enden hochgezwirbelt war. Fredric dachte, das könnte der Mann sein, den er auf dem Weg von der Burg herunter beobachtet hatte. Der Hut und die Kleidung stimmten überein. Aber von der Frau keine Spur.

Als der Mann sich der Trattoria näherte, wurde es ringsherum vollkommen still. Die Gespräche an den Tischen verstummten, während viele plötzlich ganz konzentriert die Tischplatten zu studieren schienen. Fredric sah fragend zu den alten Männern am Nachbartisch hinüber, und einer von ihnen lehnte sich in Fredrics Richtung und flüsterte: »*Il Falco!*«

Il Falco, der Falke, dachte Fredric. Das passte wahrhaftig gut. Er hatte sein Nest hoch oben. Fredric begriff, dass es sich um Romeo Umbro, den Besitzer der Burg und der umliegenden Weinberge, handeln musste. Um Doktor Umbros grimmigen Onkel, der die Höllenmaschine oben am Abhang hinter der Klinik angeworfen hatte, sodass die Behandlungen gestört wurden. Der Mann schien allerdings nicht viel älter als der Doktor zu sein.

Romeo Umbro blieb stehen und wippte vor und zurück, während er eingehend jeden einzelnen Gast der Trattoria studierte. Sein Blick war scharf und aufmerksam. Er hatte seinen Spitznamen nicht zu Unrecht bekommen, dachte Fredric. Signore Ratti rannte regelrecht verschreckt in der Gegend herum und räumte hektisch Gläser und Tassen ab.

Umbros Blick blieb an Fredric Drum haften. Dann glitt der Anflug eines Lächelns – oder war es eine Grimasse? – über sein Gesicht. Mit vier langen Schritten erreichte er Fredrics Tisch und warf seinen Schatten auf ihn.

Fredric runzelte die Stirn.

»Signor Fredric Drum aus *Norvegia.*« Die Stimme war tief, und was der Mann sagte, war keine Frage, sondern eine Feststellung. »Wer würde denn sonst mitten am Vormittag den teuersten Wein der Gegend trinken?« Ohne zu fragen nahm er sich einen Stuhl und setzte sich dazu.

Fredric war ganz und gar nicht in der Stimmung, sich provozieren zu lassen. Nur seine Stirn hatte sich in Falten gelegt.

»Romeo Umbro.« Fredric ergriff die kräftige Hand, die ihm gereicht wurde.

»*Norvegia*«, fuhr der Mann fort und lehnte sich genüsslich zurück. »*Norvegia, Norvegia.* Imbezile, schockgefrostete Idioten. Freche Hühnchen, Grünschnäbel, hochnäsige Protestanten. Besserwisser, Schreibtischtäter und Schleimscheißer. In einem Eisblock geboren, unter einer wenig gastfreundlichen Sonne aufgetaut, mit Reif hinter den Ohren und zu Eiszapfen gefrorenem Rotz an der Nase aufgewachsen, gekreuzigt im Namen der Gottlosigkeit, tot und begraben in der ewigen Tundra. *Und dann kommt ihr hierher und glaubt, dass ihr alles wisst!*« Diese letzten Worte brachte er mit solch einer gewaltigen Kraft hervor, dass Fredric erschrocken auf seinem Stuhl nach hinten rutschte, wobei er beinahe sein Weinglas mitgerissen hätte.

Rundherum herrschte bedrückende Stille.

»*Scusi, Signore*, aber wollen Sie jetzt bitte so freundlich sein, umgehend diesen Tisch zu verlassen? Ich kenne Sie nicht, und Sie haben kein Recht, hier …«

Er wurde von Romeo Umbros Faust unterbrochen, die so heftig auf die Tischplatte donnerte, dass die Weinflasche bebte.

»Habe ich kein Recht? Blas dich bloß nicht so auf, du Eismeerfrosch. Hier in Ofanes bestimme ich, wo es langgeht, nicht du und deine Freunde. Sieh dich doch um. Schau dir die Weinberge an, die Olivenhaine, den Hafen, die Burg, all das gehört mir. Ohne mich und meine Familie wäre dieser Ort nichts anderes als eine einzige große, sonnenverbrannte Kaktuswüste, und wenn du *das* nicht begreifst, kannst du dich in Packpapier einwickeln und verschwinden, falls deine Beine dich noch tragen sollten.« Er schnippte Signore Ratti zu, der sofort mit einem Glas Grappa zur Stelle war.

»Gehört Ihnen auch die Klinik?« Fredric hatte sich wieder gefasst und versuchte, einen spöttischen Ton anzuschlagen.

»Red bloß nicht über die Klinik, du frecher Köter!« Umbro knallte das leere Glas auf den Tisch. »Mein aufgeplusterter Neffe könnte sein Irrenhaus an jeden anderen Ort auf der Welt verpflanzen, stinkreich wie er ist. Warum muss er damit mein bestes Land besetzen, hä? Er und seine stummen Schlampen, vor denen er auf den Knien liegt, können von mir aus an den Nordpol verschwinden.«

Fredric versuchte zu begreifen, worüber der Mann sich eigentlich so aufregte. Sein ungehobeltes Auftreten ließ auf einen tiefen Konflikt schließen. Fredric konnte nicht verstehen, wie seine stille Anwesenheit so viel Öl ins Feuer dieses Konflikts hatte gießen können.

»Vielleicht könnten Sie sich ein wenig klarer ausdrücken, damit ich weiß, auf welchem Ihrer Hühneraugen ich stehe und warum Sie sich ausgerechnet über uns Norweger so echauffieren.« Er schenkte sich seelenruhig ein neues Glas Wein ein.

»Dummkopf!« Romeo Umbro kicherte. »Falls dein Hirn größer als das einer Fliege ist, weißt du die Antworten selbst. Aber wenn du genauso blöd bist, wie du aussiehst, dann halte ich die Antworten da oben für dich bereit.« Er zeigte zur Burg empor. »Außerdem«, fuhr er fort, »hast du gar keinen Anspruch darauf, hier irgendetwas zu erfahren. Das, was du zu wissen glaubst, entspricht nicht der Wahrheit, und das, was du glaubst, erfahren zu können, ist die Ausgeburt kranker Hirne. Am besten du verschwindest so schnell wie möglich von hier. Sonst wirst du in Packpapier gepackt. *Cur, quo-*

modo, quando. Solche Fragen sind hier in Ofanes bedeutungslos.«

Er stand plötzlich auf, warf sämtlichen Anwesenden messerscharfe Blicke zu und verließ die Trattoria mit langen Schritten. Fredric sah, dass er durch das Kirchenportal verschwand.

Um ihn herum begann ein aufgeregtes Geraune. Fredric schüttelte den Kopf und atmete tief durch. Zwei jüngere Männer kamen lächelnd auf ihn zu und wollten wissen, ob die Klauen von *Il Falco* scharf gewesen seien.

»Wir können Ihnen nur sagen, *straniero*, dass er ein Ungeheuer ist. Er glaubt, dass er ein Lehnsherr ist, der das Recht hat, uns alle zu tyrannisieren – wie im Mittelalter. Er hasst alles, was neu und fremd ist. Sie hätten mal vor zwei Jahren hier sein sollen, als die Ausgrabungen der Ruinen anfingen! Das war ja sein Land, es wuchsen gute Rebstöcke dort, und er mobilisierte sämtliche korrupten Juristen, die es in Kalabrien und Sizilien gab, aber er hat natürlich verloren. Wir anderen dagegen sind froh darüber, dass hier endlich etwas passiert: Die Klinik, die Ausgrabungen, so etwas zieht Leute an, Touristen, und davon können wir leben.«

»Danke, Signori. Danke, dass Sie mir das alles erzählt haben. Sonst hätte ich hier gesessen und geglaubt, ich wäre für Sie alle die Fliege in der Suppe.«

»Wenn Sie bei irgendetwas Hilfe brauchen, dann sagen Sie nur Bescheid. Wir haben genug Zeit und arbeiten gerne mit unseren Händen. Mein Name ist Lorenzo Carli, und dies ist mein Freund Paolo Servero.« Sie verbeugten sich höflich und zogen sich wieder zurück.

Die Wirkung des guten Weins war definitiv verflogen. Die Flasche war fast leer, und er ließ den Rest stehen.

Sonst wirst du in Packpapier gepackt. Er blieb noch eine Weile sitzen und dachte über diese offene Drohung nach. Der italienische Ausdruck konnte zweierlei bedeuten. Entweder

»in einen Sarg legen und in der Erde versenken« oder »ignorieren«. Auf jeden Fall handelte es sich dabei um eine Drohung. Eine ernsthafte Drohung.

Er winkte Signore Ratti und bat um die Rechnung. Der Trattoriabesitzer hatte immer noch einen Gesichtsausdruck, den Fredric nicht deuten konnte. Er gab ein großzügiges Trinkgeld und lobte den Wein. Dann bat er um etwas Wechselgeld für die Telefonzelle auf dem Marktplatz. Als er gerade gehen wollte, sagte Ratti:

»Sie haben den Wein wirklich gemocht?«

Fredric breitete seine Arme aus. »Der Wein war fabelhaft, Signore. Ich kann gar nicht begreifen, warum Sie an meinen Worten zweifeln.«

Der Wirt räusperte sich und schwieg. Fredric verabschiedete sich.

Er blätterte im Telefonbuch. Crotone. Mit einiger Mühe fand er schließlich das Büro des obersten kirchlichen Würdenträgers der Region: *Prefettura la Chiesa della Crotone.* Wenn er Glück hatte, konnten sie ihm hier vielleicht weiterhelfen. Seine Frage verlangte auf jeden Fall nach einer Antwort. Er sprach lange und deutlich mit den Leuten dort. Er hatte den Eindruck, dass man ihn verstand und dass sie alles tun würden, was in ihrer Macht stand. Zufrieden legte er den Hörer auf.

Er ging zu dem kleinen Bootssteg hinunter und suchte sich eine schattige Ecke unter einem Vordach. Hier blieb er lange sitzen.

*

Es war schon nach zwei, als er wieder zum Marktplatz spazierte. Bald bemerkte er, dass etwas passiert sein musste. Es war kaum ein Mensch zu sehen, und in Rattis Trattoria gab es keinen einzigen Gast, jetzt, während der Pastazeit. Er hatte selbst vorgehabt, sich ein leckeres Nudelgericht zu gönnen, während er darauf wartete, dass es vier Uhr wurde und er Geneviève besuchen konnte.

Es dauerte nicht lange, bis er entdeckte, wohin sie alle gegangen waren: Oben bei den Ruinen hatte sich eine große Menschenmenge versammelt. Alle standen um irgendetwas herum und waren auffallend still. Er konnte mehrere Männer erkennen, die sich ihren Hut gegen die Brust drückten.

Fredric rannte den Hang hinauf. Da ihm die dichte Menge den Weg versperrte, kletterte er auf eine Mauer, um einen besseren Überblick zu haben.

Mitten im Kreis, den die Leute gebildet hatten, lag ein Mensch. Regungslos. Auf dem Rücken. Seine Augen waren weit geöffnet, und in der einen Hand hielt er einen kleinen Spaten. Fredric erkannte ihn sofort wieder. Es war der Wachmann, Signore Loppo.

»Was ist denn passiert?«, wollte er von Signore Carli wissen, mit dem er vor einigen Stunden in der Trattoria gesprochen hatte.

»Das ist Signor Loppo«, antwortete Carli mit Tränen in den Augen. »Er ist tot. Signora Nanfi hat ihn vor einer Viertelstunde gefunden, als sie Timeta-Wurzeln für ihren gichtkranken Mann sammeln wollte. Er lag einfach so da und starrte in die Luft.«

»Und die Polizei? Ein Arzt?« Fredric packte Carli an der Schulter.

»Der Arzt kommt gleich. *Il poliziotto* Nuragus hat den armen Loppo untersucht. Er sagt, von einem Verbrechen könne keine Rede sein. Es gebe keine Anzeichen für äußere Verletzungen.«

Eine Frau schluchzte hysterisch und warf sich neben dem Toten auf die Knie. Das war Signora Loppo.

»Sie haben vier kleine Kinder«, sagte Lorenzo Carli und wandte sich erschüttert ab.

Er saß in seinem Zimmer. Hier war es angenehm kühl und frisch, und in einigen Minuten würde es vier Uhr sein. Er musste gleich gehen. Fredric starrte in sein Notizbuch. Leere Seiten. Er hatte nichts Vernünftiges zustande gebracht, seit er den Ort der Tragödie bei den Ruinen verlassen hatte.

Leere Seiten. Fast leere Seiten. Ganz oben auf der einen hatte er sich drei Namen notiert:

Marco Albelli
Aldo Puggi
Signore Loppo

Die Pythagoreer, dachte er. Auf irgendeine Weise brachten seine Gedanken das, was er vormittags gelesen hatte, mit den Namen dieser drei Toten in Verbindung. Nachdem die Zeit von Pythagoras abgelaufen war, hatte sich seine Gemeinschaft in eine Reihe von Streitigkeiten verwickelt, die viele Ordensbrüder mit dem Leben bezahlten.

Einige wurden verbrannt, andere starben, wie zu lesen war, indem sie von einem unsichtbaren Blitz getroffen wurden, der sie zu Boden streckte. Wieder andere flüchteten, kümmerten sich um den mystischen Teil der Philosophie des Meisters und entwickelten sie weiter. Ein unsichtbarer Blitz, der sie zu Boden streckte?

*

Er traf Geneviève auf einer Bank im Garten vor der Klinik, wo sie auf ihn wartete. Sie warf sich ihm so heftig an den Hals, dass sie beide hinfielen und über das Gras rollten.

Danach gingen sie hinauf in ihr Zimmer, wo sich allmählich der Tau der Liebe an den Fensterscheiben niederschlug. Es schien keine Grenzen zu geben. Drei Jahre aufgestaute Sehnsucht und Lust bekamen freien Auslauf. Unausgesprochene Gedanken und Worte erhielten endlich Form und Bedeutung, der Rausch war süß und ohne absehbares Ende.

In der Dusche sangen sie im Duett, später aßen sie Obst und Kuchen von Tellern, die Geneviève eigens für sie zusammengestellt hatte.

»Bis ich dich getroffen habe, dachte ich immer, Norweger wären kalt und träge«, neckte sie ihn und stopfte ihm eine Traube in die Nase. Er nieste sie aus und antwortete: »Ich dachte immer, französische Mädchen sind hochmütig und aufgeblasen und benutzen ihre hohen Absätze, um ihre Verehrer zu traktieren.«

Sie wollte alles über Norwegen wissen. Er erzählte und erklärte: vom Maler Edvard Munch und der Schriftstellerin Sigrid Undset, vom Forellenfischen in spiegelblanken Bergseen, von den Bären in den tiefen Wäldern im Osten, von den ganz eigenen Düften und Qualitäten der Käsesorte *Gammelost* und der vergorenen Fischspezialität *Rakfisk*, von den Märchen über Anne Knutsdatter und dem Weib mit dem Stab sowie von dem Verbot, sonntags ein Glas Kognac zu genießen. Ausführlich beschrieb er die einzigartige und sagenumwobene Atmosphäre im *La Casserole*, erzählte von Tobs weisen Sprüche und den unzähligen Malen, die sie nach Feierabend gemütlich zusammengesessen hatten, um sich noch einen guten Tropfen zu gönnen.

Er fragte sie nach ihren Vorlieben und Wünschen, nach ihren Interessen und Träumen, nach ihrer Jugend in einem Weinschlösschen bei St. Emilion, nach den innersten Geheimnissen der Weintraube und nach Honoré de Balzacs nackten Menschenporträts, nach Montesquieus erstaunlichen Klimatheorien, nach den revolutionären Visionen der Renault-Arbeiter und der gleichbleibend starken Anglophobie der Franzosen.

Danach spazierten sie im Halbdunkeln noch ein bisschen

durch den Garten, zwischen Hibiskus und Bougainvillea, Wange an Wange, und schwiegen gemeinsam.

Um zwanzig Uhr hatte sie einen Termin zu einem retrospektiven Gespräch mit Doktor Umbro. Alles, was sie im Zusammenhang mit ihrer Krankheit erlebt hatte, wollte der Arzt aufzeichnen. Selbst die kleinsten Details würden von Bedeutung sein. Diese Gespräche sollten immer abends stattfinden und gehörten nicht zur eigentlichen Behandlung. Diese war so gut wie abgeschlossen. Aber die Gespräche über den Krankheitsverlauf würden noch eine Weile andauern, und daher musste sie noch mindestens eine Woche warten, bis sie die Klinik verlassen konnte. Doktor Umbro war in diesem Punkt äußerst pedantisch.

Bevor sie sich trennten, wollte Geneviève Fredric noch das Musikzimmer zeigen.

Sie durchquerten die Eingangshalle und stiegen eine breite Treppe hinauf. Am Ende eines Gangs gab es eine große Tür mit dem Bild eines Harfe spielenden Satyrs. Sie öffnete die Tür und führte ihn hinein.

Auf dem Boden lagen weiche Teppiche. Der Raum hatte keine geraden Wände, sondern bestand aus Bögen und Nischen. Die Decke wogte auf und ab wie ein Meer im Sturm. Überall standen weiche, bequeme Sessel herum. An Halterungen entlang den Wänden waren die eigenartigsten Musikinstrumente aufgehängt, die man sich vorstellen konnte.

Geneviève ging umher und erklärte Fredric alles. Sie zeigte auf eine antike Lyra. Diese wurde *Chelys* genannt und stammte ursprünglich von der Insel Kreta. Es hieß, der Gott Hermes habe dieses Instrument erfunden. Fredric bekam tibetische Klostertrompeten zu sehen, eine griechische *Kithara* aus dem Jahr 700 vor Christus, einen ägyptischen *Sekem* sowie Syrinxe und Flöten in allen möglichen Formen.

Auf einem Regalbrett an der Wand sah Fredric ein Instrument, das an kein anderes erinnerte, das er je gesehen hatte.

Das sei ein *Cilot*, erklärte Geneviève. Er werde jedoch nicht mehr benutzt. Ursprünglich stammte er wohl aus dieser Gegend. Er war gleichzeitig ein Saiten- und ein Blasinstrument, das äußerst merkwürdige Klänge von sich gab, wenn es gespielt wurde.

Alle anderen Instrumente wurden therapeutisch eingesetzt. Außerdem gab es noch eine hochwertige Musikanlage mit mehreren Lautsprechern, die in einer ausgeklügelten Anordnung über den Raum verteilt waren.

Fredric war fasziniert. Er hatte große Lust, einfach in diesem Raum zu bleiben und nachzudenken. Alles wirkte so harmonisch, so gut aufeinander abgestimmt.

Doch plötzlich wurde die Zeit knapp. Geneviève sollte in wenigen Minuten den Arzt treffen. Sie begleitete Fredric hinunter zum Eingangsportal. Sie verabredeten sich für den nächsten Tag zu einem langen Spaziergang. Geneviève wollte um eins zum Bootssteg unterhalb des Dorfes kommen.

Es war dunkel. Fredric fand die Säule wieder, auf der er am Vorabend gesessen hatte. Hinter ihm lag das Ausgrabungsgelände. Er war froh. Froh darüber, dass keine dunklen Gedanken, keine traurige Nachricht das Treffen zwischen Geneviève und ihm gestört hatten. Sie hatte offenbar noch nicht von Signore Loppos plötzlichem Tod gehört, und er hatte ganz bewusst nicht darüber gesprochen.

Unten auf dem Marktplatz war alles still. Ofanes trauerte. Signore Rattis Trattoria war geschlossen.

Er wünschte, es gäbe jemanden, mit dem er hätte reden können, jemanden, auf den er sich verlassen konnte. Hier konnte jede Frage, die er stellte, missverstanden werden, und es gab Zusammenhänge, die er nicht kannte. Er freute sich auf den Tag, an dem Professor d'Angelo auftauchen würde. Der hatte ihm sicher viel zu erzählen.

Er blieb noch eine Weile sitzen und starrte in die Dunkelheit. Der Gesang der Zikaden rauschte ihm in den Ohren. Vor ihm stand das große verfallene Gebäude. Was für ein Haus war das einmal gewesen? Er konnte die Konturen erahnen, die spitzen Giebel, das eingestürzte Dach. Morgen würde er sich das genauer ansehen. Hier gab es so manches, was er gerne gründlich erforschen würde. Aber er musste vorsichtig sein. Bei jedem Schritt. Er würde nichts tun, was nicht sorgfältig durchdacht war.

Ein Satz schwirrte ihm immer wieder im Kopf herum. Ein Satz aus dem Teil des *Kodex Ofanes*, den er zu deuten versuchte. Ein Abschnitt des griechischen Textes lautete: *Ermetica Chiron hat es gesagt, so ist das Flüstern des Todes in unseren ländlichen Dionysien…*

Wer war Ermetica Chiron? Das, was diese Person gesagt hatte, verbarg sich in dem kodierten Text, von dem er bisher kaum etwas verstand. War Ermetica Chiron ein Schüler des Pythagoras? Einer, der den metaphysischen Teil der Lehre des weisen Mannes weiterführte? Barg der *Kodex Ofanes* sensationelle neue Entdeckungen, was die wissenschaftlichen Schulen der Antike betraf?

Darauf konnte ihm Professor d'Angelo bestimmt eine Antwort geben.

Fredric Drum blinzelte. War das ein *Licht* da hinten? Er blickte konzentriert zu dem baufälligen Gebäude hinüber. Da war etwas, das sich bewegte. Er sah, wie ein schwacher Lichtschein hin und her wanderte.

Fredric stand auf und ging einige Schritte darauf zu. Jetzt sah er es ganz deutlich. Da hinten in der Dunkelheit, in einem der offenen Portale des verfallenen Hauses, war eine kleine Flamme.

Das Licht verschwand, dann tauchte es wieder auf. Es bewegte sich unablässig. *Da drinnen war ein Mensch!* Was machte er da in der Dunkelheit?

Fredric wurde neugierig und trat noch näher heran. Doch dann besann er sich. Das hier ging ihn nichts an. Er durfte sich nicht von Dingen anlocken lassen, die ihn nicht betrafen, Dingen, die ihn vielleicht …

Er führte seine eigenen Gedanken nicht zu Ende. Automatisch hatten seine Füße ihn noch ein paar Schritte näher an das Gebäude herangeführt. Er war unverbesserlich. Warum sollte er ein Licht in der Nacht nicht untersuchen dürfen?

Das Licht flackerte, es handelte sich um eine Kerze. Aber er konnte die Person, die sie trug, nicht sehen. Am Eingangstor stolperte er über herabgestürzte Mauersteine.

»Hallo da drinnen!«, rief er.

Das Echo hallte von den nackten Wänden wider. Sonst herrschte absolute Stille. Resolut kletterte er über die Steinblöcke, die ihm im Weg lagen, und war schon im Gebäude. Über sich konnte er die Sterne sehen.

Es roch nach Urin und Exkrementen. Das Kerzenlicht flackerte und war jetzt viel heller. Er rief wieder. Keine Antwort.

Wie eine Katze schlich er sich näher heran. Als er glaubte, so nah zu sein, dass er die Person gleich erkennen müsste, verschwand das Licht wieder. Im nächsten Moment tauchte es unterhalb von ihm auf. Derjenige, der die Kerze trug, ging eine Treppe hinab!

»Pythagoras, bist du das, Pythagoras?«, rief Fredric laut, um sich Mut zu machen. Er stand jetzt am oberen Treppenabsatz.

Das Kerzenlicht verschwand in einem Korridor oder einer Grotte. Vorsichtig tastete er sich die Treppenstufen hinunter. Ein feuchter, widerlicher Geruch strömte ihm entgegen. Er musste sich beeilen, wenn er verhindern wollte, dass er das Licht ganz aus den Augen verlor.

Er stolperte und wäre beinahe gefallen. Dann blieb er stehen und drehte sich um. Raus, Fredric, raus!, sagte seine innere Stimme, doch er hörte nicht auf sie. Am Echo seiner eigenen Schritte erkannte er, dass er einen größeren Raum betreten hatte. Um ihn her war es vollkommen finster. Er stand ganz still und hielt den Atem an. Als er erneut rufen wollte, hörte er hinter sich eine laute Stimme. Er konnte die Worte nicht verstehen, denn einen Augenblick später ertönte ein so gewaltiger Lärm, dass seine Trommelfelle vor Schmerzen vibrierten.

Eine schwere Tür war hinter ihm zugeschlagen worden.

5.
Er grüßt den Großinquisitor, empfängt einen senilen Gast und hört den himmlischen Gesang der Empedesius-Schwestern in der Ferne

Er blieb ganz ruhig stehen und spürte ein leichtes Kribbeln in den Handflächen. Natürlich wusste er, dass er sich wie ein blindes Tier in eine Falle hatte locken lassen. In vollem Bewusstsein des Risikos hatte er alle Vorsichtsmaßnahmen vernachlässigt und *der* Triebkraft nachgegeben, die er nie in den Griff bekam: seine Neugier. Das Schlimmste war, dass er keine Angst verspürte, keine Reue, nur eine gewisse Mutlosigkeit. Das Drum-Syndrom hatte sich wieder bemerkbar gemacht.

Er rührte sich nicht. Hier, wo er jetzt stand, war er sicher. Dagegen hatte er keine Ahnung, was die Dunkelheit um ihn herum verbergen mochte. Aber der Gedanke, dass es etwas Erfreuliches sein konnte, schien ihm abwegig. Er lauschte und hörte ein kratzendes Geräusch. Mehrmals verspürte er, wie ein Luftzug an seinem Gesicht vorbeiwehte, und es dauerte eine Weile, bis er begriff, woher der stammte: Fledermäuse. Ratten und Fledermäuse. Ungefährliche, harmlose Tiere. Wo es Tiere gibt, gibt es immerhin Leben, dachte er optimistisch.

Er ging in die Hocke und betastete mit den Händen den Boden, auf dem er stand. Steinplatten. Feuchte, grobe Steinplatten. Und dann noch etwas Dickes, Glattes. Er bohrte seine Fingernägel hinein und fand sofort heraus, was es war: Wachs und Talg von Kerzen. Hier hatten im Laufe der Zeit unzählige Kerzen getropft.

Aha, dachte er und zog sein Feuerzeug aus der Tasche. Die Flamme war schwach, aber er konnte immerhin Wände, Nischen und einige unbestimmbare Gegenstände erkennen. Er knipste das Feuerzeug aus und begann, das Wachs vom Boden zu kratzen. Danach riss er sich einen Fetzen von seinem Hemd.

Er stand immer noch an derselben Stelle. Im schwachen Licht seines Feuerzeugs hatte er neben sich dunkle Schatten gesehen, die ohne Weiteres Abgründe sein konnten. Lange fummelte er an dem Stofffetzen herum, bis es ihm gelang, Fäden herauszuziehen und sie so zu verflechten, dass sie die Funktion eines Dochts übernehmen konnten. Schließlich bildete er um den Docht herum einen Wachsklumpen und stellte das Ganze auf den Boden. Er zündete den Docht an. Die Flamme war hoch und kräftig.

Na also, dieser Kerzenklumpen tut's doch, dachte er und sah sich um. Es erblickte Wände und hoch über sich eine Decke. Aber der Boden, auf dem er stand, war nur eine breite Mauer, die quer durch den Raum verlief. Ein Schritt zur Seite, und er wäre in die Tiefe gestürzt.

Von der Tür aus, durch die er gekommen sein musste, führte die Mauer bis zu einer glatten Wand. Er stand ungefähr in der Mitte der Mauer. Vorsichtig hob er den Wachsklumpen auf und zog sich bis zur Tür zurück. Die bestand aus kräftigen Planken mit rostigen Beschlägen und wirkte äußerst stabil. Er drückte dagegen, so fest er konnte, aber die Tür gab keinen Millimeter nach.

Hier war er also frech und fröhlich in die Dunkelheit spaziert, war einem Licht gefolgt, hatte, ohne es zu wissen, einen Balanceakt auf einer Mauer vollführt und stand jetzt da, eingesperrt und allein. Aber das Licht war doch vor ihm gewesen. Wie konnte sein Träger auf der Mauer an ihm vorbeigegangen sein und die Tür verschlossen haben?

»Unmöglich, Fredric Drum, unmöglich!«, sagte er laut.

Seine Kerze brannte gut. Er ließ sie vor der Tür stehen und ging wieder auf der Mauer entlang, immer geradeaus, bis er die andere Wand erreichte. Die war glatt und wies keinerlei Öffnung auf. Die Fledermäuse flatterten um ihn herum und warfen groteske Schatten an die Wände. Unten im Abgrund hörte er die Ratten scharren.

Er warf ein paar kleine Münzen, die er in der Hosentasche hatte, hinunter und hörte, wie sie auf dem Grund aufschlugen. Nach unten mussten es mindestens fünf Meter sein. Dort wollte er jedenfalls *nicht* hin.

Anders als auf dieser Mauer entlang konnte er sich nicht bewegen. Er begriff nicht, wozu dieser Raum gedient haben mochte. Ein Aufenthaltsraum konnte es ja offensichtlich nicht gewesen sein.

Die Wände, die er zu beiden Seiten erkannte, waren voller Löcher und Nischen. Er sah etwas, das an einen gewaltigen Flaschenzug erinnerte, und an der einen Wand ragten einige Balken aus der Tiefe nach oben. Doch konnte er sie nicht erreichen, weil der Abgrund dazwischenlag. Er nahm den Wachsklumpen in die Hand und beugte sich vor. Den Grund konnte er nicht sehen.

Wohin war diese Person mit der Kerze verschwunden?

Danach konzentrierte er sich lange auf die Tür. Sie schien keine Schwachstellen zu haben. Auf der Außenseite musste ein schwerer Riegel vorgeschoben worden sein. In das alte Holz hatte jemand eine Menge Buchstaben eingeritzt. Einige davon sahen frisch aus. Daten und Namen. Hier hatten bestimmt Kinder gespielt. Aber ganz oben an der Tür stand ein Wort älteren Datums.

Er konnte es entziffern: HARMONIVM.

»Harmonium.« Ganz genau. Er befand sich im »Harmonium«. Gut zu wissen. So sah also ein »Harmonium« aus.

Er lachte leise vor sich hin. Das war doch wirklich zu dumm!

Das Haus, die Ruine, in die er hineingegangen war, stammte mit Sicherheit aus dem Mittelalter. Hier hatte bestimmt die süditalienische Inquisition ihr Unwesen getrieben. Der Heilige Ambrosius, Martin von Tours und Johannes Chrysostomos waren hier womöglich auf derselben Mauer auf und ab gegangen wie er. Während der Großinquisitor, Tomàs Torquemada persönlich, Reisender in Sachen Tortur und dauerhafter Folter, sich hinter den Kulissen an seinen neuen und immer raffinierteren Methoden erfreute.

Fredric spürte, dass Torquemadas Gelächter immer noch in den Wänden hing.

Der Kerzenklumpen brannte mit hoher Flamme und würde bald verbraucht sein. So schnell wie möglich ließ er sich auf die Knie sinken und kroch auf der Mauer entlang, wobei er alles Wachs zusammenkratzte, das er finden konnte. Dabei kam ein ziemlich großer Klumpen zusammen, aber auch der würde nicht ewig reichen. Bald würde die Dunkelheit um ihn herum vollkommen sein.

Wein, dachte er. Eine gute Flasche Wein wäre jetzt das Richtige. Damit all die Gedanken und Fragen zur Ruhe kämen, die wie gereizte Wespen in seinem Schädel umherschwirrten. Die friedlichen Nachmittagsstunden mit Geneviève schienen plötzlich in weiter Ferne zu liegen. In dem flackernden, fast psychedelischen Lichtschein des Wachsklumpens kamen ihm allmählich starke Zweifel, in welcher Wirklichkeit er sich eigentlich befand. Wie ein ätherisches Wesen ohne Form und Fasson ließ er sich in Situationen und Zustände führen, von deren Existenz normale Menschen keine Ahnung hatten.

Drums Syndrom.

Er starrte die schwere, Hunderte Jahre alte Tür an. Das Holz war hart und kompakt. Es roch nach Harz, oder war es Kampfer?

Plötzlich lachte Fredric Drum laut und heftig. Sein Gelächter hallte in dem unterirdischen Raum wieder, in den Ecken flatterten Fledermäuse auf.

Die Lösung war ganz einfach. Er brauchte nicht länger als unbedingt nötig hierzubleiben.

Er kratzte mit den Fingernägeln noch einmal über die Steine und sammelte den allerletzten Rest an erkaltetem Wachs. Damit rieb er den unteren Rand der Tür gründlich ein und schob den Kerzenklumpen dagegen.

Schwarzer Rauch stieg auf. Die Flammen versuchten, sich ins Holz hineinzufressen, was ihnen nach einigen Minuten auch tatsächlich gelang. Funken schlugen und knisterten, der Lichtschein wurde immer heller. Fredric zog sich auf der Mauer zurück und nieste heftig.

Er setzte sich hin und wartete geduldig. Dabei blickte er in den Abgrund hinab, der durch die Flammen jetzt deutlicher sichtbar wurde. Er konnte sogar den Grund erkennen. Der Anblick erfreute ihn allerdings nicht besonders: Dicht an dicht ragten da unten spitze, verrostete Eisenstacheln auf. Wäre er von der Mauer gefallen, wäre er auf grausame Weise aufgespießt worden. Ein lebensgefährlicher Spielplatz für Kinder.

Er sah auf die Uhr. Es war Viertel nach zehn. Er war also noch nicht länger als eine knappe Stunde hier eingesperrt. Die Tür brannte kräftig, wodurch Rauch zur Decke aufstieg und eine Unzahl von Fledermäusen in Panik versetzte. Es roch zwar nicht besonders gut, aber Fredric genoss die Situation. Schon bald würde er wieder frische Luft einatmen können.

Er ging bis zur gegenüberliegenden Wand, um sie noch einmal zu untersuchen. Die Person mit der Kerze konnte doch nicht einfach hindurchspaziert sein? Als er ein weiteres Mal hinabblickte, sah er es plötzlich:

In die Mauer waren Eisenbügel eingelassen, an denen man hinunterklettern konnte. Da in der Tiefe aber nichts als spitze Eisenstangen zu sehen waren, verspürte er keinen Drang, dies zu tun.

Jemand hinter ihm hatte gerufen. Sekunden später war die Tür zugeschlagen worden. War das eine Warnung gewesen? Ein letzter Gruß an Fredric Drum? Eines war klar: Sowohl vor als auch hinter ihm hatten sich Menschen befunden.

Inzwischen hatte das Feuer die Tür an mehreren Stellen durchdrungen. Er ging hin und trat kräftig dagegen. Funken und Glut flogen in alle Richtungen, ehe die gesamte Holzkonstruktion in sich zusammenfiel. Er konnte in die Freiheit hinausspazieren.

*

Die Rezeption des Albergo Anziano Ofani war unbesetzt. Fredric hatte großen Hunger. Da die Trattoria geschlossen war, blieb ihm nur das Hotel. Er rief ein paar Mal »Hallo« und setzte sich auf ein Ledersofa, um zu warten.

Im Raum hinter der Rezeption wurde ein gedämpftes Gespräch geführt. Er erkannte die tiefe Stimme des Hotelbesitzers.

Endlich tauchte er auf. Das schwarze griechisch-orthodoxe Haar und der ebensolche Bart standen in alle Richtungen ab. Der Mann starrte ihn mit wahnsinnigem Blick an. Rasputin konnte in seiner ekstatischsten Phase nicht schlimmer ausgesehen haben, dachte Fredric und fragte sich, ob es überhaupt klug war, das Wort »Essen« auszusprechen.

»*Mi scusi, Signore*, aber wäre es vielleicht möglich, eine Flasche Wein, etwas Brot und Käse auf mein Zimmer gebracht zu bekommen? Die Trattoria von Signore Ratti hat bekanntlich heute Abend geschlossen.«

»*Prosciutto*«, murmelte Garrofoli und fuhr sich durch seinen Bart. »Sie riechen stark nach *Prosciutto*, geräuchertem Schinken. Stark geräuchertem Schinken. Außerdem sind Sie im Gesicht schwarz vor Ruß. Und mir liegt Ruß auf der

Seele. Ich verstehe bald gar nichts mehr. Ich laufe hier herum und bin *perinde ac cadaver*, obwohl ich doch eigentlich …« Er unterbrach sich. »Wollten Sie nur Essen und Wein?« Mit den Fingern trommelte er nervös auf die Theke der Rezeption.

»*Sì, Signore, grazie*. Aufs Zimmer, wenn möglich.«

Signore Garrofoli nickte und murmelte etwas Unverständliches und verschwand wieder im hinteren Teil des Hauses.

Fredric ging die Treppe hinauf und ins Bad. Der Anblick, der ihm im Spiegel begegnete, war geradezu unheimlich: Sein Gesicht war rußgeschwärzt. Er fragte sich, was die Leute wohl gedacht hätten, wäre bei Signore Ratti geöffnet gewesen. Und er stank. Saurer Rauch saß in seinen Kleidern, und wenn italienischer Schinken wirklich so roch, würde er sich aber bedanken.

Schnell duschte er und wechselte die Kleidung.

Als er fertig war, stand das Essen schon auf seinem Zimmer. Wein, Käse und Brot. Nicht mehr und nicht weniger. Er warf einen schnellen Blick auf den Rahmen mit dem lateinischen Zitat. Es war immer noch dasselbe wie beim letzten Mal. Und darunter hing immer noch seine eigene Antwort.

Gut. Er kaute Käse und trockenes Brot.

Perinde ac cadaver, hatte der Hotelier gesagt. Gehorsam wie eine Leiche. Aha, er war also gehorsam wie eine Leiche. Kadavergehorsam. Wem gegenüber denn eigentlich? Der verrückten Hausangestellten? Seiner Liebhaberin? Andrea? Er starrte vor sich hin, während er kaute. Viele Rätsel, keine Antworten.

Er hätte dem Hotelier gern ein paar Fragen gestellt. Über das Hotel und über das Nachbarhaus hinter dem Hügel, das Ruinengebäude. Der Mann hatte irgendwelche Probleme. Für so einen kleinen Ort hatte Ofanes ungewöhnlich viele Probleme. Fredric konnte keine vernünftigen Zusammenhänge herstellen.

Man hatte ihn die Klippen hinuntergestoßen, bevor er den Ort auch nur erreicht hatte.

Ein fauler und unfreundlicher Polizeichef beschuldigte ihn des Eierdiebstahls.

Er war in einem Mittelalterkloster von Hotel gelandet, dessen Besitzer sich, gelinde gesagt, höchst unkonventionell benahm.

Beim Besuch der einzigen Trattoria des Ortes glotzte der Wirt ihn an wie ein Wesen von einem anderen Planeten.

Ein bekannter Burgherr beschimpfte und beleidigte ihn vor den Ohren des halben Dorfes.

Er besuchte ein archäologisches Ausgrabungsgelände, auf dem im Laufe kurzer Zeit drei Personen tot umgefallen waren.

In einem wunderschönen Herrenhof, einem Hospital, das von Musik und zufriedenen Patienten erfüllt war, schenkte ihm seine Freundin ein Glück, von dem er nicht zu träumen gewagt hätte.

Er wurde in einen dunklen Keller gesperrt, in dem er auf spitzen, verrosteten Eisenstangen sein Ende finden sollte.

Fredric Drum, du bist verrückt!

Er trank den Wein in winzigen Schlucken und verfiel in immer düsterere Gedanken. Im Zimmer war es jetzt gemütlich und angenehm warm. Der Lichtschein des Priesters unter dem Bett und der Öllampe bewirkten, dass er sich ganz und gar in ein anderes Jahrhundert zurückversetzt fühlte.

Hier wussten alle, wer er war. Das konnte zwei mögliche Ursachen haben:

Professor d'Angelo hatte vielleicht von seinem Auftrag und seiner Ausbildung als Schriftdeuter erzählt. Angesichts der bahnbrechenden Errungenschaft von Laksdal und Johanessen war es durchaus möglich, dass einem Norweger in dieser Gegend besondere Aufmerksamkeit zuteil wurde. Es konnte natürlich auch daran liegen, dass Geneviève allen offen und ehrlich von ihrem Liebsten erzählt hatte, der sie bald besuchen würde. Sie hatte mit Sicherheit viele Stunden in Rattis Trattoria verbracht.

Romeo Umbros Verhalten war wirklich außergewöhnlich. Er hasste offensichtlich alle Norweger. Das konnte eigentlich auch nur auf Laksdals und Johanessens Arbeit zurückgeführt werden. Was war bloß die tiefer liegende Ursache dieses Hasses? Das wollte Fredric herausfinden. Das Treiben der Familie Umbro in den letzten Jahrhunderten war sicher eine nähere Betrachtung wert. Vielleicht sollte er morgen einfach mal den Hügel hinaufspazieren und an das Tor des mächtigen Burgherrn klopfen.

Du sollst dich nicht in Dinge einmischen, die dich nichts angehen. Fredric lachte leise und tonlos in sich hinein.

Laksdal und Johanessen. Es war also ihr Verdienst, dass dieser Ort, diese Ausgrabungen ein so großes Aufsehen erregt hatten. Ohne die epochale Entdeckung ihrer Methode, die Papyrusrollen zu öffnen, hätte sich Ofanes nicht von tausend anderen archäologischen Fundstätten in Italien unterschieden. Aber hier hatte man also Texte entdeckt und entschlüsselt, die das bisherige Verständnis der Antike vielleicht auf den Kopf stellen würde. Etwas Neues war gefunden worden, etwas *vollkommen* Neues. Und da gab es jemanden, dem das absolut nicht gefiel. Hinter Romeo Umbros verbitterten Auslassungen über Norweger schwelte ein tiefer, leidenschaftlicher Hass.

Was hatte er noch mal genau gesagt? »*Das, was du zu wissen glaubst, entspricht nicht der Wahrheit, und das, was du glaubst, erfahren zu können, ist die Ausgeburt kranker Hirne.*« Eine eigenartige Behauptung, starke Worte. Was entsprach denn hier nicht der Wahrheit? Das, was im *Kodex Ofanes* zu lesen war? Im *Fragment Nr. 233 XII*? Aber was wusste denn Romeo Umbro darüber?

Der Wein war fruchtig, fast säuerlich, tat Fredric aber gut. Er suchte seine Papiere heraus und las zum x-ten Mal den griechischen Text.

Was war »die Botschaft des Heiligen Cylotian«? Er schlug in diversen Namenslisten und Registern nach, fand aber nirgendwo einen Namen oder Begriff, der »Cylotian« ähnelte. Der gesamte Text war kryptisch. Die einzigen bekannten Wörter waren:

»Odeion«, »Apaturie«, »Simmias«, »Hephaistos«, »Hekate«, »Persephone« und »Chiron«. Und dann noch »Synedrium« und »Umbilicus Telluris«, die »Versammlungsort« und »Nabel der Welt« bedeuteten.

War Ofanes einmal der Nabel der Welt gewesen, der Versammlungsort, an dem alle wichtigen Informationen und Lehren weitergegeben wurden?

Der Text bezog sich auf einen Schüler des griechischen Philosophen Simmias aus der thebanischen Schule. Der Schüler hieß Croton. War die Stadt Crotone nach ihm benannt worden? Fredric schlug auch das in seinen Büchern nach und beschäftigte sich eine Weile mit Simmias. Der hatte offenbar eine Menge interessanter Gedanken gehabt.

Simmias hatte zum Beispiel behauptet, dass der Körper, unser physischer Körper, zusammengehalten wird von Wärme und Kälte, Feuchtigkeit und Trockenheit und vielem anderen. Die Seele wird somit eine *Krasis*, eine Mischung, und eine *Harmonia*, ein Zusammenklang, all dieser Gegensätze. Daraus wurde hergeleitet, dass die Seele zusammen mit dem Körper zugrunde gehen müsse. Dahinter steckte nichts Geringeres als die Lehre von der Seele als einer Harmonie physischer Faktoren, mit anderen Worten, eine Art umgekehrte Psychosomatik in enger Verbindung mit medizinischen Beobachtungen. Pathologische Zustände im Körper konnten den seelischen Funktionen schaden.

Damit geriet, wie Fredric schloss, Simmias in einen starken Konflikt mit dem Hauptdogma der ursprünglichen pythagoreischen Philosophie, die mit Bestimmtheit die Unsterblichkeit der Seele postulierte.

Er wunderte sich über zwei Dinge: Die *Gegensätze*, aus denen die Seele bestand – verbarg sich dahinter dasselbe wie die Idee des Pythagoras von *peras* und *apeiron*, die Unmöglichkeit und Möglichkeit der Gegensätze, ein Kraftfeld, das die Tür der Erkenntnis öffnen konnte? Außerdem war da noch das Wort »*Harmonia*«.

Harmonia – Harmonium.

Hatte er sich nicht gerade in einem Raum befunden, der vielleicht als Harmonium bezeichnet worden war?

Croton war der Schüler des Simmias. Crotone war eine Stadt nicht weit von hier. In dieser Stadt hatte Pythagoras sich niedergelassen. Nach und nach wurden Schulen gegründet, die auf dem metaphysischen Teil von Pythagoras' Philosophie basierten. Die Pythagoreer hatten nach dem Tod ihres Meisters große Streitigkeiten ausgetragen. Einige von ihnen fielen zu Boden, als seien sie von einem unsichtbaren Blitz niedergestreckt worden …

Tetragrammaton. Zahlenmagie. Kabbalismus. Hermetische Philsophie. Die verborgene Weisheit. Der Antinomismus. Die Inquisition. *Vendetta*. Stichworte für die kulturellen Besonderheiten dieser Region im Laufe der Jahrhunderte. Wer hier tief genug grub, konnte dabei durchaus auf exotische, wenn auch nicht sehr angenehme Elemente stoßen.

Er war erschöpft. Der Wein hatte ihn schläfrig gemacht, seine Gedanken waren nicht mehr klar. Das Glutbecken unter seinem Bett glühte noch schwach, und es war angenehm warm im Zimmer. Er kroch unter die Decke.

Still. Das Hotel war vollkommen still. Hier ertönten kein Geschrei und Gejohle aus einer Bar oder gedämpfte Musik von einem Nachtklub. Es gab nur einen einzigen Gast: Fredric Drum aus Norwegen.

*

Er erwachte ausgeruht und in guter Stimmung. Irgendwo in der Nachbarschaft krähte heiser und schräg – und viel zu spät – ein Hahn. Es war schon nach neun. Die Sonne stand bereits hoch am Himmel.

Fredric blieb noch eine Weile im Bett liegen und genoss den optimistischen und flüchtigen Strom seiner morgendlichen Gedanken: Sie führten durch grüne Olivenkronen, über sprudelndes Quellwasser und üppige Rasenflächen, an einer weiß gekalkten Mauer entlang und durch ein offenes Fenster in den alten Herrenhof, der nicht weit entfernt lag.

Dort lächelte Geneviève sich den Schlaf aus den Augen. Dort stand sie auf, streckte sich, ging ans Fenster und blickte über das grüne Meer.

Seine Gedanken wurden jäh unterbrochen. Er hörte Schritte draußen auf dem Gang. Sie blieben vor seiner Tür stehen. Dann waren drei vorsichtige Klopfer zu hören.

Fredric sprang aus dem Bett und zog sich etwas über. Er öffnete die Tür.

Es war Andrea. Jetzt, am hellichten Tag, sah sie gar nicht mehr so zerquält und verängstigt aus. Sie konnte nicht älter als vierzig sein. Zwar war sie mager und kantig gebaut, doch nicht unschön anzusehen. In ihrem Blick lag allerdings eine Mattheit, die nicht ganz gesund wirkte. Sie war bleich und ernst.

»Ja?«, fragte Fredric.

»Signor Drum hat Besuch. Er wartet an der Rezeption.« Sie sagte das so leise, dass es kaum hörbar war. Dann drehte sie sich abrupt um und verschwand am Ende des Korridors.

Besuch? Fredric erledigte in Windeseile seine Morgentoilette und steckte sich ein hartes Stück Brot vom Vorabend in den Mund. Wer konnte so früh am Morgen zu Besuch gekommen sein?

Die Antwort bekam er gleich darauf. An der Rezeption stand ein älterer Mann mit großem, schwarzem Hut, dessen

Hände über seinem von einem Priestergewand bedeckten Bauch gefaltet waren. Es war der Pater. Der Pater aus dem Bus. Fredric erkannte ihn sofort wieder. Er spürte, wie sich eine unbeschreibliche Erleichterung in ihm ausbreitete. Jetzt, *jetzt* würden die Dinge endlich in Gang kommen! Der gestrige Anruf hatte den Mann zur rechten Zeit zu ihm geführt.

Der Pater verbeugte sich leicht. Fredric gab ihm die Hand und stellte sich vor. Er nahm ihn mit in den sogenannten Salon. Dort war keine Spur von Signore Garrofoli und Andrea zu sehen.

»Erinnern Sie sich noch an mich?«, fragte Fredric gespannt.

»*Sì, Signore*. Ich kann mich gut an Sie erinnern. Sie wurden vor einigen Tagen von drei Polizisten im Bus festgenommen und abgeführt. Gegen wen haben Sie sich versündigt, und warum haben Sie mich hierher gebeten? Mein Primas sagte, es sei sehr wichtig, deshalb habe ich gleich heute Morgen meine Vespa genommen.«

»Das erkläre ich Ihnen jetzt.« Fredric beugte sich eifrig seinem Gast entgegen. »Sie erinnern sich also daran, dass ich aus dem Bus geführt wurde. Die Polizisten haben mich mitgenommen, alles ging sehr schnell. Haben Sie gesehen, was danach mit mir passiert ist?«

Der Pater schüttelte den Kopf. »Der Bus ist sofort weitergefahren.«

»Genau«, sagte Fredric. »Aber wissen Sie, was die drei Polizisten gemacht haben? Sie haben mich brutal einen Abhang runtergestoßen. Ich hätte zweihundert Meter tiefer ins Meer stürzen können, wenn ich nicht zufällig auf einem Felsvorsprung gelandet wäre. Dort habe ich fast zwei Tage verbracht, ehe ich von einem Hubschrauber gerettet wurde. Und jetzt glaubt der Polizeichef dieses Ortes, dass ich lüge, dass ich eigentlich geplant hatte, Eier zu stehlen, dass ich ein Eierdieb bin!«

Der alte Pater betrachtete ihn mit frommen Augen. »Ich

verstehe, Signore, die Polizisten glaubten, sie hätten einen Eierdieb erwischt. Aber warum sammeln Sie denn eigentlich Eier?«

Fredric riss die Augen auf. »Sie verstehen das völlig falsch. Hören Sie. Ich werde langsam und deutlich sprechen. Mein Italienisch ist vielleicht nicht perfekt.« Er holte tief Luft und erzählte die Geschichte noch einmal in aller Ruhe, während er die Augen des Paters fixierte.

Danach war es lange still. Dann sagte der Pater: »Es sind Gottes Geschöpfe. Auch die Vögel sind Gottes Geschöpfe. Sie hätten niemals mit den Polizisten über den Kalabrischen Falken reden sollen. Die haben Sie fallen lassen. Gott war es, der Sie gerettet hat.«

Fredric glaubte, er habe sich verhört. War der Pater etwa senil?

»Hören Sie mir bitte zu«, sagte er verzweifelt. »Sie haben doch *gesehen*, wie ich von drei Polizisten aus dem Bus geführt wurde?«

»*Sì, Signore*. Ich habe gesehen, dass Sie mit gebeugtem Kopf Ihre Sünden bereuten. Haben Sie schon Ihren Beichtvater aufgesucht?« Die Stimme des Paters war beunruhigend sanft.

Fredric war kurz davor zu explodieren.

»Kommen Sie«, sagte er und stand verärgert auf. »Wir gehen zum Polizeichef runter. Signore Nuragus. Kennen Sie Signore Nuragus vielleicht?«

Der Pater machte in der Türöffnung das Zeichen des Kreuzes. »Aber ja, seine Großmutter stiftete jedes Jahr drei Hühner und ein Schwein für die Schule der Heiligen Mutter für Blinde beim Rizzutokloster. Sie wurde einhundertdrei Jahre alt.«

Fredric sagte nichts weiter auf dem Weg zum Marktplatz. Der Pater folgte ihm gehorsam zur Polizeiwache.

Fredric klopfte an die Tür und hörte von drinnen ein Brummen. Sie gingen hinein. Signore Nuragus saß wie üblich mit der Fliegenklatsche in der Hand hinter seinem leeren Schreibtisch.

»Aha, Signor Drum. Sie kommen, um Rechenschaft abzulegen?« Seine Stimme war äußerst ironisch. Trotzdem zuckte er zusammen, als er den alten Pater erblickte. Ein Schatten glitt über sein Gesicht. Er erhob sich halb von seinem Stuhl und verbeugte sich.

»Holen Sie Stift und Papier raus!«, befahl Fredric. Er hatte keine Lust mehr, dieser personifizierten Dummheit gegenüber noch länger höflich zu sein. »Hier habe ich einen Zeugen. Das ist der Pater aus dem Bus. Er hat gesehen, dass ich von drei Polizisten aus dem Bus geführt worden bin. Deshalb muss jetzt endlich Schluss sein mit diesem Quatsch, dass ich Eier stehlen wollte.«

Auf der Stirn des Polizisten entsprangen einige blanke Tropfen. Sein Blick flackerte hin und her und blieb schließlich am Pater hängen.

»Der Bus?« Er kniff die Augen zusammen. »War Eure Heiligkeit zusammen mit Signore Drum aus *Norvegia* in diesem Bus?«

»*Sì, Signore poliziotto* Nuragus. Aber er bereut seine Sünden. Er ist gestrauchelt und hat sich wieder erhoben.« Die Stimme des Paters war gleichbleibend ruhig und versöhnlich.

»Was ist los?« Ein Tropfen war auf die Nasenspitze des Polizisten gefallen.

»Moment mal!« Fredric hob eine Hand. »Jetzt machen wir Nägel mit Köpfen! Sie schreiben unverzüglich eine Bestätigung, die der Pater unterzeichnet, dass ich am 31. Juli, dem Tag vor Camogli, auf dem Weg von Catanzaro nach Ofanes von drei unbekannten Polizisten mit Gewalt aus dem Bus geholt worden bin. Genau so war es. *Haben Sie das jetzt begriffen*?« Fredrics Stimme war bedrohlich laut geworden.

Nuragus trocknete sich das Gesicht ab. Seine Pupillen waren groß und so schwarz wie Johannisbeeren.

»War es so, Pater?« Seine Stimme war brüchig.

Der Pater sah ins Leere. Seine Augen waren so matt wie von Reif überzogene Eisflächen. Sie schienen nach etwas zu suchen, das in der physischen Welt nicht zu finden war. Dann sprach er:

»Der Prophet Jeremias hat gesagt, dass jeder Mensch ohne Verstand unvernünftig wird. Jeder Goldschmied schämt sich für seine ausgeschnittenen Bilder. Seine gegossenen Bilder sind Lüge, und es ist kein Geist in ihnen. Ich habe diesen jungen Mann in dem verlorenen Haus aufgesucht. Ich habe Maria mit dem Bluteimer gesehen. Dieser junge Mann kann niemals seine Schwingen so hoch erheben wie der Kalabrische Falke. Ich glaube nicht, dass der junge Fremde seine Sünden bereut, deshalb kann ich ihm nicht im Namen meines Heiligen Vaters vergeben. Ich kann nicht in Tinte das beichten, was mir der Starrsinn eines anderen befiehlt.«

Als sich Fredric diese nebulöse Rede angehört hatte, begriff er, dass er hier nicht weiterkam. Diese Schlacht war verloren. Der Wahnsinn war vollkommen. Er schüttelte den Kopf, richtete seinen Zeigefinger auf den Polizeichef und sagte:

»Wenn Sie auch nur ein bisschen Verstand im Schädel haben, dann vergessen Sie jetzt ein für alle Mal den Unsinn mit dem Eierdiebstahl. Stattdessen sollten Sie endlich damit anfangen, sich auf diese drei Todesfälle zu konzentrieren, die mit Sicherheit nicht auf Sonnenstiche zurückzuführen sind. Leben Sie wohl.« Darauf ging er hinaus und überließ den Pater und den Polizeichef sich selbst.

Es war schon nach zehn, und er sah zu seiner Freude, dass Signore Ratti seine Trattoria geöffnet hatte. Erschüttert vom unerfreulichen Beginn dieses Tages, wollte er mit einem soliden Frühstück wieder zur Ruhe kommen. Diesmal nahm ein junges Mädchen die Bestellung entgegen. Sie lächelte freundlich und war unverkennbar Rattis Tochter.

Als Fredric mit dem Frühstück halb fertig war, hörte er, wie eine Vespa aufheulte. Der ehrwürdige Pater jagte im ersten Gang und mit Vollgas quer über den Markplatz.

Seine schwarze Soutane flatterte im Wind, während er auf dem Weg zur Hauptstraße nach Crotone verschwand.

Fredric konnte sich ein Lächeln nicht verkneifen. Wie hatte Tob einmal gesagt: »Wenn man lange genug die biblischen Gleichnisse studiert, verschließt sich die Seele allmählich immer mehr im Labyrinth des Wahnsinns.« Dieser Pater befand sich jedenfalls schon lange dort.

Er genoss ein gutes, sättigendes Essen, bezahlte und ging. Dann schlenderte er zur Ausgrabungsstätte hinauf. Eigentlich hätte er dem Burgherrn, Signore Romeo Umbro, gern einen Besuch abgestattet, aber da er schon um eins mit Geneviève verabredet war, musste er das aufschieben.

Oben bei den Ruinen war alles still und verlassen. Nur der Spaten des Wachmanns lag immer noch an der selben Stelle, an der Fredric Signore Loppo gestern hatte liegen sehen. Der arme Signore Loppo. Was war eigentlich passiert?

Er wurde auf einen Mann aufmerksam, der mit gebeugtem Kopf im Schatten einer Mauer saß.

Der Mann stand auf, als Fredric sich ihm näherte. Fredric kannte ihn nicht und grüßte.

»Das wird ein warmer Tag.« Er blickte zum wolkenlosen Himmel empor.

»*Sì, Signore*, äußerst warm. An einem solchen Tag kann man einen Sonnenstich bekommen und einfach umfallen.« Fredric registrierte die Bitterkeit in seiner Stimme. »Sie sind Tourist, *straniero*?«

Fredric schüttelte den Kopf, stellte sich kurz vor und erklärte, warum er hier war. Erstaunlich, dass ihn anscheinend doch noch nicht *jeder* kannte.

Der Mann kam aus dem Schatten hervor. Er sah aus wie ein ganz gewöhnlicher Bauer. Seine verschlissene Jacke und Hose waren an mehreren Stellen geflickt. Tiefe Furchen in seinem sonnengebräunten Gesicht zeugten von Kummer und schwerer Arbeit. Trotzdem fiel Fredric auf, dass auch die Lachfältchen des Mannes rund um die Augen sehr ausgeprägt waren. Er wirkte sympathisch.

Der Mann nickte. »Ich habe Professor d'Angelo mal kennengelernt. Ein großzügiger und enthusiastischer Mensch. Gerecht. Mein Sohn hat in den Monaten, in denen er für den Professor gearbeitet hat, einen guten Lohn bekommen.«

»Ihr Sohn?« Fredric wurde hellhörig.

»Ja, der arme Aldo. Aldo und Marco, sein Freund, haben gemeinsam für den Professor gearbeitet. Jetzt sind sie tot. Die beiden sind dort drüben gleichzeitig gestorben. Ohne Grund. Sie lagen einfach da und waren tot. Genau wie Signore Loppo. Ich wünschte, diese Ruinen wären nie ausgegraben worden. Sie haben nur Unglück gebracht, wenn ich auch eigentlich nicht abergläubisch bin.«

Fredric sagte nichts. Jetzt war ihm klar, dass er mit Signore Puggi redete, Aldo Puggis Vater. Er musste also vorsichtig vorgehen.

»Signor Puggi«, sagte er, »man hat mir von den tragischen Ereignissen erzählt. Hätten Sie vielleicht Lust, mit mir ein Glas Grappa zu trinken? Ich habe auch schon so einige Merkwürdigkeiten erlebt, seit ich nach Ofanes gekommen bin. Nur kannte ich bisher keinen vernünftigen Menschen, mit dem ich darüber hätte reden können. Viele Leute hier benehmen sich wirklich eigenartig.«

»Eigenartig, ja.« Plötzlich wurden die Lachfältchen aktiv. »Eigenartig ist das richtige Wort. Gegen ein oder zwei Gläschen hätte ich nichts einzuwenden.«

Sie gingen zur Trattoria hinunter und suchten sich einen ungestörten Tisch ganz am Rand. Signore Ratti grüßte Fredric reserviert, ohne ihm direkt in die Augen zu sehen. Puggi machte einige lustige Bemerkungen, und da lachte Ratti. Die beiden verstanden sich jedenfalls gut, dachte Fredric.

Sie prosteten sich mit dem Grappa zu, und Fredric bekam einen leichten Niesanfall. Er war stärkere Sachen als Wein nicht gewohnt.

»Signor Puggi«, begann er. »Könnten Sie mir bitte ganz genau erzählen, was mit Ihrem Sohn passiert ist. Ich interessiere mich für alle Details.«

Puggi räusperte sich und blickte Fredric ernst an. »Für Details«, sagte er, »hat sich bisher niemand interessiert. Jedenfalls nicht dieser Bulle da drüben.« Er deutete verächtlich in Richtung des Polizeireviers. »Soll ich vielleicht am besten mit dem Anfang beginnen?« »Ja, fangen Sie mit dem Anfang an«, nickte Fredric. »Aldo durfte vor gut einem Jahr zum ersten Mal bei der Ausgrabung mitmachen, als die schweren Steine hinter dem, was der Professor ›Atrium‹ nannte, entfernt werden sollten. Aldo ist immer ein kluger Junge gewesen. Er hat viel nachgefragt und wollte immer alles ganz genau wissen. Er hat sich wirklich sehr für die Vergangenheit interessiert. Aldo und Marco sind im Laufe der Zeit enge Freunde des Professors geworden und durften an vielen Unternehmungen teilnehmen, zu denen die Arbeiter, die von außerhalb kamen, keinen Zugang bekamen. Der Professor brachte den Jungs viel bei, und Aldo konnte bald lateinische Inschriften verstehen. Eines Tages kam er stolz mit einem Geschenk nach Hause, das er vom Professor bekommen hatte. Es war eine Grabinschrift, die in eine Marmorplatte gemeißelt worden war. Ein paar hundert Meter unterhalb der eigentlichen Tempelruinen, wo vermutlich mal ein Friedhof war, gab es jede Menge dieser Grabplatten. Aldo verstand die Inschrift, es war ein sehr interessanter Text. Er lautete: *Viel aß Timokreon und viel trank er und vielerlei Böses sagte er über die Leute, hier ist Timokreons Grab.* Das könnte heutzutage auf so manch einen passen, nicht wahr?« Signor Puggi trank einen Schluck Grappa und fuhr fort:

»Als die Ausgrabungen im Juni unterbrochen wurden,

bekamen Aldo und Marco gemeinsam mit Signore Loppo den Auftrag, das Grabungsgelände zu bewachen, während die Archäologen weg waren. Wie Ihnen sicher bekannt ist, graben sie in den heißesten Monaten nicht. Die beiden nahmen ihre Aufgabe sehr ernst. Jeden Tag saßen sie auf einer der Mauern und überwachten das Gelände. Dann kam Aldo eines Abends, das war wohl Ende Juni, nach Hause und tat sehr geheimnisvoll. Ich knöpfte ihn mir vor, und da er großen Respekt vor seinem Vater hatte, konnte ich folgende Geschichte aus ihm herausbekommen: Sie hatten ein bisschen auf eigene Faust gegraben, er und Marco, und bei der Gelegenheit hatten sie etwas gefunden, von dem sie glaubten, dass der Professor sich sehr darüber freuen würde. Er erzählte mir vieles, was ich nicht verstand, aber eines begriff ich: Dass der Professor sie als Helden feiern würde, wenn er zurückkam. Was sie gefunden hatten, versteckten sie.

Ich sagte, dass sie das sofort Signore Loppo, dem Wachmann, erzählen sollten, und ich glaube, sie haben das auch getan. Eine Woche später waren die beiden tot.« Der Vater wandte sich von Fredric ab und wischte sich eine Träne aus dem Augenwinkel.

Fredric saß eine Weile schweigend da. Dann fragte er:

»Sie haben mir noch gar nicht erzählt, was sie da gefunden haben? Können Sie sich erinnern …«

»Ich erinnere mich an ein Wort wie ›Sillatan‹ oder so ähnlich und an den Namen ›Hekate‹. Aber was sie genau gefunden haben, davon habe ich keine Ahnung. Es kann sich eigentlich nicht um einen großen Gegenstand gehandelt haben.«

Fredric stutzte. Hekate. Die Göttin der Zauberei. Aber das andere Wort?

»Sillatan, kann das vielleicht *Cylotian* gewesen sein?« Mit einem Handzeichen bestellte er noch zwei Grappa.

»*Certo*«, sagte Puggi. »Das war das Wort. Was bedeutet es?«

»Wenn ich das bloß wüsste«, seufzte Fredric. »Ich habe von Professor d'Angelo den Auftrag bekommen, einen Text zu deuten. In diesem Text kommt das Wort auch vor. Aber ich habe keine Ahnung, was es bedeutet. Leider. Können Sie sich noch an weitere Details erinnern, irgend etwas, das Ihr Sohn vielleicht gesagt hat?«

Signore Puggi runzelte lange die Stirn. »Nein«, sagte er. »Mir fällt sonst nichts mehr ein. Aber ich bin mir eigentlich sicher, dass die Jungs es dem Wachmann erzählt haben. Und jetzt sind sie alle drei tot. Kommen Sie mir nicht mit Sonnenstich! Hier in der Gegend ist noch niemand an Sonnenstich gestorben, solange ich lebe. Das ist Unsinn!« Er beugte sich über den Tisch und flüsterte Fredric zu: »Ich glaube nicht an Zauberei. Die Jungs und Signore Loppo sind bestimmt ermordet worden. Auf eine heimtückische Weise. Irgendjemand will nicht, dass hier in der Erde gegraben wird.«

»Wer kann das nur sein?«, flüsterte Fredric zurück.

»Ach, da kommen viele infrage. Da haben wir zum Beispiel diesen faulen Sack von Polizeichef. Er hasst jede Form von Unruhe. Einfach alles, was Touristen anziehen könnte. Das verschafft ihm nur zusätzliche Arbeit, findet er. Und dann ist da natürlich *Il Falco*. Romeo Umbro glaubt, ihm gehöre die ganze Welt, und jeden Spatenstich in seine Erde empfindet er als Messerstich in seinen eigenen Körper. Und sein Neffe, Doktor Vitollo, der Ofanes schon lange vor den Ausgrabungen berühmt gemacht hat, ist von den Störungen rund um das Hospital auch nicht gerade begeistert. Weiterhin haben wir noch die Empedesius-Schwestern, die Nonnen im Kloster hinter dem Hügel. Aus irgendeinem Grund halten sie die Ausgrabungen für eine große Sünde. Sie haben gegen den Professor und die anderen Archäologen protestiert, indem sie eine Trauermesse mitten auf dem Gelände abgehalten haben, während dort gearbeitet wurde.

»Eine Trauermesse?« Fredric wurde immer neugieriger.

Das, was ihm der gutmütige Bauer da erzählte, konnte auf so manches ein ganz neues Licht werfen.

»Ja, eine Trauermesse. Außer dem Professor selbst hat niemand begriffen, worüber sie eigentlich trauerten. Aldo und Marco haben so getan, als verstünden sie es auch. Die Empedesius-Schwestern haben das Gelände mit einem lateinischen Wort bezeichnet, an das ich mich nicht erinnern kann.«

»*Umbilicus Telluris?*« Fredric startete einen Versuchsballon und hielt den Atem an.

»Genau, genau, das war es. Sie wissen ja wirklich viel. Aber was bedeutet das denn?« Signore Puggi schaute in sein leeres Glas.

»Der Nabel der Welt«, antwortete Fredric. »Es scheint so, als sei Ofanes früher in der Geschichte einmal der Nabel der Welt gewesen.« Er bestellte ein neues Glas Grappa für Puggi. »Aber erzählen Sie mir doch mal, wer diese Empedesius-Schwestern eigentlich sind.«

»Die Empedesius-Schwestern?« Puggi lehnte sich auf seinem Stuhl zurück. »Ich kenne die Geschichte nicht so genau. Aber sie sind auf jeden Fall Nonnen eines bestimmten Ordens, eines Ordens, der sich schon seit Menschengedenken hier in der Region aufgehalten hat. Ja, Sie haben doch bestimmt das grauenhafte Gebäude da oben gesehen, das so baufällig und unheimlich ist? Und das Hotel, in dem Sie wohnen … früher soll das alles mal ein großes Klostergelände gewesen sein, mit Mönchen, die auch dem Empedesius-Orden angehörten. Jetzt sind sie weg. Mein Urgroßvater konnte sich gerade noch an die letzten Mönche erinnern. Hier werden immer noch alte Geschichten über die merkwürdigen Machenschaften der damaligen Mönche erzählt. Außerdem soll es in dem verfallenen Gebäude da oben angeblich spuken. Das ist natürlich alles Quatsch. Ich gehe jeden Abend dorthin, um sicherzugehen, dass die Tür, die in den Kellerraum führt, geschlossen ist. Dort zu spielen wäre ja lebensgefährlich für Kinder, und die vier, die ich noch habe, möchte ich gerne behalten. Vor einigen Jahren ist ein Mädchen in einem dieser unheimlichen Räume abgestürzt und umgekommen. Gespenster, nein, was für ein Unsinn, aber die Leute hier sind so abergläubisch.«

Fredric war sehr nachdenklich geworden, sagte jedoch nichts. Ein Steinchen des Mosaiks war vielleicht an den richtigen Platz gerückt worden.

»Diese Empedesius-Schwestern. Die Nonnen. Haben die irgendetwas Besonderes an sich, das sie von anderen Nonnenorden unterscheidet?«, fragte er schließlich.

»Nein, was sollte das sein?« Signore Puggi tat, als dächte er gründlich nach. »Nein, über die Nonnen und das, was sie machen, weiß ich nicht viel. Aber eins steht fest: Die Empedesius-Schwestern können singen. Bei den Weihnachts- und Ostermessen singt niemand wie sie. Das ist immer so schön, dass man zu Tränen gerührt wird. Wenn man irgendetwas einen himmlischen Lobgesang nennen kann, dann müssen es die *canzone* der Empedesius-Schwestern sein.«

Fredric sah auf die Uhr. Es ging auf eins zu. Er musste noch Verschiedenes erledigen, bevor er sich mit Geneviève treffen würde. Sonst hätte er den ganzen Tag hier sitzen und mit Signore Puggi reden können.

»Der andere Junge, Marco«, sagt er. »Was ist mit seiner Familie? Glauben Sie, dass die etwas darüber wissen, was die Jungs gefunden haben?«

Puggi schüttelte entschieden den Kopf. »Niemand weiß, wer Marcos Vater ist. Und seine Mutter ist, nun ja, wie man das so nennt, ein bisschen *semplice*, einfältig. Der arme Marco wohnte fast genauso viel bei uns wie bei seiner Mutter. Außerdem hat sie noch acht weitere Kinder, und keiner hat eine Ahnung, wer die Väter sein könnten.« Puggi machte sich plötzlich eifrig an seinen Schnürsenkeln zu schaffen.

»Danke für das angenehme Gespräch, Signor Puggi.« Fredric stand von seinem Platz auf. »Ich muss jetzt leider gehen. Ich habe eine Verabredung. Aber ganz zum Schluss noch: Sind Aldo und Marco gründlich von einem Arzt untersucht worden, ich meine, wegen der … Todesursache?«

»*Sì, Signore*. Sie sind nach Catanzaro gebracht und aufgeschnitten worden, hat man mir erzählt. Wie … wie heißt das … Auti … Auta …«

»Autopsie«, sagte Fredrik. »Obduktion. Und dabei ist nichts Verdächtiges gefunden worden?«

»*Nulla*, sie waren einfach gestorben.«

*

Es war kurz vor eins. Fredric schlenderte pfeifend zum Bootssteg hinunter. Die Weinreben und Olivenhaine zu beiden Seiten des schmalen Wegs rochen gut. Große, rotgelbe Schmetterlinge flatterten zwischen den Büschen umher. In der Hand hielt er einen Bastkorb, den er gerade gekauft hatte. Darin lagen eine Flasche Chianti, zwei wohlriechende Sorten Käse und eine Hammelsalami, die dem Kaufmann zufolge so frisch war, dass sie fast noch blökte. Außerdem warmes, frischgebackenes Brot und Obst.

Am Steg war es idyllisch. Eine schöne, kristallklare Bucht erstreckte sich in südlicher Richtung, gen Norden gab es Klippen. Einige Boote lagen vertäut und schaukelten auf und ab, und es duftete nach Meer und Tauwerk. Ganz, wie es sein sollte.

Keine Menschen. Die Fischer am Mittelmeer machten schwierige Zeiten durch, soviel Fredric wusste.

Innerhalb der Bucht, auf einer Grasfläche, weideten zwei Ziegen. Ein paar weitere lagen im Schatten unter den Olivenbäumen und kauten vor sich hin. Es war warm.

Er stellte den Korb im Schatten eines Baumes ab, zog sein Hemd aus und krempelte die Hosenbeine hoch. Dann watete er in die seichte Bucht hinaus. Kleine Fische schnellten vor seinen Füßen hin und her. Er hob die Schale eines Seeigels auf.

Dann stand sie plötzlich auf dem Steg.

Sie trug ein weißes, leichtes Baumwollkleid. Sie war barfüßig. Fredric winkte und sie winkte zurück. Er versuchte, sie nass zu spritzen, als er an Land watete, aber sie zog sich lachend zurück.

Sie setzten sich unter den Olivenbaum, ganz dicht aneinander. Niemand konnte sie sehen.

Sie badeten nackt. Danach zogen sie sich für längere Zeit in den Olivenhain zurück. Den Picknickkorb nahmen sie mit. Sie tranken Wein, prosteten sich zu und lachten. Nach einigen Stunden, als der leichte Rausch und die Leidenschaft sich allmählich abschwächten, fiel ihm auf, wie ernst sie war.

»Du denkst an irgendetwas, Liebste.«

Sie sah ihn an. Dann sagte sie: »Ich habe davon gehört. Es ist furchtbar. Signore Loppo ist tot. Er war immer wieder oben im Hospital zu Gast. Er und Doktor Vitollo haben abends oft zusammengesessen und gemeinsam ein Glas Campari getrunken. Jetzt trauern wir alle um ihn. Daraufhin hat der Doktor gesagt, dass ich sofort abreisen solle. Er sagt, ich sei völlig gesund. Außerdem wisse er jetzt alles, was er über meine Krankheit wissen müsse. Hier passieren so viele unheimliche Dinge. Alles hat irgendwie mit Ofanes zu tun, abgesehen von der Klinik …«

»Ja«, flüsterte Fredric, begierig darauf, mehr zu hören.

Anstatt zu erklären, was sie meinte, riss sie eine Zeitung aus ihrem Tragenetz, warf sie Fredric zu und wandte sich ab.

Es war die aktuelle Ausgabe von *La Stampa*. Auf der Titelseite stand ein längerer Artikel neben dem Foto eines Autowracks. Die Überschrift lautete: BERÜHMTER PROFESSOR VON AUTOBOMBE GETÖTET.

Fredric ließ seinen Blick um einige Zentimeter nach unten wandern und fand dort Donato d'Angelos Namen.

6.
Fredric Drum sieht, wie ein wütender französischer Fuß in den Sand stampft, er hört von dem Bluteimer und nimmt einen süßen Geruch vom Priester wahr.

Es dauerte lange, bis Fredric wieder irgendetwas tun konnte. Schließlich stand er auf, ging zum Strand hinunter, hob einen Stein auf und warf ihn aufs Meer hinaus. Seine Augen waren hart. Die Kälte hatte sich in seinem Inneren festgefressen, und es fühlte sich so an, als wären seine Adern mit Naphtha gefüllt. Der dunstige Himmel schien von einem Ruf erfüllt, der alles andere übertönte. Dieser Ruf verlangte nach einer Antwort.

»Fredric?« Geneviève stand hinter ihm und legte behutsam ihre Hand um seine Taille.

Er drehte sich zu ihr um. Die Wärme in ihrem Blick konnte nicht in ihn eindringen.

»Lass uns abreisen«, sagte sie. »Wir suchen uns ein gemütliches Hotel an der italienischen Riviera und verbringen dort eine Woche zusammen. Dann kannst Du mich nach St. Emilion begleiten, und in einigen Wochen komme ich mit dir nach Norwegen, ja?«

Er legte seine Hände auf ihre Schultern. »Ja, Geneviève«, sagte er schließlich. »Aber du musst mir noch zwei Tage Zeit geben. Ich brauche diese zwei Tage, um einen Code zu entschlüsseln. Das ist wichtig. Väter und Mütter haben ihre Söhne verloren. Kinder sind Halbwaisen geworden. Über Ofanes liegt ein dunkler Schatten. Hier gibt es ein Rätsel, das vielleicht nur ich lösen kann. Ich habe einen Auftrag. Professor d'Angelo hatte Vertrauen zu mir. Jetzt ist auch er tot, und ich kann ihn nicht im Stich lassen. *Verstehst du das, Geneviève?*«

In ihren Augen funkelte es. Sie riss sich von ihm los.

»Fredric Drym«, sagte sie. Das norwegische »u« wurde bei ihr immer zu einem »y«. »Ich hatte gedacht, du wärst hierhergekommen, um *mich* zu besuchen, aber jetzt wird mir klar, dass es dir um wichtigere Dinge geht.« Sie stampfte mit dem Absatz in den feuchten Sand.

»Geneviève, meine Liebste, das war …« Er hielt inne. Was sollte er schon sagen?

»Worum geht es *wirklich*?« Ihr Temperament hatte bedrohliche Ausmaße erreicht.

»Es geht *wirklich* um dich. Ich wäre auf jeden Fall gekommen. Das weißt du doch. Dein Brief war der einzige Grund. Ich habe sofort den Koffer gepackt. Diese andere Sache war nicht so wichtig. Aber jetzt ist sie es geworden. Zwei Tage, Geneviève. Du kannst doch morgen nach Crotone fahren, und ich komme nach. Ich will nicht, dass du hier bleibst. Hier passieren Dinge, die ich vielleicht stoppen kann, bevor noch mehr Menschen sterben müssen.«

Sie sah ihn lange an. Ihre Augen waren plötzlich voller Tränen. Sie war bleich.

»Ich habe solche Angst«, flüsterte sie. »Ich habe Angst, dass auch du hier umkommst. Ich liebe dich, Fredric, aber ich weiß noch genau, was vor drei Jahren in St. Emilion passiert ist. Du musstest den Dingen unbedingt auf den Grund gehen. Jetzt ist es wieder genauso. Du hättest damals umgebracht werden können, und vielleicht ist es diesmal noch schlimmer. Ich will dich nicht noch einmal verlieren, Fredric.«

»Du wirst mich niemals verlieren.« Er klang tatsächlich überzeugend. »Warte einfach ab, was passiert. Zwei Tage. Dann ist die ganze Angelegenheit erledigt.«

Für lange Zeit starrte sie schweigend aufs Meer hinaus.

Schließlich ergriff sie seine Hand, drückte sie schwach und sagte:

»Zwei Tage. Heute ist Donnerstag. Morgen Vormittag reise ich ab. Ich kenne ein gutes Hotel in Crotone. Du kommst am Samstag, Samstagnachmittag, und wenn du bis acht Uhr nicht da bist, wohlbehalten und unverletzt, will ich dich *nie mehr* wiedersehen. Ich meine das ernst, verstehst du?«

Er nickte. Er verstand, dass sie es ernst meinte. Geneviève Brisson hatte ihr altes Selbst wiedergefunden, worüber er im Grunde ganz froh war. Sie war nicht länger schwach und willenlos, sondern konnte funkelnd und mit erhobenem Haupt ihren südfranzösischen Stolz zeigen.

*

Als die Sonne unterging, saßen sie in Signore Rattis Trattoria. Fredric erzählte ihr alles über den *Kodex Ofanes*, und sie hörte mit ernster Miene zu. Fredric fragte sie vorsichtig, ob sie während ihres Aufenthalts irgendetwas gehört oder gesehen habe, das womöglich eine Bedeutung für das Rätsel haben könnte, dessen Lösung er sich zur Aufgabe gesetzt hatte.

Sie schüttelte den Kopf. »Ich habe nichts gehört oder gesehen, aber ich habe die Atmosphäre gespürt. Nachdem die Jungs tot aufgefunden worden waren, hat hier in Ofanes eine traurige Stimmung geherrscht. Aber du solltest am besten mit Doktor Vitollo sprechen. Er kann dir vielleicht weiterhelfen. Kannst du ihm nicht einfach alles erzählen, dann würde ich mich auch viel sicherer fühlen. Dann wärt ihr immerhin zu zweit in der Sache. Er will vor allem im Umfeld seiner Behandlungen Ruhe und Frieden haben, und ich bin sicher …« Sie zögerte.

Er ließ ihr Zeit zum Nachdenken.

»Ich bin sicher«, wiederholte sie leise, »dass er eine gewisse Macht hat, dich zu beschützen, sodass dir nichts passiert.«

»Macht?« Er wusste nicht, was Geneviève meinte. »Was für eine Macht?«

»Na ja, ich meine nur, dass er vielleicht ... so einflussreich ist, dass es niemand wagen würde, ihm oder denen, die ihm nahe stehen, etwas zuzufügen.«

»Stand Signore Loppo ihm denn nicht nahe?« Fredrics Stimme hatte plötzlich einen scharfen Klang.

»Doch, doch, natürlich, aber ... das ist so unfassbar. Vielleicht hat einfach nur sein Herz versagt.« Sie war unsicher geworden und senkte den Blick.

»Ja, vielleicht«, entgegnete Fredric. »Aber kaum wahrscheinlich. Außerdem habe ich gehört, dass auch Doktor Umbro nicht davon begeistert ist, dass durch die archäologischen Ausgrabungen hier so viel Unruhe entstanden ist. Weißt du, ob er Kontakt zu Professor d'Angelo hatte?«

»Keine Ahnung. Du musst bedenken, dass ich in der ersten Zeit hier ziemlich krank war. Ich habe nur die Sonne, den Himmel und die Dunkelheit gesehen. Begleitest du mich nach oben?« Sie stand auf.

»Er mag mich nicht«, murmelte Fredric halb zu sich selbst, während sie gingen.

»Wer mag dich nicht?« Sie ergriff seine Hand.

»Der Trattoriabesitzer, Signore Ratti. Er sieht mich immer so komisch an. Als wäre ich ein fremdartiges Tier.«

»Bist du das etwa nicht?« Sie lächelte ihn verschmitzt an.

»Doch, natürlich«, antwortete er.

Sie wollte, dass er mit hineinkam. Vielleicht konnten sie mit Doktor Umbro eine Tasse Tee trinken, falls er keine anderweitigen Termine hatte.

Er hatte gar keine Termine. Er saß neben dem großen Kamin in der Eingangshalle und las in einem Buch. Neben ihm stand ein Tablett mit einer Karaffe und ein paar Gläsern.

Als er Geneviève und Fredric erblickte, lächelte er breit und winkte sie zu sich.

»Die Tauben gurren und schwärmen, und die Glut der Liebe lässt die närrische Vergangenheit in Vergessenheit geraten. So ist es doch, oder? Trinkt ihr ein Glas Campari mit einem alten Junggesellen, der seine heimlichen Träume in das Kaminfeuer geworfen hat, damit sie so schnell wie möglich zu Asche werden?« Er stand auf und zwinkerte schelmisch.

Geneviève nickte lächelnd, während Fredric errötete und Mühe hatte, ein Niesen zu unterdrücken. Der Doktor holte zwei Stühle und stellte sie an den Kamin.

»Ich habe gerade meine bezauberndste Patientin entlassen«, sagte er und schenkte ihnen ein. »Geneviève kann morgen abreisen. Fahren Sie mit ihr in irgendeinen schönen Badeort, Signor Drum. Hier in Ofanes ziehen immer die Wolken der Trauer über den Himmel.«

Fredric räusperte sich. »Wolken über *Umbilicus Telluris*, sagte er. »Kennen Sie den Ausdruck, Doktor Umbro?«

»Der Nabel der Welt«, lachte der Doktor. »Natürlich kenne ich den. Und zwar nicht nur den Ausdruck, sondern die gesamte Geschichte dahinter. Sie auch?«

Fredric schüttelte den Kopf.

»Der Empedesius-Orden. Die alten Mönche, die hier seit dem Mittelalter lebten und nun von der verrückten Schwester Clara mit ihrer Erweckung wiederbelebt worden sind. Sie benutzen eine alte Schule auf der anderen Seite des Hügels als Kloster.

Das Schlimmste ist, dass Schwester Clara gutgläubige Frauen und Töchter zu sich lockt, die dafür Haus, Hof und Kinder verlassen. Ihre Botschaft ist einfach: Hierher nach Ofanes soll irgendwann einmal die Heilige Mutter Gottes, Jungfrau Maria, einen Eimer mit Blut vom gekreuzigten Körper ihres Sohnes gebracht haben. Dieses Blut soll sie angeblich genau an der Stelle vergossen haben, an der die Archäologen jetzt graben. Das Blut soll Gewächse und Geschöpfe genährt haben, die das Wunder Gottes in sich tragen. Sie sollen den Lobgesang auf Gottes Reich singen, das hier auf Erden wiedererstehen soll, wenn die Zeit dafür reif ist. Der Gesang soll in allen Ländern der Erde gehört werden, und dann werden alle auf die Knie fallen und Gottes Wunder gewahr werden. Daher wurde dieser Ort *Umbilicus Telluris* genannt, Nabel der Welt. Diese Geschichte ist blasphemisch und übel. Ihr Erfinder muss viel Phantasie gehabt haben. Wie sollte denn die Heilige Mutter mit einem Eimer voll Blut von Palästina nach Italien gekommen sein?« Doktor Umbro legte ein Scheit in das Kaminfeuer.

Fredric zögerte. Dann sagte er:

»Ich habe den Eindruck, dass die Prophezeiung bereits teilweise in Erfüllung gegangen ist. Sie vollführen ja schließlich die reinsten Wunder mit Ihrer Musik, ausgerechnet hier in Ofanes.«

»Entschuldigen Sie bitte, Signor Drum.« Der Doktor sah ihn streng an. »Ich lege keinen Wert darauf, mystische Fähigkeiten zugeschrieben zu bekommen. Meine Methoden sind rein fachlich und beruhen in keiner Weise auf irgendeiner kironischen Metaphysik.«

»Fredric hat es doch nur gut gemeint, Doktor.« Geneviève versuchte zu lächeln.

»Natürlich«, nickte Doktor Umbro. »Und es ist ja nur selbstverständlich, dass man sich fragt, was hier in der Gegend eigentlich vorgeht. Sie haben doch bestimmt über das tragische Attentat auf Professor d'Angelo gelesen. Das hat allerdings wohl kaum etwas mit Ofanes zu tun. Es ist schon lange bekannt, dass der Professor einige faschistische Gruppierungen gegen sich aufgebracht hat. Schließlich hat er private Landbesitzer und ehrenhafte Familien beschuldigt, wichtiges historisches Material zu unterdrücken und zu verstecken.

Wegen des Eigentumsrechts an historischem Quellenmaterial hat er im Laufe der Zeit eine Reihe von zweifelhaften Prozessen geführt.«

»Und gewonnen?«, fragte Fredric.

»Ja, im Großen und Ganzen«, antworte der Doktor. »Aber damit hat er sich mächtige Feinde geschaffen. Ich habe mich über das Attentat nicht gewundert.«

»Haben Sie Professor d'Angelo auch nicht gemocht?«, tastete Fredric sich behutsam vor.

»Gemocht?« Vitollo Umbro lachte laut. »Ich hatte nichts gegen Professor d'Angelo. Ganz im Gegenteil. Das Einzige, was ich hier in Ofanes befürchte, ist der Lärm, der durch die Maschinen und Menschen an den Grabungsstätten entsteht. Wir brauchen totale Stille. Das verstehen Sie doch sicher?«

»Natürlich verstehe ich das«, antwortete Fredric.

Sie wurden unterbrochen, als zwei Personen die Eingangshalle betraten. Es waren Umbros Assistent, Doktor Pinelli, und die englische Gräfin. Die Gräfin winkte, lachte laut und schneidend und rief mit grober Stimme:

»*Shit-eating mouth. This is my damned shit-eating mouth!*« Sie hielt einen gold- und edelsteinbeladenen Zeigefinger vor ihren Mund. Ihr Oxfordakzent war nach wie vor perfekt.

Doktor Umbro lächelte und flüsterte Geneviève und Fredric zu:

»Pinelli hat bei der englischen Lady ganz hervorragende Arbeit geleistet, wie Sie hören können. Sie hat wahrscheinlich schon seit ihrer Kindheit an einer tabu-linguistischen Blockade gelitten, die nach und nach auch alles andere blockierte.«

Geneviève gab Fredric ein ungeduldiges Zeichen.

Das sollte bedeuten, dass er Doktor Umbro von sich selbst und seinen Plänen erzählen sollte. Aber er wusste nicht so recht, was beziehungsweise ob er überhaupt etwas sagen sollte. Daher beließ er es bei einer recht harmlosen Bemerkung:

»Sie und Ihr Onkel besitzen ja wirklich ein schönes Gut. Weintrauben und Oliven, die Elixiere der Ewigkeit.«

Der Doktor nickte, erwiderte jedoch nichts. Stattdessen wandte er sich an Geneviève.

»Hat die schöne *Mademoiselle* schon gepackt? Haben Sie sich entschieden, wohin die Reise morgen gehen soll? Vielleicht darf ich einen Vorschlag machen: Einige Kilometer östlich von Genua liegt ein wunderschönes Dorf an der ligurischen Küste, vom Tourismus fast unerschlossen. Dort gibt es ein Hotel, das Speisen serviert, die zum Besten in ganz Italien gehören. Wenn Sie wollen, schreibe ich gerne eine Empfehlung an den Hotelbesitzer, der ein Jugendfreund von mir ist. Ich bin in dieser Gegend aufgewachsen.«

Geneviève lächelte freundlich und Fredric dankte ihm. Der Doktor schrieb etwas auf einen Zettel, den er Fredric reichte.

»In ein paar Tagen ist es soweit«, sagte dieser. »Geneviève fährt erst nach Crotone, während ich noch ein bisschen hierbleibe.« Er sah Doktor Umbro direkt ins Gesicht.

»Aha«, entgegnete der Doktor und hob die Augenbrauen. »Und was hält Sie hier in Ofanes zurück?«

»Drei Dinge«, antwortete Fredric. »Ein nicht entschlüsseltes Dokument, vier tote Menschen und Signore Rattis ausgezeichneter Weinkeller.« Daraufhin stand er unvermittelt auf, reichte dem Doktor die Hand, dankte ihm höflich für die Getränke und das Gespräch und zog Geneviève mit Bestimmtheit hinter sich her.

Draußen in der Dunkelheit ließ Geneviève ihrer Wut freien Lauf. Sie schlug mit ihren kleinen Fäusten auf Fredric ein.

»*Mais pourquoi*? Du warst unhöflich, Fredric, arrogant, albern! Was glaubst du eigentlich, wer du bist? Inspektor Maigret? Hercule Poirot? Monsieur Rambo aus Norwegen? Warum konntest du das nicht auf eine anständige Art sagen? Warum hast du nicht versucht, das Vertrauen des Doktors zu gewinnen? Du hast ihm überhaupt nicht die Hintergründe erklärt, und er war ziemlich verärgert, das habe ich gesehen.«

Fredric blieb stumm, während ihr Temperament zu kritischen Höhen aufstieg.

»Was für ein Mann bist du eigentlich? Was habe ich mir da eingebildet? Fredric Drum, der große Experte aus Norwegen, soll nach Italien kommen und lächerliche Codes lösen, und seine Phantasie sieht überall Mörder. Komm wieder auf den Boden zurück, Fredric!«

Er fühlte sich voll und ganz in Kontakt mit der Erde. Jetzt gerade fühlte er sich genau genommen sogar *unter* der Erde.

»Ich werde keine Träne vergießen, wenn dich die Einwohner von Ofanes mit Bleigewichten ins Meer werfen, weil du dich in alles Mögliche eingemischt hast. Das würde dir gerade recht geschehen.« Sie fing an zu weinen.

Er war völlig unfähig, auf ihren Ausbruch zu reagieren, kam sich hilflos und dumm vor. Er war nicht in der Lage, die Situation einzuschätzen, in der er sich befand. Irrationale, unmögliche, unbekannte Gefühle wirbelten durch seinen Kopf. Er fand keine Worte dafür. Hier nützte ihm die trithemisch-champollianische Schraube jedenfalls überhaupt nichts. Das Mädchen, das er liebte, jagte ganze Sturzseen von Schuldgefühlen auf ihn los, und er stand da wie ein Sieb und wurde von ihnen durchströmt. Sie flossen durch ihn hindurch und hinterließen … hinterließen einen großen Durst. Er hatte einen trockenen Mund, trockene Augen und ein trockenes Gehirn. Endlich brachte er heraus:

»Bleigewicht!«

Das eine Wort. Er griff es aus all dem heraus, was sie gesagt hatte. Das war das einzig Vernünftige, was ihm auf die Schnelle einfiel.

»Was?« Sie flüsterte. Ihr bleiches, schönes Gesicht wandte sich ihm zu. Sie trocknete ihre Tränen.

»Ich bin ein Bleigewicht«, krächzte er.

Sie hakte sich bei ihm ein. Er hatte den starken Eindruck, dass sie viel mehr von der Situation begriff, als er jemals begreifen würde. Eine Art von Urstimmung schimmerte in der Tiefe seines Bewusstseins auf. Der Mann: ätherisch, hilflos und fabulierend. Die Frau: stark, erdverbunden und gegenwärtig. Wie Burgunder verglichen mit Bordeaux. Eigentlich sollte es umgekehrt sein. Aber auch wenn es um Weine ging, wurde die Sprache des Mannes benutzt.

Er ließ sich von ihr fortführen. Keiner von beiden sagte etwas. Sie hielt ihn fest. Sie gingen die Treppe zu dem Gebäudeflügel hinauf, in dem sie wohnte. In ihrem Zimmer duftete es leicht nach Lavendel.

*

Seine Gedanken waren klar und stark wie Glyzerin, als er sich wieder auf die zerbrochene Säule setzte und in die Dunkelheit starrte. Es war schon nach Mitternacht. Der Marktplatz unter ihm lag verlassen da. Die wenigen Lampen, die die kleine Kirche umgaben, tauchten ihn in schwefelgelbes Licht.

Die letzten gemeinsamen Stunden mit Geneviève waren gewesen, wie sie sein sollten: Sie hatten schließlich doch noch Worte gefunden, mit deren Hilfe sie sich gegenseitig verstehen konnten. Er würde sie morgen früh mit dem Bus nach Crotone begleiten. Dann würde er nach Ofanes zurückkehren. Nicht wie Maigret oder Hercule Poirot, sondern als Fredric Drum. Ein Fredric Drum, der seinen Beruf, seine Profession hatte und in dieser Hinsicht tun wollte, was ihm aufgetragen war. So einfach war das. Wenn die Vergangenheit unangenehme Dinge verbarg, dann war es von historischer Bedeutung, sie ans Licht zu holen, genau wie all die ausgegrabenen Gegenstände.

Er dachte: Wenn dieser winzige Teil an Kenntnissen und

Erfahrungen der Vergangenheit, mit der er, Fredric Drum, sich beschäftigte, *so* viel verborgene Sprengkraft, so viel Negatives und Positives enthalten konnte, wie viel Unfassbares und Unbegreifliches musste sich dann noch vollkommen *unentdeckt* in den Gesellschaften und Kulturen vergangener Zeiten verbergen? Wer hatte den Ägyptern vor fünf- bis sechstausend Jahren beigebracht, Pyramiden von solcher Großartigkeit zu bauen? Woher stammte die minoische Kultur auf Kreta? Woher kamen die Prä-Inka-Kulturen in Südamerika mit ihrer phantastischen Architektur? Woher hatten sie ihre Erkenntnisse? Und wie viel davon war im Laufe der Jahrtausende wieder verloren gegangen?

Alchemie, Philosophie und Theologie. Die drei großen Wissenschaften, die unsere Geschichte entwickelt hatte. Welche anderen Wissenschaften waren vergessen, irgendwo verborgen?

Diese Gedanken taten Fredric gut. Die Perspektiven waren so, wie sie sein sollten. Nach den letzten Stunden mit Geneviève war er wieder zur Ruhe gekommen. Er hatte das Gefühl, etwas gelernt zu haben, etwas Einfaches und Banales: dass die Visionen, die Vergangenheit und Zukunft betrafen, die Geschichten und Träume, die hinter und vor einem lagen, untrennbar und gnadenlos mit *diesem Augenblick* verbunden waren, dem Hier und Jetzt. Außerhalb des Jetzt gab es eigentlich nichts. Trotzdem konnte das Jetzt aus diesen beiden unerschöpflichen Meeren gefüllt und gewürzt werden, deren Grund nur durch die Phantasie des Jetzt ermessen werden konnte. Ihre Namen waren Gestern und Morgen.

Der *Kodex Ofanes*.

Geneviève.

Vergangenheit und Gegenwart. Trotz allem war eine perfekte Synthese möglich. Und die Summe dieser Synthese würde größer sein als die bloße Addition ihrer Teile.

Er wurde aus seinen angenehmen Gedanken gerissen, als er

vorsichtige Schritte in der Dunkelheit hörte. Er versuchte, ihre Richtung auszumachen, und sah plötzlich einen Schatten, der von dem verfallenen Gebäude her auf ihn zu kam, dem Gebäude, in dem er am Vorabend eingesperrt gewesen war. *Was war das?*

Er kroch vorsichtig hinter die Säule, um nicht gesehen zu werden. Die Gestalt kam auf sein Versteck zu. Ihre Schritte waren rasch und bestimmt. Sie war dürr und klein. Es handelte sich um eine Frau.

Sie ging in einigen Metern Abstand an Fredric vorbei. Er erkannte sie nicht. Der Weg, den sie genommen hatte, weg vom Dorf, führte nur an zwei Orte: zum Hospital oder weiter nach oben zu Romeo Umbros Burg.

Fredric stand vorsichtig auf und folgte ihr. Er wollte herausfinden, wo sie hin wollte. Er musste schnell gehen, um sie nicht aus den Augen zu verlieren. Als er das Portal des Hospitals erreichte, sah er es: Sie nahm den gewundenen Weg zur Burg hinauf. Es hatte keinen Zweck, ihr noch länger zu folgen. Er kehrte um.

Bei dieser düsteren Ruine herrscht ja des Nachts gewaltiger Verkehr, dachte er. Er selbst empfand nicht die geringste Versuchung, sich noch einmal in die unbekannte Finsternis zu begeben. Da konnte es noch weitere Türen geben, die hinter ihm zuschlagen würden. Aber bei Tageslicht wollte er das Gebäude einmal erforschen. Das alte Empedesius-Kloster. Er fragte sich, wer dieser Empedesius wohl gewesen war, denn er konnte sich nicht erinnern, jemals zuvor von diesem Orden gehört zu haben.

Er war erschöpft und ging den direktesten Weg zum Hotel zurück, das jetzt im Stockfinstern lag. Nicht einmal die kleine Glühbirne über der Eingangstür ließ der Hotelbesitzer nachts an. Fredric ertastete mit Mühe das Schloss und öffnete die Tür. Er tastete sich die Wände entlang und fand am Schlüsselbrett seinen Zimmerschlüssel. Nachdem er über verschiedene

Antiquitäten gestolpert war, erreichte er endlich die Treppe zum ersten Stock. Eine Taschenlampe. Er musste sich darum kümmern, dass er eine Taschenlampe dabeihatte, wenn er so spät nach Hause kam.

Als er die Tür zu seinem Zimmer öffnete, sah er zu seiner Freude, dass der Priester stark und warm glühte. Jemand musste soeben Brennstoff nachgefüllt haben. Er dankte Andrea oder wem auch immer dafür, dass sie in dieser Sache so zuverlässig waren. Das gab dem Raum solch eine Wärme und Gemütlichkeit, dass er sich fast wie zu Hause fühlen konnte. Er hätte gern gewusst, welche Art von Brennstoff sie benutzten. Es roch und qualmte nicht. Aber nahm er diesmal nicht doch einen süßlichen, etwas schweren Geruch wahr, der ihm zuvor nicht aufgefallen war? Er zündete die Öllampe an und sah sich rasch im Zimmer um, aber alles war genau so, wie er es verlassen hatte. Auf dem Nachttisch standen die beiden Weinflaschen, die ihm vom Händler auf dem Marktplatz am Morgen empfohlen worden waren, als Fredric den Picknickkorb für Geneviève und sich selbst gefüllt hatte. Kalabrischer Wein: »Savuto Rivals Ciro, 1983«. Eines der besten Weingüter dieser Gegend, hatte der Händler gesagt.

Auf der Kommode lagen seine Papiere, seine Notizen. Er blätterte sie vorsichtig durch und konnte sehen, dass keiner darin herumgeschnüffelt hatte. Er hatte ein einfaches und praktisches System, um so etwas zu entdecken. Alles war in Ordnung.

Der Geruch. Er war schwach, aber Fredric nahm ihn wahr. Er war nicht unangenehm und kam sicher vom Priester, der fast das Stadium der Weißglut erreicht hatte. Irgendeinen Geruch musste diese Konstruktion wohl doch abgeben, dachte er.

Er legte sich angezogen aufs Bett. Bevor er ins Bad ging und das Wasserglas für die Nacht holte, wollte er sich nur ein bisschen ausruhen. Sein Körper war schwer, und die Wärme vom Glutbecken unter ihm tat ihm gut. Es wurde schon fast zu warm. Er spürte, wie die Hitze durch Matratze und Decken drang.

Sonderbar. Hatten die Ausschweifungen des Tages ihm so zugesetzt? Die physische Aktivität, der sich Geneviève und er hingegeben hatten, war zwar durchaus ungewohnt für Fredric Drum, aber er war doch eigentlich nicht schlecht in Form? Er lag auf dem Rücken und starrte die Deckenbalken über sich an. Große, schwere, alte Balken. »Erzählt mir eine Geschichte, ihr Balken«, murmelte er vor sich hin.

Er konnte so nicht liegen bleiben. Er musste sich ausziehen und Wasser holen. Nachts bekam er immer Durst. Zumindest dann, wenn er *kein* Wasserglas auf dem Nachttisch stehen hatte. Er stemmte sich auf die Ellbogen hoch. Alles Weitere war ihm zu anstrengend. Sein Kopf wollte auf das Kissen zurücksinken. Er versuchte, sich ganz aufzusetzen, aber das ging nicht. Die Beine gehorchten ihm nicht! Sie waren schwer wie Blei, ohne Gefühl.

Bleigewichte.

Plötzlich bekam er Angst. *Was war das?*

Es gelang ihm nicht, vom Bett aufzustehen. Er war unfähig, seine Beine zu bewegen. Er war steif und schwer, mehr oder weniger vom Bauch abwärts gelähmt!

Fredric spürte, wie ihm der Schweiß die Stirn hinunterperlte. Es war plötzlich unerträglich warm geworden. Mit großer Anstrengung hob er einen Arm, berührte seinen Kopf und klopfte sich an die Stirn. Der Arm fiel schlapp aufs Bett zurück.

Keine Panik, Fredric, dachte er verzweifelt. Ganz ruhig jetzt, ruhig, ruhig, ruhig. Denk nach. Er dachte nach. Seine Gedanken waren merkwürdigerweise vollkommen klar. Er war hellwach. Mit seinem Kopf war alles in Ordnung. Fragte sich nur, wie lange noch.

Es musste an dem Glutbecken liegen! Er war davon überzeugt, dass der süße, schwere Geruch, der immer stärker wurde, aus dem Priester kam. Irgendetwas brannte, glühte darin und erzeugte ein Gas, das ihn allmählich betäubte.

Aus dem Bett, er musste so schnell wie möglich aus dem Bett kommen! Er mobilisierte seine gesamte Willenskraft und versuchte, seine Beine zur Seite zu schwingen, doch unterhalb seiner Hüften bewegte sich nichts. Brust und Kopf konnte er zwar noch drehen und die Arme mit größter Anstrengung anheben, aber die Hände waren nicht stark genug, um etwas zu ergreifen und so festzuhalten, dass er den Rest seines Körpers hätte hinterherziehen können.

Er fühlte, wie die Hitze des Beckens an seinem Rücken brannte. Das Bettzeug musste wohl bald Feuer fangen. So heiß war es bisher noch nie gewesen. Aber er roch keinen Rauch, nur diesen süßlichen, ekligen Dampf. Der Schweiß lief ihm in breiten Strömen über das Gesicht. Er drehte seinen Kopf hin und her, hob ihn ein Stückchen vom Kissen. Mit dem Kopf war alles in Ordnung.

Denk nach, Fredric, denk bloß nach, bevor es zu spät ist!

Das Licht der glühenden Masse unter ihm warf inzwischen einen fast bläulichen Schimmer in den Raum. Sein Blick irrte hierher und dorthin, suchte nach etwas, das ihm weiterhelfen konnte, aber er fand nichts. Seine Augen verharrten einen Augenblick auf dem Rahmen mit dem lateinischen Zitat. Die großen, groben Buchstaben trafen ihn wie ein Blitz, und ihre Botschaft war so aufmunternd wie eh und je:

Morituri te salutant. Die Todgeweihten grüßen dich.

Plaudite, cives. Applaudiert, Bürger!

Er befand sich im Circus Maximus, Roms blutiger Arena. Er sollte sterben. Nicht im Kampf mit hungrigen Löwen, nein, er sollte verdorren, einschlafen, für immer verschwinden. *Finito*, Fredric Drum. In Ofanes, in Süditalien, inmitten eines makabren Rätsels, das sich aus finsterem Mittelalter und antiker Mystik zusammensetzte.

Er würde *nicht* sterben. Das hatte er Geneviève versprochen. Morgen würde er sie nach Crotone begleiten. Morgen früh.

Warum starben seine Arme nicht völlig ab, so wie der Rest seines Körpers? Er konnte die rechte Hand immer noch ein gutes Stück anheben. Mit jeder Sekunde, Fredric, dachte er, kommt die Lähmung näher an deinen Kopf heran. Dann ist Schluss.

Er drehte den Kopf nach rechts. Da war der Nachttisch. Zwei Weinflaschen standen darauf. Wofür konnte man die gebrauchen? Er hob die rechte Hand. Langsam, unglaublich langsam gelang es ihm, sie zum Nachttisch auszustrecken. Er legte sie ab und spürte die kühle Marmorplatte unter der Handfläche. Dann formte er seine Finger zu einer Klaue und schloss sie um eine der Flaschen.

Vorsichtig zog er die Hand zu sich heran. Die Flasche kam mit. Er zog die Hand vom Nachttisch herunter, ins Bett herüber. Die Flasche kam mit. In seinem Kopf blitzte etwas auf. Plötzlich wusste er, was er tun musste.

Ruf, Fredric, ruf!

Während er mit der Flasche hantierte, versuchte er zu rufen. Aber seinem Brustkorb war es kaum möglich, sich zu heben, und der Ruf, den er hervorbrachte, war ein jämmerlicher Pfeifton. Sein Mund war voller Wolle.

Es musste ihm gelingen, das Feuer unter sich zu löschen. Der Wein, er hatte zwei volle Flaschen. Doch wie sollte er das schaffen, wie sollte er vorgehen?

Die Flasche lag jetzt in seiner Armbeuge. Ein lächerlicher Anblick, wenn ihn jemand gesehen hätte, ohne die Situation zu begreifen. Da lag er, Fredric Drum, der große Weinkenner, da lag er in seinem Bett wie ein kleines Kind mit einer Weinflasche in der Armbeuge! Das war eine Satire, aber wahrscheinlich die passende Art zu sterben, speziell für ihn. Freddie Nielsen im d'Artagnan, Oslos zweitem Restaurant mit einem Michelin-Stern, sein ärgster Konkurrent, hätte sich bei diesem Anblick totgelacht.

Er presste die Weinflasche an sich, die Sekunden vergingen, und mit jedem Ticken der Uhr wurde er immer handlungsunfähiger. Trotzdem gelang ihm ein Lächeln. Er lächelte ein eigenartiges Lächeln im blauweißen Licht des verdammten Priesters. *Credo quia absurdum*. Ich glaube, weil es unmöglich ist.

Er drückte die Flasche gegen die Nachttischkante und versuchte herauszufinden, wie viel Kraft ihm geblieben war. Viel war es nicht. Würde er es schaffen? Er hatte einen Plan, einen hinterlistigen und raffinierten Plan. Der Priester sollte dran glauben.

Fredric machte eine schnelle Bewegung mit der rechten Hand. Der Flaschenhals schlug gegen die Marmorplatte. Nichts passierte, sie war immer noch intakt. Er versuchte, tief einzuatmen, und schlug wieder zu. Der Flaschenhals brach ab und fiel auf den Boden. Fredric verschüttete Rotwein auf das Kopfkissen.

Tränen (oder waren es Schweißtropfen?) quollen aus seinen Augenwinkeln. Er hatte den Flaschenhals verloren! Den brauchte er doch vor allem, sein scharfes Glas. Der Rotwein lief neben seinem Kopf aus der zerschlagenen, halb liegenden Flasche und versickerte im Kissen. Er zwang sich zu äußerster Konzentration. Schließlich gelang es ihm, die Flasche wieder auf den Nachttisch zurückzustellen.

Ein neuer Versuch, Fredric. Er bekam die andere Flasche zu fassen und zog sie zu sich ins Bett. Jetzt waren seine Finger schon fast völlig taub. Seine Bewegungen waren so träge und unbeholfen, dass er sie kaum noch steuern konnte. Trotzdem gelang ihm das Kunststück, das Kopfkissen in den Spalt zwischen Nachttisch und Bett zu quetschen, damit der andere Flaschenhals nicht auch zu Boden fiel.

Denk nach, Fredric! Sein Gehirn fühlte sich an wie Brei. Er

verspürte große Lust, die Augen zu schließen und auszuruhen, einfach nur auszuruhen, in einen tiefen, wohltuenden Schlaf zu sinken. *Wenn das Weiße die Materie des Großen Werks färbt, hat endlich der Tod über das Leben gesiegt. Nichts soll wieder zum Leben erweckt werden. Der König ist fort. Erde und Wasser sind zu Luft geworden, conditio sine qua non, es ist der Mond, der alles steuert, und die Materie hat eine solche Festigkeit erreicht, dass das Feuer sie nicht länger zerstören kann, und wenn der Künstler diese perfekte Weißheit sieht, sagen die Philosophen, dass es an der Zeit ist, die Bücher zu zerreißen, denn sie sind jetzt nutzlos geworden. Visita interiora terrae, rectificando invenies occultum lapidem.* Es rauschte in seinem Kopf, sang in seinen Ohren.

Er musste die Flasche dreimal gegen die Marmorplatte schlagen, bis ihr Hals abbrach. Er blieb an der gewünschten Stelle liegen. Fredric manövrierte die Flasche, ohne dabei allzu viel Wein zu verschütten, auf den Nachttisch zurück. Dann ergriff er den Flaschenhals. Er fühlte, dass er eine scharfe, lange Spitze hatte.

Halb gerettet, dachte er dumpf, während der Brei seinen Kopf ausfüllte. Brei, Grütze, Weingrütze, Sahnegrütze, Drumgrütze, Gelee, Aspik, Rahm, Sherrysauce, Cognacmarinade, Sorbet, Soufflé, Pudding, Pastete, Paté …

Rehherz!

Er lachte ohne zu lachen, ohne den Mund zu bewegen, ohne einen Ton hervorzubringen.

Dann schüttelte er heftig den Kopf und konnte für einige Sekunden wieder klar denken. Er schob seine Hand mit dem Flaschenhals vorsichtig unter seinen Körper, unter den Rücken, wo die Hitze am stärksten brannte. Dabei schnitt er sich tief, merkte es aber nicht. Dann fing er an zu graben. Mechanisch und langsam schnitt er Löcher ins Laken und höhlte die Matratze aus. Er bewegte die Hand mit dem Flaschenhals und fühlte, wie er Füllmaterial, Wolle, zwischen die

Finger bekam. Er wollte auch den linken Arm zu Hilfe nehmen, aber der war zu nichts mehr zu gebrauchen. Er war in einer unmöglichen Stellung unter seinem Rückgrat erstarrt.

Seine Fingerspitzen brannten. Er fühlte den Schmerz. Waren das jetzt richtig große Löcher geworden? War das, was da so brannte, die Hitze des Priesters? Er zog seine rechte Hand wieder unter sich hervor und hielt sie vor seine Augen. Sie war rot. Rotwein. Blut. Dann fiel sie auf seine Stirn und blieb dort liegen.

Steh auf, Fredric, steh auf! Der Ruf kam irgendwo aus seinem Innern. Dann hörte er Gelächter, wildes und hysterisches Gelächter. Es hallte in seinen Ohren, und er riss die Augen weit auf. Still, es war still. Fredric Drum selbst hatte da eben gelacht. Sein Zerrbild. Sein *idolum*, das aus ihm herausgeschwebt war und ihn zum Narren machte.

Fredric Drem war frei. Fredric Drum war gefangen.

Endlich gelang es ihm, seine Hand zu heben. Er führte sie in einem Bogen, der durch eine Art Pendeleffekt fast von selbst gelang, zum Nachttisch und traf dabei eine der Flaschen, die umstürzte, auf den Boden fiel und dort zersprang. Spiel auf, Syrinx, sing und tanz zu Ehren des Dionysos!

Er fühlte, dass er die andere Flasche umfasst hielt. Er glitt mit der Hand an ihr nach oben und verschloss die Öffnung mit den Fingern, wobei er spürte, wie sich das scharfkantige Glas in seine Hand einschnitt. Das war wunderbar, es kitzelte ihn. Dann zog er die Flasche zu sich heran.

Sie lag da, neben ihm im Bett. Es sickerte und lief, aber er presste seine Handfläche dagegen. Millimeter für Millimeter schob er sie unter seinen Rücken, bis er die Hitze, das Loch in der Matratze an seiner Hand spürte. Dann ließ er die Flasche los und den Rest des Weins auslaufen.

Er hörte das Zischen und registrierte einen sonderbaren Geruch. Etwas, das wohl Dampf war, stieg neben dem Bett auf. Dann wurde das blauweiße Licht gelb, es wurde rot – und schließlich grau. Zuletzt sah er die Wand auf der anderen Seite des Raumes nicht mehr und auch nicht die Balken über sich. Fredric Drum schloss die Augen.

Rehherz, dachte er, ehe alles schwarz wurde.

7.
Er nimmt liegend einen Brief in Empfang, denkt an Vogelklauen im Sand und entdeckt plötzlich die Wiege der Sanguiniker

»Signor Drum, Signor Drum! Sie müssen aufwachen, Signor Drum!«

Tief in dem grauen Nebel vibrierte ein Gesicht, ein Auge, eine Nase, ein Mund. Es flimmerte, zog sich zurück, kam näher, gewaltig und furchteinflößend wie ein Zyklop, ein Klabautermann, dessen eines Auge ihn festhielt, ihn in einem hypnotischen Foltergriff an sich zog.

Der Mund, er sah den großen Mund, die roten Lippen, die sich öffneten und schlossen wie eine Fleischwunde in einem Tierpelz. Dichte, schwarze Haare umkränzten den enormen Schlund, der nach ihm schnappte, ihn kaute, ihn zermalmte, sodass sein Schädel zersprang wie ein Krabbenpanzer. Es tat weh, weh, weh.

Die Stimme war ein Echo, das in einem Tunnel aus Glas widerhallte. Sie schnitt tief in ihn ein und zerteilte ihn in kleine Stückchen. Stückweise trieb er im Tunnel umher, zusammen mit dem bösen Auge des Zyklopen, dem Mund, der sich öffnete und schloss, einer Hand, einer Klaue, die nach ihm griff und seine Lungen so zerquetschte, dass er keine Luft mehr bekam. Es kitzelte. Es kitzelte in der Brust, im Hals, in der Nase. Er wollte förmlich explodieren, den Nebel, den Tunnel, das Glas, in das er eingeschlossen war, sprengen.

Fredric Drum nieste kräftig. Es waren sieben gewaltige

Nieser, die Signore Garrofoli dazu brachten, sich erschrocken vom Bett zurückzuziehen.

Fredrics Augen waren offen. Er starrte in den Raum, auf die Person, die vor ihm stand. Endlich erkannte er das schwarze Haar und den Bart. Es war der Mönch, der Prior, der Besitzer eines Hotels, in dem er gewohnt hatte.

Gewohnt hatte?

Fredric schüttelte den Kopf, um die pochenden Schmerzen loszuwerden. Ein Wasserfall donnerte an seinen Ohren vorbei.

»Signor Drum, was haben Sie gemacht? Sehen Sie doch, wie Sie das ganze Zimmer eingesaut haben. Wie viele Flaschen Rotwein haben Sie eigentlich gesoffen? Ich wage es gar nicht, Andrea zu erzählen, wie es hier aussieht. Und die französische *Mademoiselle* war außer sich vor Enttäuschung und Wut, als sie abgereist ist.« Signore Garrofoli trat dicht an das Bett, in dem Fredric lag.

Dieser begriff nur Bruchstücke von dem, was er hörte. Es waren Wörter und Anklagen. Er wurde wegen irgendetwas angeklagt. Vorsichtig hob er den Kopf und sah an seinem Körper hinunter. Er hatte seine Kleider an.

Er lag auf dem Rücken in einem großen Bett, mit Balken an der Decke, und das Zimmer … Plötzlich wusste er wieder, was passiert war. Die Betäubung, der Priester, die intensive Hitze und der süßliche Geruch. Der Kampf mit den Weinflaschen!

Er hob die rechte Hand. Das ging ohne Probleme. Die Handfläche war voll von geronnenen Blutklumpen, sie pochte und brannte. Er bewegte seine Beine. Auch das ging gut. Er war nicht gelähmt! Er war davongekommen, tatsächlich war Fredric Drum doch wieder einmal davongekommen!

Er lächelte Signore Garrofoli an.

»Könnten Sie bitte so liebenswürdig sein, mir ein Glas Wasser zu holen? Ich glaube nicht, dass es mir schon gelingt, mich vollkommen aufzurichten.« Seine Stimme war brüchig und heiser.

Signore Garrofoli schüttelte den Kopf und verschwand aus dem Zimmer. Fredric versuchte, Ordnung in seine Gedanken zu bringen. Langsam tauchten die Ereignisse der letzten Tage wieder vor seinem inneren Auge auf. Der *Kodex Ofanes*. Professor Donato d'Angelo. Geneviève. Geneviève! Sie wollte doch abreisen, und er wollte sie zum Bus begleiten, zum Bus nach Crotone!

Er versuchte noch einmal, sich im Bett aufzurichten, fiel aber stöhnend wieder zurück. Das Zimmer drohte erneut in dem grauen Nebel zu verschwinden, und er spürte, dass er drauf und dran war, sich zu übergeben. Die Vergiftung, die ihm zugefügt worden war, saß immer noch in seinem Körper. Er musste tatsächlich dankbar dafür sein, dass er jetzt nicht steif und kalt dalag. Ihm wurde allmählich klar, dass er alle Glieder bewegen konnte. Er brauchte jetzt nur Ruhe, Ruhe, um das Gift aus dem Körper zu bekommen.

Ausruhen? Er konnte doch auf keinen Fall ausruhen! Der Bus würde um halb zehn fahren.

Er sah auf die Uhr, blinzelte und sah noch einmal hin. Dann lauschte er daran. Sie tickte. *Die Zeiger standen auf Viertel vor vier*. Und dass jetzt zweifellos Tag war, konnte er an dem Licht erkennen, das zum Fenster oben an der Wand hereinströmte.

Er begann zu schwitzen. Wo war Geneviève jetzt bloß? Was dachte sie? Er hätte ihr mit dem Gepäck helfen sollen. »Heilige Mutter!«, stöhnte er.

Er wurde aus seinen düsteren Gedanken gerissen, als der Hotelbesitzer hereinkam und ein Glas Wasser auf den Nachttisch stellte.

»Eine Sauerei, Signor Drum, das hätte ich wirklich nicht von Ihnen gedacht. Sehen Sie doch mal, was Sie da angerichtet haben.« Die grobe Stimme des Hoteliers klang nicht gerade freundlich.

Erst jetzt fiel Fredric auf, wie es um ihn herum aussah: Seine Kleider waren nass und verschmiert, die Laken rot von Wein und Blut. Auf dem Boden lag eine zerbrochene Weinflasche. Neben ihm befand sich, halb von einem Laken verdeckt, eine weitere Flasche. Im gesamten Raum hing ein säuerlicher Geruch.

»Signor Garrofoli«, begann er. Seine Stimme klang verloren und ängstlich. »Wenn Sie mir zuhören würden ... es ist nicht so, wie Sie denken ... ich habe nämlich gar nichts getrunken ... ich bin krank, heute Nacht ist etwas passiert, sehen Sie hier, Blut, sehen Sie meine Hände an. Sehen Sie!« Er streckte dem Hotelbesitzer seine Handflächen entgegen.

Signore Garrofoli kratzte sich den Bart. »Sie hätten doch nach einem Korkenzieher fragen können. An der Rezeption, in dem kleinen Kästchen, liegen übrigens mehrere davon. Jetzt muss ich gehen. Ich werde Andrea hochschicken, damit sie hier saubermacht. Und hier ist der Brief, den die schöne *Signorina* in aller Eile geschrieben hat, nachdem wir heute früh versucht hatten, Sie aus Ihrem Vollrausch zu wecken.« Er warf den Brief auf Fredrics Bett und verschwand aus dem Raum. Die Tür ließ er halb geöffnet.

»Aber der Priester, sehen Sie sich mal den Priester an. Ich habe den Wein verwendet, um ...«, rief er dem Hotelbesitzer hinterher.

Zitternd nahm er den Brief. Dass der Inhalt grauenhaft sein würde, war ihm schon klar. Er riss den Umschlag auf.

Fredric Drum.

Du hast mich schon genug enttäuscht. Ich begreife jetzt, dass Du nicht der bist, für den ich dich gehalten habe. Ich werde versuchen, Dich völlig zu vergessen. Das wird mir sicher nicht schwerfallen. Zu Hause in St. Emilion warten viele auf mich, die sich einer Frau gegenüber anständig aufführen. Ich dachte, Du wärst ein Weinkenner, nicht ein Weinsäufer. Es hat keinen Zweck, Kontakt mit mir aufzunehmen. Ich habe genug von Dir.

Geneviève Brisson

Er sank in sich zusammen und versuchte, auf die Größe eines Punktes zu schrumpfen. Und dann zu einem winzigen Punkt innerhalb dieses Punktes, zu einem Nichts. Er begann zu zittern, sein Körper schnellte hoch, Arme und Beine zuckten, seine Lippen waren so trocken wie sonnengedörrte Fischhäute. Er fror und schwitzte, eine Gänsehaut kam und ging, die Decke, die Balken drückten ihn nieder, pressten ihn zu einem formlosen Klümpchen zusammen. Keine Angst, keine Furcht und Verzweiflung hatten Fredric Drum jemals zuvor so stark ergriffen.

Er hätte genauso gut heute Nacht sterben können.

Er hatte seine Liebste verloren, Geneviève.

Drei Jahre lang hatte er auf sie gewartet. In drei kurzen Tagen hatte er alles zerstört. Er war ein Ungeziefer, ein ekliger, schleimiger Wurm, eine Kakerlake, eine Schmeißfliege, eine Laus, eine Missgeburt von Geschöpf, eine verkrüppelte Minusvariante ohne irgendein Recht, die Erde zu betreten. Er hätte schon längst ausgerottet werden sollen.

Er versuchte, ein Punkt zu bleiben, ein Nichts zu sein.

Er wollte nicht denken.

Sein großer Zeh bewegte sich. Fredric blieb liegen und starrte mit leerem Blick auf seinen eigenen großen Zeh, der sich bewegte. Zwischen dem großen Zeh und den Augen gab es nichts.

Eigenartiger Zeh. Er hörte einfach nicht mit seinen Bewegungen auf! Er nickte, nick, nick, nickte der große Zeh. Sein Nagel war ein Gesicht, das Gesicht hatte Augen, Nase und

Mund. Es war ein fröhliches Gesicht. Das Gesicht lächelte und nickte. Lächelte Fredric Drum zu.

»Du Idiot, du dreckige Saucenschüssel!« Er sprach laut und stützte sich auf seine Ellbogen. Es tat ihm gut, seine eigene Stimme zu hören.

»Komm mit einem Kran und heb mich hoch. Bring Flaschenzüge und Seile mit! Ruder mich auf ein tiefes Gewässer hinaus und versenk mich mit Bleigewichten an den Beinen. Verbrenn die Bücher, Manuskripte, den Index und die Codes! Beydelus, Demeymes, Adulex, Metucgayn, Atine, Ffex, Uquiziuz, Gadix, Sol, Veni *cito cum tuis spiritibus*. Lass mich vom höchsten Gipfel des Himalaya aus fallen, hinunter in die Gletscherspalten, in denen Afix und Befix wohnen! Purgatorium: *Sappia qualunque il mio nome dimanda chi mi son Lia, e vo movendo intorno la beile mani a farmi una ghirlanda.* Verstreu Zitronen, bittere Mandeln, verschimmeltes Brot und füll die Fässer mit blausaurer Ziegenmilch. So, ja, so soll es sein!«

Der große Zeh nickte und lächelte.

Fredric sagte nichts mehr. Draußen auf dem Gang waren vorsichtige Schritte zu hören. Durch die offene Tür kam Andrea. Sie trug einen Eimer, einen Besen und einen Stapel frischer Laken.

Sie senkte den Kopf, verbeugte sich und wünschte ihm einen guten Tag.

»Sie dürfen keinesfalls glauben, dass ich all das mit Absicht gemacht habe. Von dem Wein habe ich keinen Tropfen getrunken. Ich bin von irgendetwas betäubt worden, womit das Glutbecken gefüllt war, und dann habe ich den Wein benutzt, um die glühende Masse zu löschen. Ich habe wie gelähmt dagelegen, konnte gerade noch die Hände bewegen. Schließlich muss es mir wohl gelungen sein, das Teufelszeug zu löschen, und dann bin ich ohnmächtig geworden und erst jetzt wieder aufgewacht.« Die Worte sprudelten plötzlich wie ein Wasserfall aus ihm heraus. Er verspürte einen starken Drang, sich zu rechtfertigen.

Sie sah ihn nicht an, sondern stand einfach nur da und blickte zu Boden. Dann sagte sie mit leiser Stimme:

»Sie hätten nie hierherkommen sollen. Sie sollten nach Hause fahren.« Dann fing sie mit dem Saubermachen an.

»Entschuldigung«, sagte Fredric. »Was meinen Sie damit? Warum hätte ich nicht hierherkommen sollen? Haben *Sie* das Glutbecken heute Nacht gefüllt und ein giftiges Pulver hineingestreut?«

Sie antwortete nicht, sondern hob schweigend die Scherben der Flaschen auf, wischte den Boden und den Nachttisch ab, zog das Glutbecken hervor und roch daran. Dann hob sie ihren Blick und sah ihn an. Ihre Augen waren matt und verängstigt. Schließlich nahm sie den Priester und verschwand nach draußen.

Aber sie kam sofort zurück.

»Haben Sie gehört, was ich Sie gefragt habe?« Fredric hatte nicht die Absicht, die Angelegenheit auf sich beruhen zu lassen. Jetzt wollte er Antworten. »*Waren Sie es, die mich vergiften wollte?* Warum wollen Sie mich hier nicht haben? Versuchen Sie, mich mit lateinischen Zitaten zu verschrecken?« Er zeigte auf die Wand, auf den Rahmen mit dem liebenswerten Gruß.

»Ich … ich wollte nur …«

»Was wollten Sie?«

Sie kniff den Mund zusammen. Die Falten in ihrem Gesicht strafften sich auf beunruhigende Weise. Sie konnte nicht viel Fleisch unter der Haut haben, dachte er.

»Liebe Signora Andrea, worum ging es Ihnen damit eigentlich? Ist Ihnen nicht klar, dass ich heute Nacht beinahe gestorben wäre?« Er flehte sie förmlich an.

Sie kam ganz dicht an sein Bett heran und betrachtete die Laken und das Füllmaterial, das er aus der Matratze entfernt hatte.

»Ich weiß«, sagte sie nur.

Dann gab sie Fredric ein Zeichen, dass er aufstehen sollte. Sie wollte das Bett in Ordnung bringen. Resigniert richtete er sich vorsichtig auf und schwang die Füße über die Bettkante. Das ging. Dann stand er auf, wobei er sich auf den Nachttisch stützte. Er musste die Augen schließen. Es pochte in seinem Kopf, und er spürte, dass er jederzeit in Ohnmacht fallen konnte. Er biss die Zähne zusammen und blieb stehen. Lange. Die ganze Zeit, bis sie fertig war und er sich wieder hinlegen konnte.

»Gib mir eine Antwort, Andrea«, flüsterte er. Aber sie nahm nur das alte Bettzeug, den Besen und den Eimer und verschwand. Sie schloss die Tür hinter sich.

Qual und Elend, dachte er. Sie wünschen mir nur Qual und Elend. Er verfluchte Ofanes und dass es diesen Ort auf der Erde überhaupt gab. Dass er so dumm gewesen war, sich hierherlocken zu lassen. Geneviève, weinte es in ihm. Geneviève, Geneviève! Es war schmerzhaft, es war schlimm.

Er schloss die Augen.

*

Als er nach traumlosem Schlaf wieder erwachte, war es dunkel. Er holte sein Feuerzeug aus der Tasche und zündete die Öllampe an. Es war halb neun.

Er fühlte sich besser.

Fredric Drum fasste sich ein Herz und erhob sich vom Bett. Setzte die Füße auf den Boden und stand auf. Kopfschmerzen hatte er immer noch, und er fröstelte. Die Sommerwärme drang nicht durch die dicken Mauern. Er untersuchte sein Hemd und seinen Rücken: Der Stoff war zerrissen, und von der Seite bis zur Wirbelsäule zog sich ein tiefer Schnitt. Der Flaschenhals. Seine rechte Hand tat auch weh. Sie schmerzte und pochte.

Er wankte auf den Korridor hinaus. Indem er sich an beiden Wänden abstützte, erreichte er das Bad. Im Spiegel begegnete ihm ein leichenblasser, hohläugiger Fredric Drum. Er wusch sich ab und seifte sich ein. Das tat gut. Danach versorgte er seine Wunden, so gut er konnte. Er würde hässliche Narben zurückbehalten. Aber das Allerhässlichste war unsichtbar, dachte er verbittert.

Er ging in sein Zimmer zurück und spürte, dass er vor Hunger ein Loch im Bauch hatte. Nachdem er neue Kleider angezogen und sich etwas ausgeruht hatte, nahm er den langen Weg hinunter zur Rezeption in Angriff.

Signore Garrofoli führte gerade ein Telefongespräch und glotzte Fredric, der sich auf die Rezeptionstheke stützen musste, böse an. Als das Gespräch endlich beendet war, sagte Fredric:

»Das Ganze ist ein großes Missverständnis, Signore. Wenn Sie mir ein bisschen … oder ein bisschen mehr Essen auf mein Zimmer bringen könnten … und wenn Sie bereit wären, mir ein paar Minuten zu opfern, damit ich Ihnen erzählen kann, was passiert ist, wäre ich Ihnen dankbar. Könnten Sie mir diesen Gefallen tun?«

»Die Wünsche der Gäste sind mir Befehl«, brummte der Hotelier. »Wenn nur Andrea … *buono*. Wollen Sie eine warme Mahlzeit? Heute Abend vielleicht lieber keinen Wein?«

Fredric schüttelte den Kopf und bedankte sich. Dann schleppte er sich die Treppe wieder hinauf, langsam, um nicht umzufallen. Er kehrte in sein Zimmer zurück und legte sich aufs Bett.

Es dauerte nicht lange, bis es an der Tür klopfte. Der Hotelbesitzer kam mit einem Tablett herein, das er auf den Nachttisch stellte. Es gab Spiegelei und Schinken, Wurst und Käse, Brot, Obst und Oliven sowie eine randvolle Karaffe mit Orangensaft.

»Ich höre.« Garrofoli überragte das Bett bei Weitem. Ein

Riese. Ein Inquisitor aus dem Mittelalter. Sein Haar und der Vollbart standen in alle Richtungen ab.

Fredric zeigte auf einen Stuhl. Der Hotelier setzte sich. Fredric schenkte sich ein Glas Saft ein und leerte es in einem Zug. Danach verschlang er ein Stück Käse.

Dann begann er mit der Geschichte. Er sprach langsam und deutlich, erzählte von seinem Besuch bei seiner Liebsten oben im Hospital. Danach war er spät heimgekommen. Das Glutbecken hatte weiß geleuchtet, und ein merkwürdiger Geruch war in der Luft gelegen. Er hatte sich aufs Bett gelegt und nicht mehr aufstehen können. Er war wie gelähmt gewesen. Vom Priester war ein giftiges Gas aufgestiegen. Fredric erzählte von dem mühsamen Kampf, den er hatte durchstehen müssen, um das Glutbecken zum Erlöschen zu bringen. Dann war er ohnmächtig geworden und erst wieder aufgewacht, als Signore Garrofoli ihn heute Nachmittag geweckt hatte. So sei das alles gewesen.

Der Hotelbesitzer studierte Fredric mit eigenartigem Blick. Dann strich er sich lange durch den Bart.

»Das hört sich ja völlig verrückt an. Wenn das, was Sie sagen, stimmt... und wenn ich Ihre Wunden und das Blut betrachte, dann muss ich das ja wohl glauben. Blut kann nicht lügen, das hat die Geschichte gezeigt. Außerdem passieren so viele merkwürdige Dinge, aber das sollte nicht meine Gäste treffen, nicht meine Gäste. Und wie schon der Marquis de Luchet gesagt hat: ›*In der tiefsten Dunkelheit wird eine Gemeinschaft gestiftet mit neuen Personen, die einander erkennen, ohne sich jemals gesehen zu haben. Sie arbeiten ohne Kontakt zusammen, sie bedienen sich voneinander, ohne Freundschaft zu empfinden.*‹ Ich weiß nichts, ich bin ein armer Hotelier, fast ohne Gäste. Aber was haben Sie da gesagt, Signor Drum: War der Priester spät in der Nacht voller Glut?« Er trommelte mit den Fingern auf die Kommode.

»Er muss gerade frisch angezündet gewesen sein, als ich

gegen eins nach Hause kam. Und er leuchtete blauweiß.« Fredric machte sich über Spiegelei und Schinken her.

»*Strano*. Andrea füllt den Priester nie nach zehn Uhr. Und ich weiß, dass Andrea nach elf nicht in Ihrem Zimmer war.«

»Und das wissen Sie ganz sicher?«, fragte Fredric mit vollem Mund.

»Das kann ich beim Blut der Heiligen Mutter beschwören.« Garrofoli schloss die Augen und sah äußerst entschieden aus.

»Signor Garrofoli«, Fredric legte die Gabel hin. »Ich weiß, dass mich das eigentlich nichts angeht, aber wer ist diese Andrea eigentlich?«

Der Hotelier trommelte laut mit den Fingern, war offensichtlich nervös und zögerte lange, bevor er sagte:

»Andrea ist meine Frau. Andrea Garrofoli. Sie ... sie hieß früher Umbro. Sie ist die ältere Schwester von Gianna, die oben im Kastell wohnt. Der Vater der beiden ist *Il Falco*, Signor Romeo, der große Beschützer von Ofanes. Wir sind jetzt seit zwanzig Jahren ... zwanzig glücklichen Jahren verheiratet. Aber ...« Er sprach nicht weiter.

»Aber?« Fredric sah den Hotelier streng an.

»Ach, das ist eine Angelegenheit, die Sie wirklich nichts angeht, Signor Drum. Es gibt große Probleme, aber die betreffen Sie nicht, das müssen Sie begreifen.« Er sprach leise und mit flackerndem Blick.

Fredric aß. Umbro. Immer wieder der Name Umbro. An diesem Umbro führte offenbar kein Weg vorbei.

»Dieses Hotel, ist das früher einmal ein Kloster gewesen? Ein Kloster der Empedesius-Mönche?« Er nahm einen neuen Anlauf.

Signor Garrofoli sprang plötzlich auf. Er sah vollkommen verstört aus, die Augen sprangen ihm fast aus dem Kopf, und sein Mund war zu einer häßlichen Grimasse verzerrt.

»Ich verbiete Ihnen das, Signore. Ich muss gehen. Es gibt

noch vieles zu tun, das der Dunkelheit und der Nacht angehört. Ich rufe *nicht* die Mächte des Tisches der Einigkeit herbei, ich folge *nicht* den Geistern der Aktiven und der Passiven Eheieh und Agla.« Er ging zur Tür.

»Einen Moment noch«, sagte Fredric mit scharfer Stimme. »Ihnen ist doch wohl klar, dass ich hier einem Mordversuch ausgesetzt war? Ein sehr ernstes Verbrechen. In Ihrem Hotel. Ich habe gute, sehr gute Kontakte zur Polizei in Rom.« Er versuchte es mit einem Bluff.

Garrofoli blieb stehen und sah Fredric betrübt an.

»Ich kann Sie nicht daran hindern, etwas zu unternehmen. Ich weiß nichts. Die Welt hat sich gegen mich verschworen. Aber ich weiß, dass ich Sie heute Morgen – als Ihre schöne *Signorina* kam und ich versuchte, Sie zu wecken – gesehen habe, wie Sie auf Ihrem Rücken lagen und so laut schnarchten, dass die Wände bebten. Es war zwar nicht möglich, Sie zu wecken, aber Sie schienen sich bester Gesundheit zu erfreuen. Die *Signorina* hat geweint, als sie gesehen hat, wie Sie so dalagen, während der ganze Raum nach Rotwein stank.« Er öffnete die Tür.

Fredric spürte, wie sich auf seinem Rücken eine Gänsehaut ausbreitete. »Sie ... sie hat *gesehen*, dass ich hier lag und schnarchte? Sie glaubte ...« Er legte sich wieder ins Bett und schloss die Augen.

Der Hotelier war gegangen. Fredric befand sich in einem Zustand vollkommener Gleichgültigkeit. *Adiaphora*. Er begriff, dass nichts, überhaupt nichts das Verhältnis zwischen ihm und seiner Liebsten wieder in Ordnung bringen konnte. Sie hatte ihn gesehen und sich eine Meinung gebildet. Und es würde wenig nützen, sie von etwas anderem überzeugen zu wollen. Das war vorbei.

Die Menschen, die ihn umgaben, waren verrückt. Sie verschlossen sich in ihrem Inneren, waren stumm und abweisend. Hier gab es Rätsel, an denen er, Fredric Drum, keinen

Anteil haben sollte. Die ihn vielleicht auch gar nichts angingen?

Trotzdem wusste er: *Hier in Ofanes läuft ein Mörder frei herum.* Ein hinterhältiger und listiger Mörder, der jeden umbrachte, der ihm zu nahe kam. Ein Mörder mit Macht und Einfluss, der etwas Wichtiges zu verbergen hatte. Für ihn stellte Fredric Drum eine große Bedrohung dar. Und eigentlich war es ganz einfach: Diese Bedrohung verbarg sich in dem verdammten *Kodex Ofanes.*

Wenn er jetzt, in diesem Augenblick oder morgen früh, das *Fragment 233 XII* einer anderen Person hätte überlassen können, jemandem, der den schwierigen Code deuten und knacken konnte, dann hätte er es, ohne zu zögern, getan. Dann hätte er sich freudig in den Bus gesetzt und diesen unheimlichen Ort so schnell wie möglich wieder verlassen. Aber das konnte er nicht. *Er* war der Experte. Er besaß auf diesem Gebiet wohl bessere Kenntnisse als irgendjemand sonst. Nur Fredric Drum war es vielleicht möglich, den *Kodex Ofanes* zu deuten. Wenn es überhaupt jemand konnte. Deshalb hatte die angesehene Universität Rom sich direkt an ihn in Oslo gewandt.

Unter normalen Umständen wäre ihm der ganze Auftrag gleichgültig gewesen. Würde der Text nicht wahrscheinlich eine Botschaft verbergen, die manche Leute zu Mördern werden ließ, hätte er sich natürlich lieber auf das konzentriert, was für ihn weitaus wichtiger war: eine gemeinsame Zukunft mit der Frau, die er liebte. Jetzt blieb ihm nur noch ein einfacher ethischer Imperativ: Deute den Text, rette Menschenleben und ergreife den Mörder, bevor er erneut zuschlägt!

Auf dem Altar dieser Ethik musste jedes Opfer gebracht werden. Sein eigenes Glück mit Geneviève war im Vergleich dazu von untergeordneter Bedeutung. Begreifst du das, Geneviève? *Menschenleben?* Er starrte mit leerem Blick zu den Balken über dem Bett empor. Dann stand er auf, ging zur

Kommode, holte seine gesamten Notizen und nahm sie mit zum Bett zurück. Bevor er sich hinlegte, schloss er die Tür ab und schob die schwere Kommode davor. Niemand sollte diese Nacht in sein Zimmer kommen, ohne dass er es hörte. Von jetzt an wollte er alle nötigen Vorsichtsmaßnahmen treffen.

In sein Notizbuch schrieb er neun Namen:

Vittorio Nuragus, Polizeichef
Vitollo Umbro, Arzt
Sign. Tigatelli, Arzt
Romeo Umbro, Burgherr
Andrea Umbro, Tochter
Gianna Umbro, Tochter
Sign. Garrofoli, Hotelbesitzer
Signa. Clara, Empedesius-Schwester
Sign. Ratti, Trattoriabesitzer

Er betrachtete die Liste und war fest davon überzeugt, dass der Name des Mörders oder auch die Namen der Mörder hier zu finden waren. Es konnten ja viele in die Sache verwickelt sein. Doch Fredric konnte sich beim besten Willen nicht vorstellen, dass jemand von ihnen ein hinreichendes Motiv für den Mord an zwei Jungen, einem Wachmann und einem Professor der Universität Rom hätte haben können. Das Motiv blieb verborgen.

Das Motiv war im *Kodex Ofanes*, dem Kodex des Todes, verborgen. Fredrics Gedanken waren jetzt wieder klar. Sein Kopf war nicht mehr so schwer, und er merkte, dass er die schlimmen Erlebnisse vergessen konnte, wenn er seine Gedanken um das Dechiffrierungsproblem kreisen ließ. Den alten begeisterungsfähigen Drum gab es immer noch, irgendwo da drinnen.

Er breitete Papiere und Bücher auf dem Bett aus. Unbewusst begann er zu summen. Er tauschte einige Scheiben der trithemisch-champollianischen Schraube aus, setzte ungewöhnliche Kombinationen ein und benutzte Indizes, die er nie zuvor gebraucht hatte. Jetzt sollte nichts unversucht bleiben.

Es nützte nicht viel. Die Botschaft blieb stumm. Er konnte weder Vernunft noch Logik hervorzwingen. Er hätte genauso gut versuchen können, Abdrücke von Vogelklauen im Sand zu deuten. *Aber es musste hinter all dem eine Bedeutung geben.* Dieser Text war doch nicht zum Vergnügen geschrieben worden!

Besonders verwirrten ihn die Punkte und die Halb-Zeichen. Deshalb zog er die wichtigsten Symbole heraus und notierte sie getrennt vom Text, sortiert nach der Häufigkeit, mit der sie vorkamen. Das sah dann schließlich so aus:

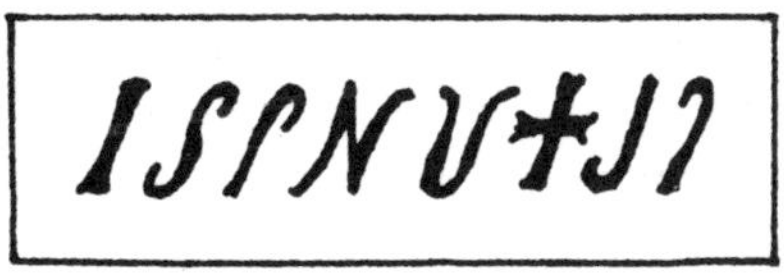

Er starrte die Aufstellung an, bis seine Augen rot wurden. Sie wirkte so merkwürdig bekannt. Er war sicher, dass ihm solche Zeichen schon mal irgendwo begegnet waren.

Trotzdem war es unmöglich. Fredric hatte in seine Codeschlüssel alle, absolut alle denkbaren bekannten Schriftzeichen eingebaut. Bildzeichen, Piktogramme und Ornamentsymbole aller bekannten Kulturen. Er hatte diese Schlüssel direkt vor sich. Und nichts stimmte überein. Denn es waren natürlich nicht die üblichen Buchstaben S, N, U und J, um die es hier ging, selbst wenn sie den Zeichen auf der Liste ähnelten. Es war etwas ganz anderes. Und trotzdem nagte das Gefühl an ihm, dass er diese Zeichen *vorher schon einmal gesehen hatte.*

Er legte seine Notizen weg, lehnte sich zurück und dachte nach, wobei er seinen Assoziationen freien Lauf ließ. Dabei segelte er über tiefe Täler und hohe Berge, Gletscher und Wüsten. Er befand sich in Pyramiden und Tempeln, auf Opfer- und Grabstätten. Maya, Inkas, Schoschonen, Hopi, Azteken, Tolteken, Navaho, Anasazis, Sumerer, Hethiter, Lykier, Assyrer, Minoer, Kelten, Inuit. Auf ein plötzliches Aufleuchten in seinem Bewusstsein wartete er vergebens.

Er fühlte sich nicht müde. Es ging schon auf Mitternacht zu, aber er verspürte keinen Drang zu schlafen. Stattdessen blätterte er in den Büchern über die philosophischen Schulen der Antike.

»Ermetica Chiron«, murmelte er in Gedanken an den kryptischen Text. Chiron, Kiron.

Kiron! Welchen Ausdruck hatte Doktor Umbro noch mal verwendet, den Fredric nicht verstanden hatte? »Kironische Metaphysik«, hatte er gesagt. Was sollte das sein? Und woher wusste der Doktor davon? Der hatte offenbar Kenntnisse auf allen möglichen Gebieten. Er hatte sogar zwei Begriffe aus dem kryptischen Text im *Fragment 233 XII* verwendet: »Umbilicus Telluris« und »kironisch«. Nein, alles in allem waren es drei! Fredric fiel plötzlich wieder ein, dass Doktor Umbro in ihrem ersten gemeinsamen Gespräch gesagt hatte: »... unser Synedrium ist gar nicht so gering ...« Synedrium. Fredric war die Wortwahl aufgefallen, weil er die ganze Zeit diesen sonderbaren Text im Hinterkopf hatte.

Hatte Doktor Umbro das *Fragment 233 XII* gelesen? Oder war das alles nur Zufall? Wie viele Personen kannten dieses Dokument eigentlich? Es war bedauerlich, dass er Professor d'Angelo nun niemals treffen würde. Aber schon morgen würde er die Universität Rom anrufen und um ein Gespräch mit den engsten Mitarbeitern des Professors bitten. Dieser war wohl kaum allein mit dem Projekt beschäftigt gewesen.

Er schlug nach, was es mit den Neupythagoreern auf sich hatte, und blätterte von dort aus weiter durch die Geschichte, bis er bei einer eigenartigen Person innehielt: Empedokles. Ein sizilianischer Mystiker und Arzt.

Ich wandle unter euch, nicht wie ein Sterblicher, sondern wie ein unsterblicher Gott, von allen geehrt, die der Natur angehören, gekrönt mit Bändern und Blumentänzen. Unzählige Scharen kommen, um mich zu treffen und nach dem Weg zur Erlösung zu befragen. Und ich kann sagen: Es gibt einen Orakelspruch der Notwendigkeit, eine göttliche Botschaft aus längst vergangenen Zeiten, ewig und besiegelt mit mächtigen Eiden, dass, wenn einer der Dämonen gesündigt hat, indem er seine Hände mit Blut besudelt oder den Geist und die keimende Kraft des roten Blutes gepflegt hat, er dreimal zehntausend Jahre von den Wohnungen der Seligen fortwandern muss. Und einer von diesen bin ich, ein Landflüchtiger, der sich von den Göttern entfernt und verirrt hat, während ich der Kraft des Blutes abgeschworen habe.

Fredric machte einen kleinen Sprung im Bett. Empedokles. Ein Arzt, der von der keimenden Kraft des Blutes sprach, ein Mystiker, der sich selbst als Erlöser sah! Das konnte doch alles kein Zufall sein.

Empedokles – der Empedesius-Orden. Überall war von Blut die Rede.

Die Jungfrau Maria mit dem Bluteimer. Das Gottesreich, das eines schönen Tages hier in Ofanes, am Nabel der Welt, aufkeimen sollte.

Nein, das war unmöglich. Kein Mönchsorden wurzelte in der heidnischen Philosophie. Aber die Namensähnlichkeit?

Fredric überlegte: Angenommen, es hätte sich irgendwann in der Geschichte, vor dem Jahr null, im Geiste von Pythagoras und Empedokles eine mystische Schule mit Kraft und Einfluss auf Religion und Ethik entwickelt. Angenommen, diese Schule hätte sich bestimmter Gedanken der griechischen Philosophen angenommen und wäre so lebenstüchtig gewesen, dass sie bis weit ins Mittelalter fortbestanden hätte. Weiterhin angenommen, diese Kakophonie von kirchlichem Zungenreden, kirchlichen Spaltungen, Ketzerei und Streitigkeiten, die viele der dunklen Jahrhunderte kennzeichnete, hätte unter anderem auch zur Entwicklung eines Ordens geführt, der auf diesen alten Gedankenüberlieferungen basierte und ihnen einen christlichen Überbau gab? Ein solcher Orden hätte sich ohne Weiteres »Empedesius« nennen können.

Oder die Empedokles-Schüler waren noch mehrere Jahrhunderte nach Christus in dieser Gegend aktiv gewesen und hatten sich dann, als sie dazu gezwungen waren, in die Vielfalt der Glaubensvarianten der katholischen Kirche einbinden lassen. Hier waren wahrscheinlich zur Zeit dieses Übergangs unheimliche Dinge passiert, aber den Schülern war das Kunststück gelungen, den Namen von einem ihrer alten Meister zu behalten.

So konnte es sein.

Fredric las weiter über Empedokles. *Sanguis*, das Blut, nahm in seiner Lehre eine zentrale Rolle ein. Er entwickelte die Theorie über die vier Elemente, die vier Menschentypen. Der Sanguiniker. Empedokles hatte im Laufe der Geschichte Spuren hinterlassen. Nicht zuletzt auf dem Feld der Psychologie.

Fredric konnte, während die Nacht voranschritt, allmählich eine Linie von Denkern und Schulen zusammenstellen, die von Pythagoras und Empedokles beeinflusst waren. Eine Linie, die dazu führte, dass er aus dem Bett sprang, die Kommode von der Tür wegrückte, aufschloss und einen großen Krug Wasser aus dem Bad holte. Er stürzte zwei Glas Wasser hinunter. Die Linie sah so aus:

Pythagoras – Simmias – Croton – Empedokles – Cleanthes – Chryssippos – Kiron – Poseidonios – Seneca – Epiktet – Marc Aurel.

Kiron, endlich hatte er »Ermetica Chiron« gefunden! Der mystische Kiron, der Kiron der Sagen, der Zentaur, der Begründer der ärztlichen Kunst, natürlich war er das. Fredric las wieder den Auszug aus dem *Fragment 233 XII*. In einer vernünftigen sprachlichen Form wurde daraus:

... die Botschaft des Heiligen, Allerheiligsten Cylotian, so wie sie im Ritual des Todes vorgeführt wird, ist... So hat Ermetica Chiron gesagt, dass das Flüstern des Todes...

Jetzt fehlten ihm nur noch zwei Dinge, damit er den Text verstehen konnte: Er musste den Code knacken und diesen »Allerheiligsten Cylotian« zuordnen. Er war jetzt nahe dran. Auch die beiden toten Jungen hatten von »Cylotian« gesprochen.

Fredric Drum packte seine Bücher und Notizen zusammen. Er musste jetzt schlafen. Der morgige Tag würde große Ansprüche an ihn stellen. Er blies die Öllampe aus und kroch unter seine Decke.

Jetzt war er allein. Er hatte keine Verpflichtungen hier in Ofanes. Er konnte kommen und gehen, wann er wollte und wohin er wollte. Wenn er tot umfiele, würde kaum jemand um ihn trauern.

Diese düsteren Gedanken wurden jäh von einem Funken in seinem Kopf unterbrochen. Ganz hinten im Gehirn hatte der Archivar, der jetzt schon lange bei der Arbeit war, endlich ein Wort gefunden:

Neumen.

Als er dieses Wort gedacht und verstanden hatte, schlief Fredric Drum mit einem Lächeln auf den Lippen ein.

8.
Ein Organist murmelt Latein, Fredric Drum zählt tote Tiere, öffnet eine Sardinenbüchse und begegnet auf der Straße einem Rubens-Engel

Auf vielen Gebieten war Fredric Drum eine Null. Wenn es um Frauen ging, so hatte er außergewöhnlich wenig Erfahrung, was in erster Linie an seiner unüberwindlichen Schüchternheit lag sowie an einer fast schon überromantischen und zurückhaltenden Sicht auf das andere Geschlecht. Aber wenn sich ein Gefühl erst einmal bei ihm festgesetzt hatte, dann saß es da wie angenagelt. Es lebte und wohnte in ihm wie ein physisches Organ.

Jetzt, während er duschte und sich im Bad fertig machte, fragte er sich, wie lange dieses Organ, das sich Geneviève Brisson nannte, in ihm leben würde. Bis in alle Ewigkeit, dachte er. Er war verloren. Er würde ein Mann mittleren Alters sein, bis das Organ so weit eingeschrumpft war, dass er es wieder wagen konnte, seinen Gefühlen gegenüber Frauen freien Lauf zu lassen.

»Du bist eine Null«, sagte er zu seinem Spiegelbild. Und das Spiegelbild nickte zustimmend.

Ein Anachronismus. Er war ein einziger großer und lebender Anachronismus, dem es wahrscheinlich als Okkultist unter Tempelrittern und Bettelmönchen im Mittelalter viel besser ergangen wäre. Dort hätte er ohne Weiteres mit Latein und Griechisch um sich werfen und mit solcher Kraft in den kabbalistischen Wort- und Zahlenreihen wüten können, dass sämtliche Planeten des Sonnensystems aus ihren Bahnen geworfen worden wären, woraufhin man ihn als Ketzer verbrannt hätte.

Und was hatte es für einen Sinn, den Unterschied zwischen einem Burgunder und einem Bordeaux zu kennen? Oder einen Chateau Margaux von einem Cheval Blanc unterscheiden zu können? Welchen Sinn hatte es, auf der Grundlage von norwegischem *Gammalost* eine phantastische Käsesauce – eine sogenannte Sauce Jutul – zu komponieren, die gerade einen Siegeszug bei den norwegischen Küchenchefs erlebte? Keinen.

Es war neun Uhr.

Er hatte unruhig geschlafen und war aufgewacht, bevor sich die Sonne erhoben hatte. Dann war er noch eine Weile liegen geblieben und hatte die Schatten in seinem Zimmer angestarrt. Eine Mönchszelle. Er befand sich in einer Mönchszelle. Und das gefiel ihm ganz ausgezeichnet. Dort gehörte er hin.

Fredric setzte sich auf das Bett, während draußen der verspätete Hahn krähte. Er sah sich seine Notizen an. Gestern Abend war er weit gekommen. Er war der Sache auf der Spur. Auf der Spur wohin? Er fühlte, wie er eine Gänsehaut bekam. Es war kalt und ungemütlich zwischen diesen Mauern. Er musste nach draußen. Er hatte das Hotel seit über vierundzwanzig Stunden nicht mehr verlassen.

Irgendjemand wartete auf ihn. Es gab da jemanden, dem es am liebsten gewesen wäre, wenn er den Albergo Anziano Ofani in einem schwarzen Sarg verlassen hätte. Dazu war es ja nun nicht gekommen. Deshalb führte ihn immer noch jemand ganz oben auf seiner Todesliste.

Er wusste, dass er in Lebensgefahr war. Er riss sich zusammen und stand auf. Nichts, dachte er, soll jetzt noch aufgrund von alberner Neugier und blindem Übermut passieren. Früher hatten ihm im Zweifelsfall die Lichtstrahlen eines fünfzackigen Kristallsterns Hinweise geben können. Der lag nun in einem Labor in England. Jetzt blieben ihm nur die Lichtstrahlen in seinem eigenen Kopf – was kein Nachteil sein musste.

Signore Garrofoli saß an der Rezeption und nagte an einem Stück Salami. Er stand auf, als Fredric kam, und wischte sich den Bart ab.

»Sie fühlen sich also heute besser, Signor Drum? Ich habe zwar immer noch nicht begriffen, was da passiert sein kann, doch ich habe den Priester genau untersucht, bevor Andrea ihn ausgeleert hat, und es stimmt schon, er roch ziemlich verdächtig. Aber wer kann so bösartig gewesen sein? Wenn mir Andrea doch bloß den Schlüssel zurückgegeben hätte ...« Er sah mit leerem Blick vor sich hin. »Was kann ich für Sie tun, mein Herr?«

Fredric rieb sich die Augen, weil er vom Sonnenlicht geblendet wurde, das durch die offene Tür fiel. Da erblickte er im Regal an der Rezeption einen braunen Buchrücken: *Spaccio della bestia trionfante* von Giordano Bruno.

»Das Telefon«, sagte Fredric. »Ich muss einige wichtige Anrufe erledigen. Ist es in Ordnung, wenn ich dieses hier benutze?« Er zeigte auf den schwarzen Apparat, der auf der Rezeptionstheke stand.

»*Naturalmente*. Telefonieren Sie, so viel Sie wollen. Ich werde Sie nicht stören.« Er verschwand durch die Tür hinter der Rezeption.

Fredric zog einen klobigen Stuhl heran. Dann zog er einige Zettel aus seiner Tasche. Auf einem davon stand eine Telefonnummer der Universität Rom. Professor d'Angelos Büro. Er wählte die Nummer und wartete gespannt. Endlich war am anderen Ende eine Frauenstimme zu hören.

Fredric sprach langsam und deutlich. Er wurde mit einer anderen Person verbunden, danach mit einer dritten. Schließlich hatte er einen der engsten Mitarbeiter des Professors in der Leitung, einen Stipendiaten, der Antoni Franciacorta hieß und an einigen der Ausgrabungen in Ofanes teilgenommen hatte.

Auf Fredrics Anfrage hin berichtete Franciacorta, dass es sehr schwer gewesen sei, den Teil des *Kodex Ofanes*, von dem Fredric eine Kopie besaß, nämlich das *Fragment 233 XII*, zu öffnen, ohne es zu zerstören. Die Abschnitte vor und hinter der *Nr. 233 XII* seien, wie Signore Laksdal mitgeteilt habe, verloren gegangen. Das Fragment werde mit äußerster Vorsicht behandelt. Das Original befinde sich jetzt in einem feuersicheren Gewölbe im Institut. Es gebe keine weiteren Kopien als diejenige, die Signore Drum zugesandt worden sei, und nur Professor d'Angelo persönlich habe Zugang zum Original gehabt. Franciacorta selbst hatte dieses Fragment, das äußerst lichtempfindlich war, nie gesehen. Bis zur Ernennung des Nachfolgers von Professor d'Angelo würde niemand Zugang zu dem Dokument erhalten.

Wie konnte der Mitarbeiter so sicher sein, dass es keine weiteren Kopien gab? Fredric wollte absolute Gewissheit in dieser Angelegenheit haben.

Franciacorta hatte den Inhalt des *Kodex Ofanes* selbst immer wieder mit dem Professor diskutiert, und sie waren zu dem Ergebnis gekommen, dass es bei dem Teil, der sich nicht unmittelbar entschlüsseln ließ, also bei dem besagten Fragment, wahrscheinlich um eine hermetische Schule der antiken Philosophie ging. Eine hermetische Schule konnte Kenntnisse unbekannter Art behandeln, daher war es von großer Bedeutung, dass der Inhalt bis auf Weiteres geheim gehalten wurde. Es gab also bis heute nur zwei Personen, die den genauen Wortlaut des Textes kannten: Donato d'Angelo und Fredric Drum. Aber der Professor war ja nun tragischerweise einem grausamen Attentat durch politische Extremisten zum Opfer gefallen.

Fredric dankte für das Gespräch und versprach, in Rom vorbeizukommen, wenn er mit den In-situ-Untersuchungen in Ofanes fertig wäre. Er legte den Hörer auf.

Lange blieb er regungslos sitzen und dachte nach.

Dann tätigte er einen weiteren Anruf. Diesmal wählte er die Nummer der Universität Bergen in Norwegen. Aber weder Laksdal noch Johanessen waren dort zu sprechen. Er bekam Johanessens private Telefonnummer.

Er erreichte den Wissenschaftler zu Hause. Johanessen berichtete, dass Laksdal derjenige gewesen sei, der die abschließende Arbeit mit der Präparierung der alten Papyrusrolle vorgenommen habe, und er war fest davon überzeugt, dass ihn kein Unbefugter bei dieser schwierigen Arbeit, die in der Universität Rom durchgeführt worden sei, gestört habe. Laksdal befinde sich übrigens gerade in Italien, auf einem Ausgrabungsgelände unweit von Livorno.

Das letzte Gespräch, das Fredric führte, war lang und kompliziert. Er sprach mit dem Organisten David Pearson, der zur Zeit in der Gemeinde Sørfold in Nordnorwegen angestellt war.

David Pearson war einer von vielen englischen Organisten, die in Norwegen arbeiteten. Das Besondere an Pearson war, dass er die Musikgeschichte der Antike studiert und profunde Kenntnisse der ältesten bekannten Musiküberlieferungen des Altertums besaß. Fredric hatte David Pearson im letzten Winter bei einer Weinverkostung in Oslo kennengelernt, wo der Engländer ihn mit seiner Nase für alte Burgundersorten beeindruckt hatte.

Fredric versuchte, ihm durch das Telefon den Code, den er vor sich hatte, zu erklären und zu beschreiben. Die kryptischen vier Linien, mit denen er einfach nicht weiterkam. Und am anderen Ende notierte Pearson sich alles, während er Begriffe wie *virga, punctum, podatus, clivis, scandicus, climacus, torculus* und *porrectus* murmelte. Pearson schwieg allerdings, als er eine Reihe von Punkten und Zeichen zwischen den größeren Symbolen eintragen musste. Endlich, nachdem Fredric alles mehrfach wiederholt hatte, war er davon überzeugt, dass Pearson eine vollkommen korrekte Abschrift des Codes vor sich hatte.

Pearson hatte schließlich gesagt, dass er ein paar Tage brauchen würde, um herauszufinden, ob sich dahinter überhaupt irgendein Sinn verbarg. Er konnte nichts versprechen, denn das Ganze sah äußerst kompliziert aus. Aber er würde sein Bestes tun.

Fredric trocknete sich den Schweiß ab. Es war heiß. Er stellte den Stuhl an seinen Platz zurück und blieb in der Türöffnung stehen. Ein gutes Gefühl breitete sich allmählich in ihm aus. Er befand sich nun in der Offensive.

Mit dem Frühstück konnte er jetzt noch warten. Das eilte nicht.

Er umrundete den kleinen Hügel, auf dem die Ziegen unter den Olivenbäumen weideten. Direkt dahinter lag der Teil des alten Klosters, der nicht instandgehalten wurde. Was ging da des Nachts vor sich? Menschen, die Kerzen vor sich her trugen, eine Frau, die nach Mitternacht aus den Ruinen kam, unterirdische Räume. Jetzt wollte er den Ort gründlich untersuchen. Taschenlampe und Taschenmesser. Würde er sonst noch etwas brauchen?

Er befand sich auf der Rückseite des Gebäudes. Von dieser Seite aus gab es keinen Eingang. Er bahnte sich einen Weg durch dichtes Dornengestrüpp, untersuchte jeden Quadratmeter der Mauer, aber es gab keine Öffnungen. Die Fenster befanden sich hoch oben in der Wand, zu hoch zum Hineinklettern. Die Querseiten waren genauso gebaut. Auch hier gab es keine Eingänge zum Gebäude und seinem Keller.

An einer der Querwände blieb er plötzlich stehen. Auf dem Boden vor ihm lag ein toter Hund.

Die Fliegen surrten um den Kadaver, dessen Verwesung noch nicht begonnen hatte. Direkt daneben sah er ein weiteres totes Tier. Und ein Stück weiter noch eine Katze. Zwei Katzen. Plötzlich wurde ihm klar, dass er von toten Tieren umgeben war. Er hielt sich die Nase zu und ging schnellen Schrittes an den leblosen Körpern vorbei. Es konnte noch nicht allzu lange her sein, dass jemand die Kadaver hier hingeworfen hatte.

Er kam zur Rückseite des verfallenen Gebäudes. Herabgestürzte Mauerstücke versperrten die Tür. Als er das letzte Mal hier gewesen war, war es stockfinster gewesen. Jetzt, bei Tageslicht, wirkte die ganze Szenerie nicht sehr bedrohlich.

Plötzlich hörte er Klopfgeräusche. Sie kamen von innen. Schwere, rhythmische Schläge, als schlüge jemand mit einem Hammer gegen eine Wand. Er sah sich rasch um. Es war kein Mensch in der Nähe, niemand sah ihn. Eilig kletterte er über die Steinblöcke und war im Inneren des Gebäudes.

Das Klopfen hatte aufgehört. Fredric sah niemanden.

Das Haus hatte kein Dach, sodass das Sonnenlicht ungehindert hereinscheinen konnte. Der Boden war von Unkraut überwuchert. Überall lagen Mauerblöcke verstreut, und die Trennwände zwischen den Räumen waren zum Teil eingestürzt. Müll und Schrott, wohin er auch blickte.

Plötzlich hörte er erneutes Klopfen. Es kam von einer Öffnung in der Ecke, von der aus eine Treppe hinabführte. Dort war er an jenem späten Abend hinabgestiegen, als er dem Licht gefolgt war. Er war in eine Art Raum gelangt, in dem er dann eingesperrt worden war. Hier oben gab es nichts, das von Interesse gewesen wäre. Er ging auf das dunkle Loch zu und hörte, wie das Klopfen stärker wurde. Noch einmal blickte er sich gründlich um, aber es war keine Menschenseele zu sehen.

Er knipste die Taschenlampe an und ging die Treppenstufen hinunter in die Dunkelheit, vorsichtig, lautlos. Unten fand er sich in einem Gang mit gewölbter Decke wieder. Hier und da tropfte es von oben herab. Er erkannte den Geruch wieder: Urin und Exkremente.

Das Klopfen hatte aufgehört. Jetzt konnte er irgendwo im

Hintergrund einen flackernden Lichtschein erkennen. Und im Lichtschein einen Schatten.

Er knipste seine Lampe aus und stand vollkommen still.

Plötzlich kam jemand auf ihn zu. Fredric drehte sich blitzschnell um und rannte die Treppe wieder hoch, ins Tageslicht. Dort hockte er sich hinter ein paar Steinblöcke.

Ein Mann kam pfeifend die Treppe herauf und rieb sich blinzelnd die Augen, als er ins Sonnenlicht trat. Er trug eine Säge und einen Hammer sowie eine große Lampe, die hin und her schaukelte.

Es war Signore Puggi, der Vater des toten Aldo. Erst vor ein paar Tagen hatte Fredric mit ihm gesprochen.

Fredric stand auf. Signore Puggi blieb erstaunt stehen.

»Heilige Rebecca!«, rief er. »Jetzt haben Sie mich aber erschreckt, Signor Drum. Was machen Sie denn hier zwischen all dem Dreck und Verfall?«

Fredric lächelte. »Ich war eben neugierig«, antwortete er. »Ich habe Klopfgeräusche gehört und dachte, jetzt würde ich die Mönche zu sehen bekommen, die gekommen wären, um ihr Kloster wieder aufzubauen.« Er setzte sich auf einen Steinblock.

Signore Puggi legte sein Werkzeug ab, wischte sich den Schweiß von der Stirn und ließ sich neben Fredric nieder.

»Das war verdammt anstrengend«, sagte er. »Aber jetzt ist es erledigt. Können Sie sich vorstellen, dass irgendein Idiot die solide Holztür zu den unterirdischen Räumen angezündet hat, sodass die Kinder da rein und raus laufen konnten? Da unten ist es lebensgefährlich, und ich habe keine ruhige Minute auf meinen Feldern mehr gehabt, solange diese Tür zerstört war. Man kann ja nie wissen, was den Kindern alles einfällt, obwohl ich ihnen mit Hexen und Gespenstern gedroht habe, falls sie sich diesem verfluchten Ort nähern sollten. Jetzt habe ich den Eingang richtig versperrt. Da kommt keine Katze mehr durch.«

»Gibt es hier unter der Erde viele Räume?«, fragte Fredric.

»Man sagt, dass es die reinsten Katakomben sind. Ich habe das nie genauer untersucht. Die meisten Eingänge sind zum Glück versperrt, zugemauert. Während des Krieges hatten die Deutschen hier ein Munitionslager, und es würde mich nicht wundern, wenn da immer noch Dynamit läge. Wie Sie sich denken können, ist das hier sowohl für Kinder als auch für Erwachsene ein gefährlicher Ort.« Puggi zündete sich ein Zigarillo an.

Fredric war etwas enttäuscht. Jetzt hatte Signore Puggi den Zugang zu dem Raum blockiert, den er gern genauer erforscht hätte. Nun wollte er natürlich keine weitere Arbeit dadurch verursachen, dass er diese Blockade wieder entfernte. Das war jetzt eben so. Die Lösung des Rätsels musste sich über der Erde finden lassen.

»Signor Puggi, können Sie sich noch daran erinnern, dass wir neulich darüber gesprochen haben, was Ihr Sohn und sein Freund gefunden haben könnten? Da war doch etwas, das sie so gerne dem Professor zeigen wollten. Sie haben das Wort ›Cylotian‹ erwähnt. Ist Ihnen seitdem noch etwas eingefallen?« Fredric verscheuchte ein paar Fliegen.

»*No*, Signore«, Puggi schüttelte den Kopf. »Ich habe aus dem armen Aldo nicht viel rausgekriegt. Aber ich weiß noch, dass die Jungs in Verbindung mit dem Gegenstand, den sie gefunden hatten, über einen Diebstahl sprachen, der hier vor einem halben Jahr stattgefunden haben soll.«

»Ein Diebstahl?« Fredric richtete sich auf.

»Ja, es war die Rede von einem Diebstahl. Ich habe zwar keine Ahnung, was da gestohlen wurde, aber der Archäologe war außer sich vor Wut, und ich kann mich daran erinnern, dass in diesem Zusammenhang der Name des Doktors, Vitollo Umbro, fiel.«

»Kann das etwas Wichtiges gewesen sein?« Die Frage war dumm, und Fredric beeilte sich hinzuzufügen: »Ich meine, war das, was gestohlen wurde … war das bei den Ausgrabungen gefunden worden?«

Signore Puggi schüttelte den Kopf und stand auf. »Sie müssen entschuldigen, Signor Drum, aber ich weiß es wirklich nicht. Und jetzt muss ich gehen. Ich sollte schon längst auf meinen Feldern sein.« Er sammelte sein Werkzeug zusammen, lächelte freundlich und verschwand durch das Tor.

Fredric blieb alleine sitzen.

Diebstahl. Vitollo Umbro. Er hatte inzwischen eine Reihe von Puzzleteilen, die schon fast einen Rahmen ergaben. Aber die wichtigsten Teile fehlten noch.

Er ging zum Ausgang. Sah hinaus. Niemand auf dem Weg, niemand in der Nähe. Fredric Drum legte Wert darauf, dass man seine Bewegungen so wenig wie möglich nachvollziehen konnte. Und er wollte sich nicht weiteren unangenehmen Überraschungen aussetzen.

Die toten Tiere.

Er kroch durch ein paar Büsche zur Querwand zurück. Da lagen sie. Er zählte: drei Katzen, zwei Ziegen, ein Hund, zwei Hühner und ein Lamm. Warum waren die hier hingeworfen worden? Das war offensichtlich kein üblicher Platz für Schlachtabfälle. Überhaupt kein Platz für Abfälle. Es gab keine einzige Blechdose hier. Nur tote Tiere. Der Ort war abgeschirmt. Nichts deutete darauf hin, dass hier jemand ohne Not herkam.

Er drehte eins der Tiere, den Hund, mit der Schuhspitze um. Keine Wunde, kein Zeichen einer Verletzung.

Die Pest?

Schnellen Schrittes ging er den Weg entlang, der zum Marktplatz führte. Es war elf Uhr, und er musste zusehen, dass er etwas zu essen bekam. Er ging im Schatten der Kirche. Er wollte nicht die Trattoria aufsuchen. Noch nicht. Wollte so unsichtbar wie möglich bleiben.

Rasch schlüpfte er in das kleine Lebensmittelgeschäft. Ein

alter Mann und ein paar Frauen, die Kohl und Brot kauften, waren die Einzigen, denen er dort begegnete. Er kaufte ein frisches Brot, eine Dose Sardinen, etwas Obst und eine Flasche Wasser und bekam alles in einer Plastiktüte überreicht. Dann ging er denselben Weg wieder zurück. Erst zögerte er einen Augenblick, aber dann ging er doch am Ausgrabungsgelände entlang. Ihm war eine Idee gekommen.

Als er an der Klinik vorbeikam, vermied er es, in ihre Richtung zu schauen. Er wollte den Eingang nicht sehen, die Treppenstufen, die er so glücklich mit Geneviève hinaufgestiegen war, und auch nicht den Park, die Blumen, die Bäume. Die Erinnerung saß ihm wie ein schmerzhafter Stachel in der Seele. Schmerzhaft, schmerzhaft, schmerzhaft.

Der Weg führte zu der Burg, zum Kastell hinauf. Die Hitze flimmerte über der trockenen Erde, und er wischte sich den Schweiß ab.

Ein Stück weiter oben gelangte er an einen Parkplatz. Weiter kam man mit normalen Autos nicht. Dort waren zwei Wagen abgestellt. Ein großer, silbergrauer Lancia – ein neues Modell – und ein Ford Escort. Ford Escort? Fredric blieb einen Augenblick stehen und sah sich die Autos genauer an. Im Fenster des Fords klebte ein Abzeichen mit dem Namen »Avis«. Ein Leihwagen also. Hatte der Burgherr, der Falke, Signore Romeo Umbro, also Besuch? Die Kennzeichen wiesen darauf hin, dass der Wagen in Rom registriert war.

Der Weg nach oben verlief in großen Kurven. Fredric war fast die Hälfte des Hügels hinaufgegangen und fing an, nach einer Abkürzung Ausschau zu halten. Überall gab es Ziegenpfade, und er wählte einen, der ihn oberhalb des Grabungsgeländes in ziemlich gerader Linie nach oben führte.

Doch zunächst suchte er sich eine Stelle, die für ein Picknick geeignet war, und machte es sich unter einen Olivenbaum bequem. Dann packte er seine Vorräte aus und begann zu essen.

Die Aussicht von hier aus war perfekt. Er konnte Ofanes aus der Vogelperspektive überblicken und alles sehen, was sich unten bewegte. Jedes einzelne Haus war zu erkennen. Aber Fredric Drum konzentrierte sich auf den alten Ortsteil, die Ruinen und das Ausgrabungsgelände.

Es war in mehrere quadratische Felder unterteilt. Sie bildeten ein schönes geometrisches Muster, und er konnte sehen, wo die Säulen gestanden hatten. Hier war früher einmal ein prachtvoller Tempel gewesen. Der Hauptplatz, eine große offene Fläche, lag direkt hinter einer Säulenreihe, von der nur noch die Sockel erhalten waren. Ein Marktplatz, eine Bühne? Hätte man eine Linie quer durch den ehemaligen Tempel gezogen, würde ihre Verlängerung ein paar Hundert Meter weiter oben direkt auf die Klosterruine treffen. Und das Hotel, das auf der anderen Seite des kleinen Hügels lag, hatte dieselbe Form und denselben Schnitt wie das Ruinengebäude.

Fredric aß die Sardinen und wischte sich Olivenöl vom Kinn.

Die Folgerung aus all dem war ziemlich einleuchtend: Der ganze Komplex inklusive Hotel, Klosterruine und dem archäologischen Ausgrabungsgelände hatte in der Vergangenheit einmal eine Einheit gebildet. So verband Fredric Drum auf einfache Weise die Antike und das Mittelalter. Von hier oben aus war der Zusammenhang für jeden deutlich zu erkennen.

Empedokles – die Empedesius-Mönche. Wenn er sich nicht vollkommen täuschte, war Kiron, der rätselhafte Schüler und Arzt, auch der Begründer von Ofanes, *Umbilicus Telluris*. Die Sage von der Heiligen Mutter mit dem Bluteimer, ein *Miraculum virginis*, war natürlich von schlauen Propheten der antiken Schule erfunden worden, um diese Stätte vor christlichem Einfluss zu bewahren. Außerdem war *sanguis*, das Blut, ein sehr zentraler Begriff in der Lehre des Empedokles. So konnten sie zwei Fliegen mit einer Klappe schlagen.

Kein Papst, keine Inquisition würde es wagen, sich gegen eine Tradition zu stellen, die sich darauf berufen konnte, die Jungfrau Maria höchstpersönlich als Quelle zu haben. Aber ein Kloster musste gebaut werden. Es musste gebaut werden, um einen heidnischen Tempel zu verbergen.

Kiron baute, seine Nachkommen bauten. Wofür bauten sie eigentlich? Was war die allumfassende Botschaft, die unsterbliche Weisheit, die diese hermetischen Propheten bewahren wollten?

Crotone im Norden: mit Pythagoras und den Neupythagoreern, die mystische Schulen entwickelten. Sizilien im Süden: Empedokles als selbsternannter, unsterblicher Gott. Auflösung, Machtkampf, Streit. Einige Jahrhunderte vergehen. Die Stärksten überleben, verbergen sich. Treffpunkt: Ofanes.

War es so einfach? Es *konnte* durchaus so einfach sein.

Einige Menschen fielen zu Boden, wie von einem unsichtbaren Blitz getroffen. *Die Welt ist ständige Veränderung und das Leben nur Vorstellung.* So der Stoiker Marc Aurel.

Er trank kleine Schlucke Wasser aus der Flasche. Während er seine Gedanken treiben ließ, verfolgte er eine Person dort unten mit den Blicken. Zwischen den Weinstöcken, dicht am Grabungsgelände, saß jemand auf einer Kiste oder einem Stein. Die Person schien nichts besonderes zu tun, saß nur da und hantierte mit einem Gegenstand auf ihrem Schoß. Fredric kniff die Augen zusammen, um besser sehen zu können, aber er konnte keine Details erkennen. Es schien eine Frau zu sein. Vielleicht saß sie einfach nur da und flocht einen Traubenkorb.

Peras und *apeiron*. Die Kraft der Gegensätze. Das Kraftfeld, die unsichtbaren Strahlen der Seele. Die Harmonien. Die Vollkommenheit der Seele in einem unvollkommenen Körper. Geometrie. Die unbekannten Eigenschaften des Lichts. Prisma, Stern, Kristallstern, Laser. Was hatte der berüchtigte Mystiker Valentin Andreae noch mal gesagt?

Es schlug Feuer aus der Korona der Posaune, und dann sah ich, dass die Kuppel sich öffnete, und ein herrlicher Feuerstrahl kam hernieder, fuhr in die Posaune und in die leblosen Körper. Danach wurde die Öffnung wieder geschlossen, und auch die Posaune wurde entfernt.

Die Chymische Hochzeit.

Die Frau dort unten saß immer noch reglos da. Es war eine Frau, er konnte ihre langen Haare erkennen. Sonst war da niemand zwischen den Weinstöcken. Geneviève, dachte er plötzlich, *stell dir vor, es wäre Geneviève, die da sitzt!*

Die Gedanken machten ihn unruhig. Er stand auf und verscheuchte einen orangegelben Crocea-Schmetterling, der sich auf seinen Oberschenkel gesetzt hatte. Natürlich war es nicht Geneviève. Sie war jetzt in St. Emilion und wurde von allen verwöhnt, denen sie wichtig war. Er spürte die saure Galle der Bitterkeit in seinem Hals.

Drei Tage. Drei kurze Tage hatte es gedauert.

Er suchte sich einen neuen Platz im Schatten. Dann warf er sein Hemd neben sich und legte sich hin. Er starrte nach oben in die Luft. Der Kondensstreifen eines Flugzeugs zerriss den hellblauen Himmel. Er lauschte, hörte aber kein Geräusch.

Ermetica Chiron hat gesagt, dass das Flüstern des Todes in unseren ländlichen Dionysien so ist: Synedrium ist Umbilicus Telluris, so wie Odeion auf ewig die Harmonien bewacht. Er konnte den Text auswendig. Der Treffpunkt ist der Nabel der Welt. Odeion. Ein Tempel für Musik.

Harmonium.

Odeion.

Neumen.

Musik.

Doktor Kiron. Doktor Vitollo Umbro. Der himmlische Gesang der Empedesius-Schwestern bei den Weihnachts- und Ostermessen.

Plötzlich richtete er sich auf. Er sollte nicht länger hier

rumliegen. Genauso gut konnte er die Angelegenheit direkt in Angriff nehmen. Lag er hier, sicher und bequem unter einem Olivenbaum, unter dem ihn niemand sehen konnte, weil er feige war? Er versteckte sich, entfernt vom Kern des Rätsels. Das war nicht Fredric Drum!

Die Burg. Romeo Umbro? Oder Vitollo Umbro? Er entschied sich für Vitollo Umbro. Später, wenn er überlebte, würde der Onkel drankommen.

Die Frau da unten zwischen den Weinstöcken war verschwunden.

Er erreichte wieder den Weg und ging schnell abwärts. Als er fast den Parkplatz erreicht hatte, sah er einen Menschen langsam auf sich zukommen. Er blieb stehen. Es war eine Frau. Sie trug etwas vor der Brust, das in ein Tuch gewickelt war. Konnte sie diejenige gewesen sein, die er zwischen den Weinstöcken gesehen hatte? Höchstwahrscheinlich.

Die Frau schaute auf und erblickte Fredric. Sie blieb stehen und wich einige Schritte zurück. Zwischen ihnen lagen ungefähr zehn Meter. Er konnte ihr Gesicht ganz deutlich erkennen. Es war schön. Sie war jung, konnte nicht älter als dreißig sein. Gianna Umbro, dachte er. Gianna, Andreas Schwester, die Frau, vor der Geneviève ihn gewarnt hatte, weil sie von ihr erschreckt worden war.

Sie war eine Offenbarung. Ihr Gesicht war rein und unschuldig wie das eines Rubens-Engels, ihre Augen groß und braun. Welch eine Herrlichkeit, wie kann ein solches Wesen einem Angst einjagen?

Eine Vespa heulte unten auf dem Marktplatz gewaltig auf und sandte Schockwellen von Lärm den Hang hinauf. Fredric lächelte und hob die Hand zu einem Gruß. Dann ging er auf sie zu.

Sie reagierte nicht auf den Gruß. Nicht einmal, als er munter die Schönheit des Tages pries und neben ihr stehen blieb, öffnete sie den Mund oder rührte sich vom Fleck. Sie sah ihn nur an, mit Augen, die zwei tiefen Zisternen glichen, und mit einem Gesicht so schön, dass Boccaccio höchstpersönlich auf die Knie gefallen wäre.

Fredric fiel nicht auf die Knie. Stattdessen sagte er, während er sein Gewicht von einem auf den anderen Fuß verlagerte: »Gianna Umbro?«

Plötzlich kam Bewegung in die junge Frau. Sie bekreuzigte sich rasch und fing an, den Hang hochzulaufen. Als sie um eine Kurve verschwunden war, schüttelte Fredric den Kopf. Die Arme, er hatte sie anscheinend erschreckt, der große, hässliche Fredric Drum aus Norwegen. Er jagte selbstverständlich allen Frauen, die seinen Weg kreuzten, höllische Angst ein. Das war ja nur natürlich, so war es eben.

Aber sie hätte sich das Kreuzzeichen doch sparen können. Er war kein Gespenst. Jedenfalls noch nicht.

Am Parkplatz blieb er wieder stehen und betrachtete lange den trockenen Kies, um die Reifenspuren zu studieren. Der Lancia war in letzter Zeit viele Male weggefahren und zurückgekommen. Der Leihwagen stand dagegen schon ziemlich lange an derselben Stelle. Man musste viel Geld haben, um einen Leihwagen über einen so langen Zeitraum einfach herumstehen lassen zu können.

Vor dem Eingangstor der Klinik zögerte er lange. Schließlich überwand er alle sentimentalen Gefühle und spazierte hinein.

Im Park befand sich nur eine Person, ein Mann mittleren Alters, der auf einer Bank am Springbrunnen saß und vor sich hin starrte. Sicher ein Patient.

Fredric ging durch den Park und zum Haupteingang hinauf. Die Treppe hoch und durch die Tür.

Die Halle vor dem Aufenthaltsraum war auch leer. Sanfte Klänge strömten aus den Lautsprechern, die ringsherum diskret angebracht waren. Mozart, Klavierkonzert Nr. 21, schön wie winzige Tropfen eines Wasserfalls, die im Sonnenlicht glitzern. Er schaute sich um und sah viele Türen. An einer davon hing ein Schild: *UFFICIO*, Büro. Er klopfte an, und eine Frauenstimme bat ihn herein.

Eine Frau mittleren Alters in einem graugrünen Kostüm saß an einem Schreibtisch. Regale mit Ordern und Büchern bedeckten die Wände. Sie sah Fredric fragend an.

»Womit kann ich Ihnen behilflich sein?« Die Stimme war kühl und formell.

»Nun, ähm«, Fredric räusperte sich. »Ich würde gern mit Doktor Umbro sprechen. Mein Name ist Fredric Drum. Er kennt mich. Wir sind uns schon mal begegnet.«

»Jetzt, sofort?«

»Wenn möglich, ja, Signora.« Fredric versuchte, resolut aufzutreten.

»Aber Signore, das ist unmöglich. Sie haben doch keinen Termin. Der Doktor befindet sich mitten in einer wichtigen Behandlung. Er hat drei Patienten bei sich. Man kann ihn frühestens in einigen Stunden stören.« Sie lächelte bedauernd.

»Tja, wenn das so ist«, entgegnete Fredric unsicher. Aber plötzlich kam ihm eine Idee. »Und was ist mit Doktor Tigatelli, ist der auch beschäftigt?«

Die Sekretärin schüttelte den Kopf. » Dr. Tigatelli hat bis zwei Uhr keine Termine. Wollen Sie mit ihm sprechen?«

Fredric nickte mit Nachdruck.

Zwei Minuten später saß er mit einer Tasse dampfendem Espresso in einem hellen Raum im ersten Stock und betrachtete den mageren Signore Tigatelli, der auf einem Sofa am Fenster saß und neugierig darauf war, was der unerwartete Gast von ihm wollte. Die Stirn über seinen scharfen, analytischen Augen war gerunzelt.

Fredric stellte sich kurz vor und erklärte, er sei im Auftrag der Universität Rom gekommen. Dabei gehe es um die Deutung verschiedener alter Dokumente. Um voranzukommen, benötige er die Hilfe von Personen, die eine Verbindung zu diesem Ort hätten.

Doktor Tigatelli nickte. »Schießen Sie los!«, sagte er. »Ich stamme zwar nicht aus dieser Gegend, aber ich wohne doch schon seit einigen Jahren hier. Doktor Umbro und ich sind praktisch gleichzeitig hierhergekommen.«

»Wann war das?«, fragte Fredric.

»Vor zwölf Jahren. Als Vitollo endlich die Grundbucheintragung für dieses Anwesen in der Hand hielt und alle Darlehen getilgt hatte. Damit hatte er sich endgültig aus den Klauen des Falken befreit!« Tigatelli lachte mit hohler Stimme. »Aber das hat wohl wenig mit dem zu tun, was Sie wissen wollen.«

»Sagen Sie das nicht«, entgegnete Fredric. »Könnten Sie mir kurz von Doktor Umbros Jugend, seinem Werdegang und dem Ursprung des Konflikts mit seinem Onkel erzählen?«

»Ich dachte, Sie wären an archäologischen Themen interessiert.« Tigatelli runzelte wieder die Stirn. »Also gut. Das ist wohl kein Geheimnis. Vitollos Vater, Pietro Umbro, war ein ganz außergewöhnliches Musikgenie. Leider starb er, als er knapp zwanzig Jahre alt war, frisch verheiratet, ausgestoßen von der Familie, enterbt. Sein jüngerer Bruder, Romeo, übernahm die Burg und den Landbesitz. Musik war aus unbegreiflichen Gründen ein rotes Tuch für die Familie Umbro. Und als der junge Pietro den Weg der Musik einschlagen wollte, stieß er gegen eine Mauer. Man stellte ihn vor eine einfache Wahl: Musik oder das Erbe. Pietro wählte die Musik, und es gelang ihm noch, zwei wunderbare Symphonien zu komponieren, bevor er starb. Er wohnte außerhalb von Genua, woher seine Frau stammte. Vitollo wurde geboren, ohne je seinen Vater kennenzulernen. Er wuchs in Genua auf, bekam eine solide Ausbildung, reiste in die USA und später nach Frankreich. Die Musik war auch Vitollos Leidenschaft, aber er studierte Medizin. Sein Traum war stets das gewesen, was Sie hier sehen.« Tigatelli machte eine ausladende Geste, die das ganze Haus umfasste. Nach vielen langwierigen Gerichtsverfahren setzte Vitollo sich endlich durch und bekam seinen rechtmäßigen Anteil am Erbe. Aber es wurde lebensgefährlich. Sein Onkel hat ihm gegenüber Todesdrohungen ausgestoßen, doch Vitollo hat sich davon nicht beeindrucken lassen. Die letzte Episode im Kampf zwischen Onkel und Neffe bestand darin, dass der Onkel oben am Hang eine riesige Wasserpumpe aufbauen ließ, die durch ihren Krach jede Musiktherapie unmöglich machte. Vitollo hat das Ding einfach in die Luft gesprengt, seinem Onkel einen Scheck geschickt und ihn gebeten, eine elektrische Pumpe installieren zu lassen. Seitdem herrscht Ruhe.«

Fredric nickte. Er ließ die Informationen auf sich einwirken und blieb mit der Kaffeetasse am Mund sitzen.

»Romeo Umbro hat eine Tochter. Gianna. Wo ist ihre Mutter?«

»Sind Sie ganz sicher, dass Sie nicht eigentlich *Ahnenforschung* betreiben?« Der magere Doktor lächelte ironisch. »Aber Sie werden wohl Ihre Gründe haben«, fügte er hinzu.

»Gianna Umbro, das arme Mädchen. Schön wie eine Offenbarung, ätherisch wie ein Geist, aber leider taubstumm. Ihre Mutter ist im Kindbett gestorben. Gianna ist oben auf der Burg aufgewachsen, unter den beschützenden Schwingen von *Il Falco*. Vitollo hat ihr mehrmals seine Behandlung angeboten, denn er ist der festen Überzeugung, dass sie geheilt werden kann, wenn sie vorher operiert wird. Aber Romeo Umbro lehnt das rundweg ab.«

»Taubstumm«, murmelte Fredric. »Sie kann also noch nicht einmal Musik hören?«

Doktor Tigatelli runzelte wieder die Stirn. »Nein, natürlich kann sie keine Musik hören. Nicht die Art von Musik, die Sie kennen. Aber es gibt viele Arten von Musik. Und wir sind uns ganz sicher, dass sie geheilt werden kann.« Er sah ungeduldig auf die Uhr. »Ich muss Sie bald verlassen. Wenn Sie heute Abend wiederkommen, können Sie bestimmt Doktor Umbro treffen.«

Fredric verfluchte innerlich sämtliche Uhren und alle, die ihnen gehorchen mussten. Die wichtigsten Fragen waren noch nicht gestellt.

»Nur noch eines«, sagte er und stand auf. »Haben Sie davon gehört, dass es hier in Ofanes vor Kurzem einen Diebstahl gegeben haben soll, womöglich in Verbindung mit den Ausgrabungen?«

»Diebstahl?« Tigatelli blickte ihn scharf an. »Ich weiß nur von *einem* Diebstahl. Eine schmutzige, boshafte Tat. Doktor Vitollos Lieblingsinstrument, ein Cilot, ein Original aus Bronze und Bockshorn, wurde vor einem halben Jahr gestohlen. Es ist aus einem verschlossenen Schrank entwendet worden. Das Instrument wurde fast nie benutzt. Ein kostbares Kleinod aus der Antike. Alle Archäologen kamen hierher, um es zu bewundern. Jetzt ist uns nur eine simple Kopie geblieben, die kaum Klänge hervorbringen kann.«

Fredric erinnerte sich daran, dass Geneviève ihm eine Reihe von merkwürdigen Instrumenten gezeigt hatte, darunter auch etwas, das sie Cilot nannte.

»Ein Cilot?«, fragte Fredric.

»Ja, ein echter Cilot«, antwortete Tigatelli, während er Fredric die Tür öffnete. »Oder *Cylotian*, wie man ihn auch nennt.«

9.
Fredric Drum genießt einen »Calabria Castello Umbro 1983«, sendet Vergil und Ovid seine Grüße und wird auf der Richterskala mit Stärke sieben gemessen

In Signore Rattis Trattoria war die Zeit für das Mittagessen schon fast vorbei. Allmählich leerte sich das Lokal. Fredric Drum hielt sich im Schatten der Kirche verborgen. Er hatte Hunger. Erstaunlicherweise verspürte er auch Lust auf eine gute Flasche Wein.

Als nur noch einige wenige Gäste übrig waren, lief er schnell über den Platz und ließ sich direkt an der Wand unter einem Sonnenschirm nieder. Hier war er vor neugierigen Blicken relativ gut geschützt. Signore Ratti runzelte die Stirn, trocknete seine Hände an einem Handtuch ab, das er sich über die Schulter geworfen hatte, und näherte sich langsam Fredrics Tisch.

»*Giorno*, Bacchus Ratti«, grüßte Fredric ihn freundlich und schenkte ihm sein breitestes Lächeln. »Mein Magen schreit nach Ihrer phantastischen Lasagne und einer guten Flasche Wein, einer *sehr* guten Flasche, aus Ihrem hervorragenden Weinkeller.«

»Eine *gute* Flasche Wein?« Da war wieder Rattis merkwürdiger Blick.

»Eine gute Flasche. Darf ich Sie ins Allerheiligste begleiten?« Fredric stand auf.

Signore Ratti ging voran und Fredric folgte ihm. Als sie unten im Keller angekommen waren, breitete der Wirt die Arme aus und sagte:

»Nun, Sie wissen ja, Italien ist nicht dasselbe wie Frankreich. Burgunder und ...« Er blickte sich verunsichert um. Dann beugte er sich Fredric beinahe schüchtern entgegen und fragte im Flüsterton: »Ist es wahr, dass Sie einer von Norwegens besten Weinkennern sind, dass Sie zum *Premier Connaisseur du Vin* gewählt wurden? Wissen Sie, die französische *Signorina* hat mir erzählt ...« Er hielt erneut inne, als befürchte er, dass Fredric über seine Frage verärgert sein würde.

»Mein lieber Signor Ratti«, Fredric gab dem ernsten Mann einen freundlichen Klaps auf die Schulter, »viele Weine, die Sie hier haben, können sich durchaus mit französischen Weinen messen. Und der, den Sie mir neulich serviert haben, war von höchster Qualität. Er war ein Erlebnis, das ich nie vergessen werde.«

»Meinen Sie das wirklich ernst?« Signore Ratti lächelte erst unsicher und strahlte dann über das ganze Gesicht. »Meinen Sie das wirklich ernst, Signor Drum?«

Der Wirt war plötzlich ein ganz anderer geworden und erzählte sprudelnd, dass er, ein ärmlicher Trattoriabesitzer, an diesem gottverlassenen Ort ein großes Hobby habe: erlesene Weine. Vor drei Jahren sei er sogar zum MVC gewählt worden, zum Weinmeister von Kalabrien. Jetzt versuche er, so gut er könne, erstklassige italienische Weine zu kaufen und zu lagern, damit seine Kinder eines Tages lernen könnten, was wirklich guter Wein sei.

»Und, Signor Drum«, er blickte zu Boden. Jetzt kam das Geständnis. »Ich bedaure, dass ich Sie falsch eingeschätzt habe. Ich dachte, auch Sie gehören zu diesen eingebildeten Snobs, die ein Interesse an italienischen Weinen vortäuschen, sie im Vergleich zu den französischen aber gering schätzen. Diese Leute machen sich über die eigenen kleinen Perlen dieser Region lustig. Aber jetzt begreife ich, dass Sie ein echter *connaisseur* sind.« Er reichte Fredric die Hand, und dieser drückte sie von ganzem Herzen. Eine Freundschaft war besiegelt.

Jetzt folgte eine gründliche Führung durch den Keller. Fredric bekam alles Mögliche über die Weine der Region, ihre Traubenarten und ihr Lagerpotenzial zu hören. Der Wirt hielt Fredric plötzlich eine Flasche hin.

»Den sollten Sie mal probieren. *Il Falco* kann wirklich guten Wein machen, wenn er sich die Zeit nimmt.«

Fredric studierte das Etikett. Tatsächlich. »Calabria Castello Umbro 1983.« Er nickte lächelnd »Den nehme ich.«

Die Lasagne kam auf den Tisch, zusammen mit Parmesan, Oliven und Brot. Signore Ratti verneigte sich tief und zwinkerte, als er den Wein einschenkte. Backsteinrote Farbe, der Duft erinnerte an überreife Feigen, intensiv und aufregend. Fredric rollte einen Schluck lange im Mund herum und schluckte dann. Die Fülle war tadellos und lang anhaltend. Angenehme Aromen breiteten sich bis in die Nebenhöhlen seiner Nase aus und sandten Schauer bis in die Fingerspitzen.

»Meisterhaft«, sagte Fredric. »Wer hätte das von Romeo Umbro gedacht.«

»Ach, eigentlich sollten Sie gar nicht ihm dafür danken. »Maestro Melchiori ist für die Weinproduktion verantwortlich. Der Falke interessiert sich vor allem für das Geld. Genießen Sie das Essen, Signore, das geht aufs Haus.«

Fredric wollte protestieren, aber der Wirt fegte jeden Widerspruch mit einer rigorosen Handbewegung beiseite, während er sich entfernte und seinen Gast mit der Mahlzeit allein ließ.

Fredric aß langsam und lange. Dabei genoss er jeden Schluck Wein. Aber er behielt die ganze Zeit den Marktplatz im Auge, beobachtete alle, die kamen und gingen, sowie den Weg, der zur Burg hinaufführte. Er wusste, dass irgendjemand irgendwo damit beschäftigt war, den nächsten tödlichen Angriff auf Fredric Drum zu planen.

Es ging auf halb fünf zu. Fredric ruhte sich auf dem Bett seines Hotelzimmers aus. Seine Notizen lagen verstreut um ihn herum.

Cilot – Cylotian. Die Botschaft des Heiligen Cylotian. Ein Musikinstrument. Das hätte er eigentlich schon früher begreifen müssen. Trotzdem fand er keinen logischen Zusammenhang.

Hatten die beiden Jungen den Dieb entlarvt? Hatten sie das Instrument gefunden, das Doktor Umbro gestohlen worden war? War es *das*, was sie in den Ruinen gefunden hatten? Aber der Vater, Signore Puggi, hatte doch gesagt, dass sie auf eigene Faust gegraben hätten. Der Dieb hatte einen alten, ja antiken Gegenstand doch wohl nicht in der Erde vergraben? Und Signore Loppo, der Wachmann? Warum hatten diese drei sterben müssen?

Warum musste Professor d'Angelo aus dem Weg geräumt werden?

Und er selbst? Wie konnte ihn jemand als Bedrohung betrachten?

Der Grund war nicht schwer zu erraten. Fredric war der Einzige, der den *Kodex Ofanes* deuten konnte. Leider, dachte er. Dabei konnte er den kryptischen Text in Wahrheit ja gar nicht entschlüsseln. Aber er hoffte sehr, dass ein bestimmter Organist im hohen Norden ihm etwas berichten konnte.

Er sammelte seine Notizen ein.

»Der nächste Schritt, Drum«, sagte er zu sich selbst, »ist der Horst des Falken. Jetzt werden wir sehen, wozu sein Schnabel und seine Klauen in der Lage sind.« Daraufhin stürzte er drei Glas Wasser aus der Karaffe hinunter.

Er verließ das Zimmer, nachdem er einige gründliche Vorsichtsmaßnahmen getroffen hatte. Ungebetene Gäste, die tödliche Fallen auslegen wollten, würden leicht entlarvt werden.

Unten blieb er für einen Augenblick an der leeren Rezeption stehen und lauschte. Irgendwo im Hintergrund hörte er

Stimmen. Er erstarrte. *Was war das für eine Stimme?* Aber dann wurde es still. Konnte er sich verhört haben? Er schüttelte den Kopf, um ihn freizubekommen, streckte die Hand aus und hängte den Zimmerschlüssel bewusst an den falschen Nagel. An den Nagel, der für sein Zimmer gedacht war, hängte er einen anderen Schlüssel. Dann trat er in die Sonne hinaus.

Der Weg auf den Hügel lag zu dieser Tageszeit im Schatten, und es fiel ihm jetzt leichter, den steilen Abhang hinaufzugehen. Wie unpraktisch, dachte er, wie unpraktisch, in einer Burg auf einem steilen Hügel zu wohnen.

Er war fast oben. Die Aussicht war ausgezeichnet. Er konnte Weinberge und Olivenhaine sehen, so weit das Auge reichte. Und das Ionische Meer erstreckte sich bis zum Horizont, grün und still. Einige Fischerboote lagen weit draußen und dümpelten vor sich hin. Die Vorfahren des Falken hatten mit der Lage dieser Burg sowohl das Land als auch das Wasser beherrscht.

Er bog um eine Kurve und stand plötzlich vor dem Eingang. Zwei Türme zu beiden Seiten des Portals, das kein funktionstüchtiges Portal mehr war, weil Teile der Mauer eingestürzt waren. Ein jeder konnte einfach hineinspazieren. Sollte er?

Er zögerte. Oben auf dem einen Turm wehte ein Wimpel. Rot, grün und schwarz. Auf der Mauer, die an den zweiten Turm angrenzte, hing wie üblich Wäsche zum Trocknen. Er konnte Hemden, Unterhosen, Laken und Handtücher erkennen. Und eine Frau.

Plötzlich stand sie da und sah auf ihn herab. Sie war unter der Wäsche aufgetaucht. Das war sie. Gianna. Die Schöne. Die Stumme. Sie stand einfach da und starrte ihn an.

Fredric winkte ihr fröhlich zu und versuchte, unbefangen zu wirken. Er pfiff eine Melodie vor sich hin und schlenderte zum Tor hinein. Kaum war er ins Innere vorgedrungen, als er aus dem Schatten unter einem größeren Backsteingebäude ein gewaltiges Knurren hörte. Zwei Hunde kamen auf ihn zugestürmt. Sie fletschten die Zähne, während ihnen der Geifer aus den weit aufgerissenen Fängen tropfte. Fredric machte fünf schnelle Schritte nach hinten, aber einer der Hunde schnitt ihm jede Rückzugsmöglichkeit ab. Die Hunde, zwei unheimliche, magere Schäferhunde mit Stachelhalsband, drängten ihn in eine Mauerecke und drohten, ihm jeden Moment an die Gurgel zu springen. Einer von ihnen bekam Fredrics Hosenbein zu fassen und zerriss es mit einem Schnappen. Die Köter starrten ihn mit blutunterlaufenen, hasserfüllten Augen an.

»Braver Hund, ja«, krächzte Fredric. Sein Mund war völlig ausgetrocknet.

»Guter Kerl.« Er hielt sich beide Hände über den Kopf, damit sie ihm nicht abgerissen werden konnten.

Sie kläfften wie besessen. Wo blieb eigentlich ihr Besitzer?

Plötzlich nahm er einen Schatten wahr, der sich von links näherte. Fredric drehte vorsichtig den Kopf und blickte direkt in die Mündung einer doppelläufigen Schrotflinte. Über dem Gewehr sah er einen großen schwarzen Hut, und darunter erahnte er das Gesicht von Romeo Umbro. Auch er fletschte die Zähne, aber bei ihm sollte das ein Lächeln darstellen.

Fredric lächelte zurück. »*Cave canem.* Sie hätten ein Schild…« Er konnte nicht mehr sagen, denn einer der Hunde sprang ihn an und drückte ihm beide Vorderpfoten so fest gegen die Brust, dass er keine Luft mehr bekam.

»Vergil! Ovid! *Sufficiente!* Zurück! Platz!« Umbros Stimme war ruhig und tief. Die Hunde zogen sich knurrend zurück.

»So empfängt man ungebetene Gäste, Signor Drum. Sie hatten doch wohl nichts anderes erwartet?« Die Schrotflinte war immer noch auf Fredric gerichtet.

»Ich kam mit einem Dank und starb in einem Schrank.« Er dichtete auf die Schnelle etwas Absurdes. Auf Italienisch klang es umso verrückter.

Il Falco ließ das Gewehr sinken. Aber dann legte er plötzlich an. Es ertönte ein ohrenbetäubender Knall, Fredric roch den Pulverdampf und sah einen schwarzen Schatten, der aus der Luft herabstürzte und fünf Meter neben ihm aufprallte. Die Krähe lag mausetot auf dem Boden, aus ihrem Schnabel lief Blut.

»Sing für mich, Krähe, aber die Krähe, sie sagte: Keiner kann singen mit Essen im Mund.« Fredric hatte sich gegen die Mauer gelehnt und sang vor sich hin.

»Ionesco, was? Sie kennen also Eugene Ionesco.« Romeo Umbro öffnete die Flinte, eine leere Patrone sprang heraus und blieb vor Fredrics Füßen liegen. Es rauchte immer noch schwach von dem braunschwarzen Plastik, das die Spitze der Patrone umgab.

»Muschelmund auf schlammig Grund«, fuhr Fredric fort, fest davon überzeugt, dass nur Absurditäten die Situation retten konnten.

»Poesie, hä? Steifgefrorene norwegische Magensäure. Für so etwas gebe ich keine fünf Lire. Und Enrico Ibsen hätte lieber in Italien bleiben sollen. Da hätte er vielleicht doch noch etwas gelernt. Idioten, ihr seid alle Idioten!« Er nahm seinen Hut ab und verscheuchte die Fliegen. Dann ging er zu der Krähe hinüber und trat sie gegen die Mauer.

»Die den Flügelwegen folgen, wissen Bescheid.« Fredric wagte sich zwei Schritte vor.

Signore Umbro blieb stehen und starrte Fredric an. Sein Blick war durchaus nicht feindselig, er schien Fredric eher verwundert zu mustern. Dann kratzte er sich am Kopf und setzte seinen Hut wieder auf.

»Sie sind eingeladen«, sagte er plötzlich. Dann drehte er Fredric den Rücken zu und ging, wobei er seinem Gast mit einer Handbewegung zu verstehen gab, dass er ihm folgen solle.

Sie überquerten den Hofplatz. Innerhalb der Mauern sah es tatsächlich so aus wie der gewöhnliche Hof eines großen Hauses, das offensichtlich vor Kurzem renoviert worden war. Fredric spähte in die Schatten, um Ovid und Vergil rechtzeitig zu sehen, konnte aber keine Gefahr entdecken. Eine breite Marmortreppe führte zu einer soliden Tür aus Zedernholz. Auf beiden Seiten der Treppe thronten natürlich zwei Falken aus grünem Marmor.

Fredric kam in eine große, dunkle Halle. Es roch nach Bohnerwachs und Kampfer. Signore Umbro stellte seine Schrotflinte in einen Ständer, in dem noch weitere Waffen standen. Dann öffnete er eine Tür und bat Fredric hinein. Auch dieser Raum war dunkel, mit schwerer Eichenholztäfelung und Ledermöbeln aus vergangenen Zeiten. Die Wände waren dicht an dicht mit Tierköpfen besetzt, ausgestopften Tierköpfen mit Geweihen und Hörnern, ohne Geweihe und Hörner, Löwenköpfe, Zebraköpfe und Wildschweinköpfe. Der größte Kopf hatte einem Nashorn gehört und war direkt über der Feuerstelle plaziert, einem großen offenen Kamin.

»Sie haben aber wirklich viel geschossen«, sagte Fredric beeindruckt.

»Idiot! Halt dich an das Absurde. Das war mein Großvater. Ich begnüge mich mit Krähen.« Er warf vier, fünf Holzscheite in den Kamin und entfachte mit Paraffin ein Feuer.

Hier wird es gleich noch richtig gemütlich, dachte Fredric und setzte sich in den Sessel, auf den der Hausherr gezeigt hatte. *Bald kommt die Kinderstunde, bald kommt die Kinderstunde, tralalalala, in Hütten und in Häusern.* Er behielt dieses Lied für sich, denn er wollte Eugene Ionesco nicht unnötig strapazieren.

Umbro verschwand durch eine Tür, kam aber sogleich mit einer Flasche ohne Etikett und zwei Gläsern zurück, die er vor Fredric auf den Tisch knallte. Er schenkte ein, hob das Glas und prostete seinem Gast gebieterisch zu. Fredric trank. Er leerte das Glas in einem Zug und spürte, wie der Schnaps in seiner Speiseröhre brannte. Mit Mühe und Not gelang es ihm, einen gewaltigen Niesanfall im Keim zu ersticken, wobei ihm Tränen in die Augen sprangen.

»Wir tauen ein bisschen aus der Tundra auf, was?« Umbro kniff die Augen zusammen. »Dann wollen wir mal hören, in welcher Angelegenheit Signor Bacalao unterwegs ist. Die Polkappen sollen schmelzen, wenn es auch diesmal wieder um eine Bettelei geht. *Ein* räudiger Polarfuchs reicht mir nämlich.«

»Bettelei?« Fredric versuchte Zeit für einen fundierten und erfolgreichen Dialog zu gewinnen.

»Ha! Ihr seid ein paar eiskalte Weiberhelden und habt den Kopf voller Maisbrei. Und dann glaubt ihr, die Welt geht vor eurem historischen Quatsch und eurer Quacksalberei in die Knie.« Er füllte die Gläser auf und zwang Fredric zu trinken.

Ruhig, Fredric, ruhig, lass dich nicht provozieren. Lass die Schlüpfrigkeiten an der Wasseroberfläche. Wir müssen in die Tiefe hinunter. Er unternahm einen Vorstoß:

»Als wir in der Trattoria beisammen saßen, da sagtest du« – er fand die Sie-Form für die Fortführung des Gesprächs nicht mehr angemessen – »da sagtest du, dass du den Beweis für irgendetwas hier oben hättest. Was hast du damit gemeint? Und was hast du gemeint, als du sagtest, das, was ich zu wissen glaube, sei die Ausgeburt kranker Hirne? Was von dem, das ich zu wissen scheine, ist denn so schlimm, Signor Umbro? Hast du etwa Angst vor solchen ‚Eismeerfröschen' wie mir?« Er hielt den Atem an.

Der Burgherr kniff die Augen zusammen und blinzelte ihn an. Ein nicht gerade herzliches Lächeln zog seine Mundwinkel einige Millimeter nach oben.

»Den Beweis habe ich«, zischte er. »Er geht auf zwei Beinen und ist das Schönste, was Gott je erschaffen hat. Wenn du näher als auf drei Meter herangehst, benutze ich die Schrotflinte.« Er rieb sich plötzlich die Hände, und sein Gesicht löste sich in versöhnlichere Züge auf. »Aber so etwas erwarte ich nicht von dir. Dein Blick verrät weder Falschheit noch Ehrgeiz. Allerdings glaubst du, dass du viel weißt. Du weißt gar nichts. Es tut mir leid, wenn ich dich erschreckt habe. Ich glaube, ich kann dir vielleicht wirklich etwas zeigen. Komm!« Er stand abrupt auf.

Fredric folgte ihm. Er fühlte sich leicht benebelt. Der starke Schnaps war ihm zu Kopf gestiegen. Sie gingen durch mehrere Räume. Räume, von denen jeder einzelne mehrere Museen mit unschätzbaren Gegenständen hätte versorgen können. So konnte es sein, wenn man in dieser Gegend geboren war und die halbe Antike geerbt hatte.

Sie kamen in einen Raum, der auf einem niedrigeren Niveau lag als der Rest des Hauses. Eine der Wände hatte große Fenster. Eine breite Tür führte in einen üppigen Garten mit einer sprudelnden Quelle und kleinen Wasserspielen hinaus. Die anderen drei Wände waren vom Boden bis zur Decke mit Büchern bedeckt. In der Mitte des Raumes standen ein großer Schreibtisch und zwei Ledersessel.

Hier musste es Zehntausende von Büchern geben.

»Bitte, Signor Drum«, der Burgherr machte eine ausholende Geste mit den Armen. Seine Augen hatten eine intensive Glut angenommen. »Hier befindet sich das gesamte Wissen der Welt. Bücher, wie sie noch keiner gesehen hat! Bücher, von denen die Welt nicht glaubt, dass es sie gibt. Literatur, die mit blutendem Herzen, von flüchtenden Seelen, in der Anwesenheit von Göttern geschrieben wurde. Das, was du zu wissen glaubst, ist nicht wahr. Das Wahre gibt es *hier*.«

Fredric näherte sich andächtig einem der Regale. Die meisten Einbände waren braun vom Alter. Diese Bibliothek musste eine der größten Schatzkammern Italiens sein, dachte er.

Er zog ein zufälliges Buch heraus. Ludovico Ariosto: *Orlando furioso.* Gedruckt in Genua im Jahr 1635.

»Nicht zu fassen«. Romeo Umbro lachte. »Du hast eins der Besseren gefunden. Aber hast du gewusst, dass Ariosto auch einen Gedichtzyklus über die alten Götter der Etrusker geschrieben hat? Ein unbekannter Stoff, aber das Buch gibt es hier.« Umbro stieg auf einen Schemel und zog ein Buch aus einem der höchsten Regale. Er legte es vorsichtig auf den Tisch und schlug die Titelseite auf. Der alte Ledereinband knirschte, und Fredric sah zu seinem Erstaunen, dass das Buch nicht gedruckt, sondern handgeschrieben war, in einer wunderbar zierlichen Schrift.

»*Cantata Dei Immortabilis*«, las Umbro vor, »geschrieben im Jahr 1496. Da war Ariosto zweiundzwanzig Jahre alt.« Er stellte das Buch vorsichtig wieder an seinen Platz.

»Oder sollen wir uns noch weiter in der Zeit zurückbewegen? Hier haben wir Guido Guinizelli, Dantes Vorgänger und der Begründer des neuen Stils, *la dolce stile nuovo*. Franz von Assisis *Cantico di frate sole* und *Laudes creaturarum* stehen dort neben dem großen Jacopone da Todi, der die geniale literarische Richtung mit dem Namen *sacre rappresentazioni*, ›Die heiligen Spiele‹, repräsentierte. Dieses Spiel hier, zum Beispiel, kennt kein Literaturwissenschaftler.« Aufs Neue zog er ein Buch aus dem Regal, ein abgegriffenes Exemplar mit dem Titel *Ermetismo igno.* »Was, glaubst du, wären moderne Dichter wie Montale, Ungaretti und Saba ohne Jacopone da Todi, hä?«

Fredric schüttelte den Kopf. Er hatte keine Ahnung. Das meiste war ihm unbekannt, aber er konnte des Burgherren plötzlich aufwallende Leidenschaft verstehen. Er selbst hätte in diesem Raum, mit diesen Büchern, wahrscheinlich Jahre verbringen können, ohne irgendetwas zu vermissen.

Literatur. Fredric war nicht hier, um sich eine Vorlesung in klassischer italienischer Literatur anzuhören. Trotzdem musste er geduldig zuschauen, wie Romeo Umbro ihm einzigartige Ausgaben von Dante, Petrarca und Boccaccio vorführte. Wie er den großen Renaissancedichter Torquato Tasso für sein Meisterwerk *Gerusalemme liberata* pries, das Umbro in einer illustrierten Ausgabe besaß. Wie er modernere Dichter wie Giorgio Bassani, di Lampedusa, Papini, Ardengo Soffici und insbesondere den Futuristen Marinetti verspottete.

»Ionesco«, versuchte Fredric einen Vorstoß, »Eugene Ionesco magst du aber doch auch?«

Romeo Umbro lachte hart und brutal. »Idiot«, sagte er. »Ionesco, das bist du, wenn du irgendeinen Stuss daherredest. Das bin ich, wenn ich verwirrt bin. Ionesco ist die Summe des Wahnsinns, politischer Wahnsinn. Er hängt sich ein linksliberales Mäntelchen über, um seriös zu wirken. Er ist dumm.«

»Ach so«, murmelte Fredric. Er wusste einfach nicht, wie er in dieser Sache weiter vorgehen sollte. Auf eine gewisse Weise hatte er den Eindruck, das Vertrauen des Burgherren gewonnen zu haben. »Aber woher kommen diese Bücherschätze denn? Hat die Familie Umbro sie im Laufe der Jahrhunderte angesammelt?«

»*Sì, Sì,*« Umbro lachte trocken. Aber das meiste davon haben wir Garibaldi zu verdanken. Garibaldis Geschenk. Als Garibaldi 1860 nach Sizilien und später aufs Festland kam, bot mein Urgroßvater Octavio Umbro sein eigenes Heer zur Unterstützung Garibaldis auf. Er war sein eifriger Anhänger. Diese Pestratten, die Mönche hier unten, wurden endlich aus dem Kloster vertrieben, und mein Urgroßvater bekam die Büchersammlung. Abgesehen von ...« Er hielt inne. Seine Augen funkelten.

»Abgesehen von?«

»Der Musikbibliothek. Der verfluchte Stolz des Klosters. Die ließ mein Urgroßvater zum Schrecken und zur Warnung für alle Zukunft abbrennen. *Hier gibt es kein einziges Buch über Musik.* Und hier wird es solche Bücher auch niemals geben!« Er schlug so heftig mit der Faust auf den Schreibtisch, dass die Scheibe der Glastür klirrte.

»Aha«, murmelte Fredric. »Also ist die Musik der wunde Punkt. Deshalb hat dein Bruder …«

»Halt die Klappe, du Tundrakröte! Ich will den Namen dieses Verräters und den seines Gaunersohnes nicht hören. Eines schönen Tages werde ich eine Harfe in seinen Hals rammen und die Saiten so strammziehen, dass der Teufel in der Hölle erstarrt, weil er so hohe Töne singt. Wenn er keine Lust hat, Oliven und Wein anzubauen, wie es alle Umbros in den letzten siebenhundert Jahren gemacht haben, verdient er den Namen Umbro nicht. Er ist eine Schande für die Familie, genau wie sein Vater, dieser Verräter!« Romeo Umbro ging zur Glastür und öffnete sie.

»Das Kloster –«, sagte Fredric leise, während er ganz genau die Toleranzgrenze des Burgherren bedachte, »die Mönche haben also keinen Oliven- und Weinanbau betrieben. Haben sie sich nur für diese alberne Musik interessiert, mit der sie sich schon seit Jahrhunderten beschäftigt haben?«

Umbro kniff die Augen zusammen und blickte Fredric durch die Schlitze an. »Ganz genau«, sagte er. »Der Konflikt zwischen dem Kloster und den Umbros besteht schon, seit unsere Familie sich im 13. Jahrhundert hier niedergelassen hat. Seit dem Ende des 19. Jahrhunderts fast bis auf den heutigen Tag ist es hier friedlich und ruhig gewesen. Signore Garrofoli bekam meine ältere Tochter unter dem Versprechen, in einem der alten Klostergebäude ein Hotel zu eröffnen, damit auch die letzten Reste dieser hoffnungslosen Mittelaltermystik endlich verschwinden. Aber Garrofoli ist ein Depp, und Andrea ist von der Atmosphäre in dem alten Gemäuer vergiftet worden. Jetzt redet sie in Gleichnissen. Das musst du doch verdammt noch mal gemerkt haben: Sieht das Haus, in dem du jetzt wohnst, etwa wie ein modernes Hotel aus?«

»Nein«, musste Fredric zugeben.

»Und dann kam dieser Wicht von Neffe mit seinen verschrobenen Ideen und raubte Teile meines Eigentums, die Gebäude da unten sowie einige gute Weinberge. Und was macht er damit? Genau, er betreibt ein Krankenhaus! Daraufhin kommt eine Bande von Spinnern aus Rom und enteignet den Boden, den sie dann aufgraben, um antike Papyrusrollen zu finden. Die besten Weinberge! Und der Gipfel ist, dass jetzt auch noch irgendwelche vertrockneten Weiber die geisteskranke Idee hatten, sich der Botschaft der Empedesius-Mönche anzunehmen und ein Nonnenkloster hinter diesem Hügel hier zu eröffnen. Verdammt noch mal, wo soll das alles denn bloß enden? Hier wird am Schluss kein Weinstock mehr stehen, und die Oliven werden auf dem Boden liegen bleiben und verrotten, wenn das so weitergeht. Und dann kommt ihr auch noch aus eurer Eisödnis im Norden und mischt euch mit größter Selbstverständlichkeit in alles ein, was?«

Signore Umbro hatte sich inzwischen so in Rage geredet, dass Fredric es für das Vernünftigste hielt zu schweigen. Er ging durch die offene Tür in den Garten. Der Burgherr kam leise fluchend hinterher.

»Schön«, sagte Fredric. »Was für intensive Düfte.«

»Idiot«, sagte Umbro. »Was weißt du denn schon von Düften? Du hast ja wohl kaum Johannes de Rupescissa gelesen, *Trattato sulla quintessenza.* Wir züchten hier Kräuter nach Rupescissas Methode und liefern sie an Apotheken in ganz Italien. Glaubst du, dieser Garten ist zur Zierde da? Riech mal hier dran.« Umbro riss einige Blätter aus einem Beet an der Hauswand.

Sie rochen streng nach Katzenpisse.

»Dieses Kraut nennt man ›Teufelsjägerkanon der Philosophen‹. Wenn du zwei Blätter davon in die Teetasse eines Freundes gibst, schwöre ich dir, dass er die Bibel rückwärts zitiert, bevor ihm die Augen aus dem Kopf springen und er steif wie eine Leiche daliegt.« Umbro lachte hart.

»Hier gibt es also viele giftige Pflanzen«, sagte Fredric scheinbar leichthin. Er dachte an das Glutbecken und den lähmenden Duft, der ihn beinahe getötet hatte. »Lässt sich damit viel verdienen?«

Umbro rieb sich die Hände. »Damit lässt sich sehr viel verdienen. Was glaubst du, warum ich sonst diese Giftpflanzen züchten würde? Um Leute umzubringen, hä?« Er glotzte Fredric böse an.

Fredric ging bis zum Ende des Gartens, der von einer breiten Steinmauer eingefasst war, hinter der der Abhang lag. Dort ging es steil hinunter, und in der Ferne konnte er kleine Ansiedlungen, Äcker und Olivenhaine erkennen. Ein großes, graues Haus am Fuße des Hügels fiel ihm besonders auf.

»Die Empedesius-Schwestern?«, fragte er und zeigte auf das Haus.

Romeo Umbro kicherte. »Sie haben die alte Schule in Besitz genommen. In einem Jahr sind die hier weg. Ich werde diese alten Schlampen in die Hölle jagen, wo sie hingehören. Komm, du Idiot!« Er gab Fredric einen Stoß in den Rücken, der offenbar bedeutete, dass sie wieder hineingehen sollten.

»Ich weiß nicht ...« Fredric blickte rasch auf die Uhr. »Ich sollte wohl eigentlich ...«

»Was solltest du eigentlich? Nach meinem Zeitbegriff bist du gerade erst gekommen, und du hast noch kein Wort darüber verloren, wonach du hier eigentlich schnüffelst. Komm her, jetzt wollen wir trinken. Jetzt sollen Rotz und Tränen laufen!« Er schubste Fredric vor sich her durch die Räume.

Protest war unmöglich. Romeo Umbros unheimliches Temperament konnte Katastrophen verursachen, die der Gesundheit nicht zuträglich waren. Aber so viel hatte Fredric begriffen: Solange er sich in der Gesellschaft des Burgherren befand, konnte er sich einigermaßen sicher fühlen. Er war nicht bei einem Mörder zu Besuch. Dass Umbro exzentrisch und dem Wahnsinn nahe war, dass er sich in die klassische Literatur hineingesteigert hatte, dass er den Anbau von Oliven und Wein für das Heiligtum der Region hielt, das mochte ja alles stimmen. Aber Fredric wusste nicht, wie er etwas aus diesem Mann herausbekommen sollte, das ein Licht auf sein Problem werfen konnte, ohne dass Umbro ihn in einem Wutanfall zusammenschlagen würde.

Fredric wurde wieder derselbe Sessel zugewiesen wie zuvor. Umbro legte Holzscheite im Kamin nach und füllte die Gläser bis zum Rand. Fredric musste zwei Gläser leeren, bevor das Gespräch weitergehen konnte. Er wagte es, mit einer Frage zu beginnen.

»Läuft das Hotel deines Schwiegersohns schlecht?«

»Das merkt man doch wohl. Und seit wann interessieren sich Hohlköpfe wie du für Hotelbetriebe, hä?« Er starrte Fredric höhnisch an, während er eine dritte Runde ausschenkte. »Komm zur Sache, du kalter Schleimaal, wonach schnüffelst du hier rum? Was glaubst du wohl, was Papa Umbro hat, was du nicht hast und gerne hättest? Glaubst du etwa, ich könnte ein Problem mit den Ausgrabungen lösen, damit die Zerstörungen noch weiter fortschreiten, hä? Trink und denk gut nach, bevor du mir antwortest.«

Fredric nahm einen kleinen Schluck, aber Umbro grummelte so unheilvoll vor sich hin, dass er doch lieber das ganze Glas leerte.

Da explodierte Fredric Drum. Er nieste gewaltig, vierzehn ungehemmte, dröhnende Nieser, die das Feuer im Kamin flackern und Il Falco in seinem Sessel zurückweichen ließen.

»Stärke sieben auf der Richterskala, nicht schlecht«, brummte Umbro.

Fredric trocknete seine Tränen und schüttelte beschämt den Kopf. Er konnte sich nicht erinnern, jemals wieder so heftige Ausbrüche zustande gebracht zu haben, seit Tob einmal Anis in eine Ingwersauce gemischt hatte.

»Das ist«, murmelte Fredric entschuldigend, »eine alte Familienschwäche. Wir vertragen harte Sachen nicht besonders gut. Besonders, wenn alle …«

»Trink, verdammt noch mal, und besieg diese Familienschwäche ein für allemal! Hier, prost, du Fischpastete!« Fredrics Glas wurde aufs Neue gefüllt.

Er kippte den Inhalt hinunter.

Seine Gedanken begannen, gefährlich zu verschwimmen. Der Beweis, hatte Umbro gesagt, der Beweis ist das Schönste, das Gott jemals erschaffen hat, und er geht auf zwei Beinen. Geneviève Brisson. Nein, nicht Geneviève Brisson.

Gianna Umbro.

»Ich«, begann er. Er musste sich anstrengen, um deutlich zu sprechen. »Ich habe vorhin einen Wein getrunken, einen phantastischen Wein. Er war aus Ihren Trauben gekeltert, Signor Umbro. Sie haben sich einer Tradition angenommen, die nicht zerstört werden darf, und ich kann Ihre Sorgen verstehen. Ich würde weinen, wenn Ihre Weinberge zerstört würden, doch dazu wird es bestimmt nie kommen. Ich glaube …« Er hielt inne.

Umbro sah ihn konzentriert an.

»Mord«, sagte Fredric. Er brachte nur ein Wort hervor.

»Mord?!« Umbro lehnte sich im Sessel zurück und lachte.

»Mord«, wiederholte Fredric. »Vier Morde. Und auch ich hätte schon längst tot sein sollen.« Der Alkohol führte dazu, dass die Tierköpfe an der Wand nickten und sich verbeugten. Fredric blinzelte heftig.

»Aha, Mord. Du denkst vielleicht an die beiden Bengel, die am Hitzschlag krepiert sind. Oder an den herzschwachen Signor Loppo, hä? Und dieses Weichei von Professor, das in Rom bekommen hat, was es verdiente? Was *musst* du für ein Idiot sein!« Er schlug plötzlich mit der Faust auf den Tisch, dass die Gläser in die Höhe sprangen.

»*Il poliziotto* Nuragus ist eine Null, eine faule, räudige

Katze.« Fredric ließ sich von Umbros bildhafter Ausdrucksweise anstecken und ergänzte: »Er ist ein u-hunfähiger italienischer Gra-happa-bu-hulle!« Er bekam einen leichten Schluckauf.

Der Burgherr richtete sich halb in seinem Sessel auf, um Fredric am Hemd zu packen, besann sich aber und füllte stattdessen sein Glas auf. Fredric ergriff es und leerte es ohne Aufforderung.

»Signor Nuragus«, zischte Umbro«, bekommt jeden Monat ein Bündel Lire von mir, damit er in Ofanes auf *meine* Art Ruhe und Ordnung hält. Kein Lärm, kein Aufruhr, keine Skandale, verstehst du das, du freche Polarlaus? Deine Unterstellungen können dich direkt in den Knast bringen, wenn ich der richtigen Person etwas ins Ohr flüstere.«

»O-horlando furioso, du Burgherren-sa-hatan! Dei-hein korruptes italienisches Ki-hikeriki! Warte nur, bis das Fegefeuer dich erfasst. Es wartet schon auf dich mit Me-hessern und Glutzangen.« Fredric hatte jeglichen Respekt vor dem Mann verloren, bei dem er zu Besuch war. Der Raum tanzte, mindestens drei Kamine brannten vor ihm, und die Heftigkeit des Schluckaufs nahm zu.

Romeo Umbro warf sich nach hinten und brach in dröhnendes Gelächter aus. Dann starrte er Fredric schweigend an.

»Du-hu und deine räu-häudigen Köter gehören ins Mittelalter, wie a-halles andere hier in O-hofanes. Prost, du Bekassine!« Er hielt ihm sein leeres Glas hin.

Umbro nahm die Flasche und verkorkte sie. Kein weiterer Schnaps für Fredric.

»Mord«, sagte Umbro leise. »Idiotischer Stuss.«

»E-heugene Ionesco«, sagte Fredric und versuchte aufzustehen. »Jetzt werde ich zu den Mö-hönchen runterspazieren und mich bereit machen, um mich von der E-hempedokles-Bande massakrieren zu lassen. Dann können du und der Nuragus-Wanst Lire zä-hählen und auf eine milde Strafe in der Hölle hoffen. Da-hanke für den Drink, du federlose Krähe.« Er schwankte auf die Tür zu.

»Signor Drum?« Umbro war aufgestanden und sprach plötzlich gar nicht mehr so laut. »Einen Augenblick, dann begleite ich dich zum Tor.«

Er führte Fredric die Treppe hinunter und über den Innenhof. Es war dunkel geworden. Unter dem Tor blieb Fredric stehen und stützte sich gegen die Mauer.

»Ich sehe kei-heinen Weg, wie Garibaldi sagte, als er aus Sizilien kam. Geht es geradeaus, direkt in Richtung des Abgrunds?«

»Geh langsam und ertaste den Weg mit Hilfe der Fußsohlen, dann kommst du sicher nach unten. Aber, Signor Drum...« Umbro zögerte. »Wir könnten«, fuhr er fort, »uns morgen zum Mittagessen in Rattis Trattoria treffen, dann könnten wir vielleicht über deine merkwürdigen Verdächtigungen diskutieren? Es gibt da tatsächlich einiges, was ich selbst nicht verstehe, und Gianna und diese verdammte Geschichte...« Seine Stimme war bedeutend zahmer geworden.

»Ge-henau, Falkenmann. Wir essen morgen zusammen Mittacchh. *Buona notte*!« Er winkte mit dem Arm und schwankte in die Dunkelheit hinaus.

Er ging zehn Schritte in die Nacht und blieb stehen. Dann drehte er sich um. Er sah den Burgherren in den Innenhof verschwinden. Das war's, Fredric, dachte er, und der Schluckauf hörte schlagartig auf.

Er hatte nicht *alles* gespielt. Aber er hatte stark übertrieben. Zwar war er tatsächlich ziemlich betrunken, aber nicht so stark, dass er nicht mehr hätte geradeaus laufen und deutlich sprechen können. Kommt gar nicht in Frage, dachte er. Kommt gar nicht in Frage, dass ich diesen Weg runtergehe. Da wartet doch jemand.

Er blieb desorientiert in der schwarzen Nacht stehen. Wie sollte er in der Dunkelheit dort hinunterkommen, ohne den vertrauten Weg zu nehmen? Er ging wieder zum Tor zurück und rechts an der Mauer entlang. Dort gab es einen Pfad. Er folgte der Mauer, bis er glaubte, direkt hinter dem Hauptgebäude zu sein, ungefähr an der Stelle, an der Umbros Giftgarten endete. Die Nacht war sternenklar, unter sich konnte er Lichter auf den Feldern erkennen.

Er tastete sich vorsichtig voran. War da so etwas wie ein Pfad? Er glitt und rutschte, stach sich an Dornen, riss sich die Haut auf, aber es ging abwärts. Eine Zeit lang kämpfte er sich durch fast undurchdringliches Gestrüpp, aber dann fand er einen Ziegenpfad und konnte sich daraus befreien. Irgendwann stolperte er über einen Stein und fiel vornüber auf den Bauch. Er stürzte eine Geröllhalde hinunter und blieb liegen.

Über ihm, in südlicher Richtung, leuchtete Sirius hell und klar.

10.

Ein Hotelier schneidet seine Haare und seinen Bart, Fredric Drum sieht Engel mit Posaunen und verstopft seine Ohren mit Talg

Seine Nasenflügel weiteten sich und zogen sich wieder zusammen. Ein strenger Geruch umgab ihn, gefolgt von einem feuchten, rauen Tuch, das eine seiner Wangen wusch. Es wusch und wusch.

Er öffnete vorsichtig ein Augenlid.

Ein großes, blassgelbes Auge mit einer ovalen, grünen Pupille starrte ihn aus nächster Nähe an. Er sprang auf, und ein Zicklein zog sich erschreckt auf steifen Beinen von ihm zurück und blieb einige Meter entfernt stehen.

»Mä-ä-ä-äh!«, meckerte es.

Er rieb sich die Augen und sah sich um. Er stand auf einer kleinen Fläche, die durch Büsche und Olivenbäume gut abgeschirmt war. Zwei Steinrötel mit blaugrauem Kopf und rostfarbener Brust saßen über ihm auf einem Zweig und zwitscherten fröhlich. In der Ferne hörte er einen Hahn krähen. Er war zerlumpt und verdreckt, verschrammt und geschunden, und in der rechten Seite seiner Brust stach ihn etwas ganz fürchterlich.

»Mä-ä-ä-äh!« Das Zicklein kam näher. Fredric streckte automatisch eine Hand aus. Es roch daran und schleckte sie ab. Ein orangebrauner Erdbeerbaumfalter stürzte sich herab auf eine Distelkrone hinter Fredric, oben im Geröll.

Er drehte den Kopf, um den Weg zu betrachten, den er hinuntergerollt war. Er betastete seinen Kopf. Auf der rechten Seite, hinter dem Ohr, war eine riesige Beule. Er fühlte geronnenes Blut. Ein Schauer lief ihm den Hals hinunter. Da hatte er einen ganz schönen Stoß abbekommen.

Er blinzelte. Gehirnerschütterung? Kaum. Aber er hatte Durst und Schmerzen in der Seite. Ein Rippenbruch? Wahrscheinlich. Er sah auf die Uhr. Es war Viertel vor acht. Er hatte viele Stunden geschlafen.

»Garibaldi«, sagte er laut. »Heißt du Garibaldi?« Das Zicklein spitzte die Ohren und nickte.

Er befand sich auf der anderen Seite des Hügels und war fast bis nach unten gekommen. Nach dem Sonnenstand zu urteilen, sollte Ofanes links von ihm liegen. Er stand schwerfällig auf und stützte sich an einem Baum ab. Das Zicklein verschwand im Gestrüpp. Er konnte gehen. Während er sich mit einem Arm die Seite hielt, um die Schmerzen der Rippe zu lindern, entdeckte er einen kleinen Pfad, der in die richtige Richtung führte.

Nach einer Weile gelangte er auf einen breiteren Weg. Dieser war von Menschen angelegt worden. Er konnte in beide Richtungen relativ weit sehen. Direkt unter sich erkannte er das graue Schulgebäude, in dem sich die Empedesius-Schwestern niedergelassen hatten.

Aber er würde die Empedesius-Schwestern fürs Erste in Ruhe lassen.

Wenn ihn nicht alles täuschte, würde er genau auf den Weg stoßen, der zur Burg hinaufführte und oberhalb des Hospitals lag.

Ganz richtig. Als er einen halben Kilometer gegangen war, kam er plötzlich an den Parkplatz, auf dem zwei Autos gestanden hatten. Sie waren immer noch da. Ein silbergrauer Lancia und ein Ford Escort, ein Leihwagen.

Merkwürdig. Hatte Romeo Umbro gestern Abend noch einen Gast gehabt, der sich Fredric nicht gezeigt hatte? Oder Gianna Umbro? Hatte sie Besuch empfangen? Das Auto musste ja nicht zwangsläufig etwas mit der Burg zu tun haben. Vielleicht mit den Empedesius-Schwestern? Es konnte viele Erklärungen geben. Aber die Spuren zeigten, dass mit dem Ford Escort seit Tagen, vielleicht sogar seit Wochen nicht mehr gefahren worden war. Die Reifenspuren des Lancias hatten die des Leihwagens viele, viele Male durchkreuzt.

Er spähte umher. Niemand zu sehen. Unten am Hospital war alles still. Fredric Drum fühlte sich sicher. Er hatte eine weitere Nacht überlebt. Aber er sah aus, als wäre er durch eine Häckselmaschine gezogen worden.

Er ruhte sich auf einem Stein aus und strich mit den Fingern über die verschorften Wunden seiner Kopfhaut. Gefühle, er hatte keine Gefühle. *La Casserole*, Tob, der Ankauf guter Weine, all das wirkte so fern, so uninteressant. Geneviève. Der Gedanke an sie versetzte ihm einen Stich, aber es gelang ihm nicht, wirkliches Selbstmitleid aufzubringen. Fredric Drum konnte sich keine Zukunft vorstellen. Die optimistischen Lichtbrechungen des Kristallsterns waren nicht bei ihm. Fredric war hart geworden, hart wie grüner Granit. Jetzt war er seit etwas mehr als einer Woche hier. Es kam ihm so vor, als seien es Jahre.

Ein Stoiker, unberührt von der Zeit. Unberührt von *peras* und *apeiron*. *Philia* und *neikos*, Freundschaft und Hass. Das Einzige, was existierte, war *Ermetica Chiron*, die Todesbotschaft, der stille Tod, der hier im *Umbilicus Telluris*, dem Nabel der Welt, herrschte. Der hier seit mehr als zweitausend Jahren geherrscht hatte.

Er sah zur Burg hinauf. Romeo Umbro war verrückt, aber nicht so verrückt, dass er nicht begriffen hätte. Er hatte genug begriffen, um Fredric heute treffen zu wollen. Zum Mittagessen.

Vielleicht, dachte Fredric und stand auf. Vielleicht auch nicht.

Plötzlich schimmerte etwas in seinem Kopf auf. Wie ein

Blitz traf ihn die Bedeutung einer beiläufigen Bemerkung, die der Burgherr gemacht hatte. Kristallklar sah er den wirklichen Grund für Umbros unbeherrschbaren Zorn vor sich. Es war einfach, banal, es war ganz offensichtlich! Aber konnte es tatsächlich so sein?

Das konnte es.

Er ging schnell abwärts und warf einen Blick durch das Tor des Hospitals. Ruhig, kein Mensch zu sehen. Er näherte sich dem Ruinengebäude. Ohne zu zögern kletterte er über die Steinblöcke und eilte auf die Kellertreppe zu, die zu den unterirdischen Räumen führte. Er lauschte. Nur surrende Fliegen.

Unten blieb er eine Zeit lang stehen, um seine Augen an die Dunkelheit zu gewöhnen. Dann tastete er sich durch den Korridor, indem er mit der Hand an der Wand entlangstrich. Endlich erreichte er die Tür. Die Tür, die er niedergebrannt und die Signore Puggi aufs Neue versiegelt hatte. Die Tür sei nun solide versperrt, hatte Puggi gesagt. Aber das war sie jetzt nicht mehr. Planken waren losgerissen, und es gab eine Öffnung, die so groß war, dass ein Mensch mit Leichtigkeit hindurchkriechen konnte.

Er kroch nicht hindurch. Er kehrte um und ging zurück.

Nachdem er das Gebäude verlassen hatte, schlich er an der einen Querwand entlang. Die toten Tiere lagen immer noch dort. Fliegenschwärme und Gestank ließen darauf schließen, dass die Kadaver in den Zustand der Verwesung übergegangen waren.

Er nahm den Weg über den kleinen Hügel hinter dem Hotel. Immer noch war er niemandem begegnet. Die Tür zum Albergo Anziano Ofani stand offen. Er ging geradewegs hinein.

An der Rezeption saß Signore Garrofoli und blätterte in irgendwelchen Papieren. Er schreckte hoch, als Fredric kam, und starrte seinen Gast entgeistert an. Dann kratzte er sich heftig seinen Vollbart.

»*Giorno*«, grüßte Fredric und lächelte.

»Bei den Schuhen des Heiligen Petrus! Andrea weint seit heute Morgen um fünf Uhr. Sie zündet Kerzen an und murmelt Zitate, die ich Armer nicht verstehen kann. Bin ich verrückt, oder sind alle anderen um mich herum verrückt? Sie ... Sie haben einen schlimmen Unfall gehabt, Signore. Gibt es jemanden hier in Ofanes ...?« Er fingerte nervös an den Schlüsseln am Schlüsselbrett, bevor er Fredric den richtigen gab.

»Nichts Schlimmes, Signor Garrofoli. Ich hoffe, dass niemand in meinem Zimmer gewesen ist. Ich würde mich gerne ein paar Stunden ausruhen. Und duschen. Dürfte ich Sie darum bitten, mir etwas später ein Frühstück hinaufzubringen, sagen wir, um halb elf?« Er zwinkerte dem Wirt zu.

»Selbstverständlich, Signor Drum. Dies ist ja ein respektables Hotel, auch wenn man das vielleicht nicht glauben sollte.« Er verbeugte sich mehrmals und verschwand im Raum hinter der Rezeption.

Fredric untersuchte gründlich sein Zimmer. Andrea war gestern Abend mit dem Priester da gewesen, wie er feststellen konnte. Ansonsten war er ziemlich sicher, dass kein Unbefugter in sein Zimmer gekommen war. Er seufzte tief, setzte sich aufs Bett und verbarg sein Gesicht in den Händen. Bald, dachte er, bald.

*

Er lag auf dem Bett und starrte zu den Balken empor. Jetzt war er frisch geduscht und verpflastert und fühlte sich auch nicht erschöpfter als Olav der Heilige nach der Schlacht von Stiklestad. Schließlich war dieser Kerl ja auch an seinen Aufgaben und Strapazen gewachsen.

Die Stimme.

Er hatte gestern Nachmittag eine Stimme im Raum hinter der Rezeption gehört. Eine Stimme, die absolut nicht hierher passte. *Oder eben doch?* Dann wäre Romeo Umbros frenetischer Ausbruch noch verständlicher. Fredric wagte fast nicht, diesen Gedanken zu denken.

Seine Notizen lagen auf seiner Brust. Er ging die Liste der Namen durch, die er notiert hatte. Viele davon konnten gestrichen werden. Er tat es und dachte nach. Das Muster erschien ihm bis zu einem gewissen Punkt klar. Dieser Punkt war der Tod. Dabei konnte er keine Logik erkennen.

Seine Gedanken wurden unterbrochen, als jemand an die Tür klopfte. Der Hotelier war persönlich mit dem Essen gekommen.

»Ich will ja nicht neugierig sein, aber war es ein schlimmer Unfall?« Er blieb stehen und trommelte mit den Fingern auf die Kommode, nachdem er das Tablett mit dem Frühstück abgestellt hatte.

»Nicht der Rede wert«, antwortete Fredric. »Es war meine eigene Schuld. Ich hatte eine schöne Nacht unter den Sternen.« Er sah Garrifoli plötzlich streng an. »Antworten Sie mir kurz und ehrlich: Warum haben Sie Angst vor den Empedesius-Schwestern?«

Garrofoli bekam plötzlich einen wilden Gesichtsausdruck und blickte verstört um sich. Dann klopfte er hart mit den Knöcheln auf die Kommode und flüsterte:

»Sie erwachen wieder«, sagte er. »Diese verfluchte Erweckung. Andrea … meine Frau … und … und *Il Falco*, dieser zeternde Alte, die … die sprechen nicht mehr miteinander. Andrea will …«

»Genau«, sagte Fredric. »Andrea steht unter dem Einfluss der Nonnen, nicht wahr? Und Sie haben Angst, dass Romeo Umbro Sie aus dem Hotel wirft, weil es Ihnen nicht möglich ist, diese alten Gespenster ein für alle Mal zu verjagen, stimmt's?«

Signore Garrofoli senkte den Blick. »Da gibt es ... so ... so viel, was ich nicht verstehe. Im letzten halben Jahr, im letzten Monat ... nein, Signor Drum, Sie hätten vor dieser Zeit in unsere Stadt kommen sollen. Da hätten Sie andere ...« Er hielt inne.

»Was ist es, das Sie nicht begreifen?« Fredrics Stimme war jetzt gefährlich schneidend.

»Nichts, Signore, nichts. Ich habe nichts zu erzählen. Ich bin kaum noch Herr im eigenen Haus, verstehen Sie das nicht?« Er sah leidend aus und sein Bart stand in alle Richtungen ab.

»Warum schneiden Sie Ihre Haare und Ihren Bart nicht? Weil Andrea Wert darauf legt, mit jemandem zusammenzuleben, der wie ein Mönch, wie ein Prior aussieht?

Und was wollen diese Empedesius-Schwestern eigentlich genau? Ich nehme doch an, dass Sie einiges über die Geschichte wissen.«

»Das ist alles der reinste Wahnsinn«, murmelte der Hotelier. »Und ich glaube nicht eine Sekunde daran. Es ist eine alte Sage, eine Überlieferung aus der Zeit des Aberglaubens. Da heißt es, dass die Erde von Ofanes mit dem Blut Jesu gesegnet wurde und dass eines schönen Tages ein Gesang über die Erde erklingen wird, der genau von diesem Ort ausgeht. Ein Gesang, der das Kommen des Herrn verkündet. Die Ungläubigen aber werden tot umfallen. Irgend so was. Diese Mönche haben viele dunkle Machenschaften betrieben. Mit dem wahren Christentum hatten die nichts zu tun.« Er atmete tief durch. »Das Haar und den Bart«, fuhr er fort, »die werde ich jetzt auf der Stelle schneiden! Jetzt ist das Maß voll. Es ist an der Zeit, dass Gianfranco Garrofoli zeigt, wer er ist! So kann es nicht weitergehen.« Er fuhr sich mit der Hand durch die Haare und stapfte zur Tür.

Fredric musste lächeln. Er war gespannt, was jetzt passieren würde.

Sein Frühstück konnte er in aller Ruhe zu sich nehmen. Danach vertiefte er sich in die Lehre des Pythagoras über die vollkommenen Harmonien.

*

Eine halbe Stunde später hörte Fredric einen furchtbaren Radau irgendwo im Haus. Eine Frau heulte laut und hysterisch, und er vernahm eine tiefe Bassstimme. Er suchte sich alles zusammen, was er brauchte, verschloss die Tür zu seinem Zimmer und ging hinunter.

Der Krach kam aus dem Raum hinter der Rezeption. Eine Frau weinte. Dann beruhigte sich das Ganze. Fredric setzte sich in einen Ledersessel und betrachtete das Gemälde von der Jungfrau Maria mit dem Bluteimer. Es war dunkel, ja regelrecht finster. Das Telefon auf der Rezeptionstheke klingelte.

Die Tür hinter der Rezeption flog auf, und ein grotesk aussehender Garrofoli kam heraus. In der rechten Hand hielt er eine Schere. Sein Kopf war kahl geschoren, einige Strähnen hingen noch daran, aber am schlimmsten sah der Vollbart aus: Er war erst auf der einen Seite des Gesichts abgeschnitten, sodass der Mann einer halb gerupften Ente ähnelte. Seine Augen flackerten wild hin und her und blieben schließlich am Telefon haften. Er riss den Hörer hoch und antwortete.

Und Fredric begriff, dass er sich jetzt dem Kern des Rätsels näherte.

Der Hotelbesitzer redete zusammenhanglos und fragte immer wieder nach. Endlich leuchtete sein Gesicht auf, und er reichte den Hörer an Fredric weiter.

»Für Signor Drum. Aus *Norvegia.*« Daraufhin verschwand er wieder dahin, woher er gekommen war, wobei er murmelte: »Und wenn ich den Schlüssel finde, fliegt der Teufel aus dem Haus.«

Fredric nahm den Hörer. Es war der Organist in Sørfold, David Pearson. Auch er wirkte ziemlich erregt.

»Ich habe die ganze Nacht durchgearbeitet, Fredric. Dieses Schriftstück, das ich da gedeutet habe, ist ganz außergewöhnlich, ich würde sogar sagen, einzigartig in der Musikgeschichte. Ich habe alte Schriften von Boethius konsultiert und noch einmal Hucbalds Werk aus dem Jahr 890, *De harmonica institutione*, studiert. Alles passt zusammen. Sogar die anonymen Werke *Musica enchiriadis* und *Scholia enchiriadis* aus vormittelalterlicher Zeit bestätigen meine Vermutung. Was wir hier vor uns haben, Fredric, sind Noten aus der Zeit vor Christi Geburt. *Ein vollendetes Musikstück!* Hörst du mich?«

»Ich höre dich gut«, antwortete Fredric. »Sprich weiter.«

»Du hattest recht mit deiner Vermutung, dass es sich um *Neumen* handelt, die Vorläufer der Noten, wie sie heute verwendet werden. Aber es sind sogar *Urneumen*, die bisher kaum bekannt sind, verstehst du?« Die Stimme des Organisten überschlug sich fast. »Die klassischen Neumen: *virga, punctum, podatus, torculus* und so weiter wurden aus diesen Zeichen entwickelt, da besteht kein Zweifel. Ich habe die ganze Nacht nicht geschlafen, Fredric. Das ist eine Entdeckung von großer Bedeutung. Und weißt du, was mir gelungen ist? Ich habe die Neumen und die Punkte nach dem hucbaldschen Schema gedeutet, und es stimmt. Ich habe eine Melodie hier auf dem Papier stehen, die ich in moderne Notenschrift übertragen habe. Aber …« Es wurde still am anderen Ende der Leitung.

»Aber?« Fredric hielt den Atem an.

»Es ist eine eigenartige Melodie, Fredric. Man kann sie eigentlich nicht spielen. Darin kommen einige haarsträubende Intervalle vor. Ich begreife gar nicht, wie es überhaupt möglich sein soll, diese Melodie zu spielen. Hörst du mich, Fredric?«

»Ja, ich höre dich, David, aber was soll das eigentlich heißen, man kann sie nicht spielen?« Fredric konnte es nicht begreifen.

»Na ja, theoretisch wäre es schon möglich. Aber dafür würde man ein ganz besonderes Instrument brauchen, ein Instrument, das, wie soll ich es erklären, zwei verschiedene Töne gleichzeitig von sich gibt. Töne, die gewissermaßen ineinander verschränkt sind. Es wäre auf jeden Fall eine komische Melodie. Die Kirchenorgel kann man dafür unter gar keinen Umständen gebrauchen.«

Ein Cilot, dachte Fredric. Der Heilige Cylotian. Aber davon sagte er nichts zu seinem Gesprächspartner. »Du hast großartige Arbeit geleistet, David. Wenn du mal nach Oslo kommst, serviere ich dir einen fabelhaften Burgunder. Aber hör mal, und das ist jetzt wirklich wichtig: Erzähl keiner Menschenseele von deiner Entdeckung. Dieses Material ist noch nicht an die Öffentlichkeit gelangt, und es wäre sehr ungünstig, wenn es bekannt würde, bevor die italienischen Wissenschaftler Gelegenheit hatten, sich dazu zu äußern. Sie haben schließlich das Eigentumsrecht an diesen Papieren.«

»Ich verstehe, Fredric, ich verstehe. Aber schon der bloße Anblick dieser Präneumen ist für mich genug gewesen. Vielleicht bin ich der Erste, der sie gedeutet hat, hörst du mich?«

»Ich höre dich. Du bist bestimmt der Erste. Gratuliere, David, das hast du verdient. Jetzt muss ich aufhören. Hier passiert so vieles, das am Telefon schwer zu erklären ist.«

»Viel Glück, Fredric!«, war Davids munterer Abschiedsgruß.

Fredric ging langsam zurück in sein Zimmer. Genau, dachte er, so war das also.

Die Hermetische Philosophie. *Ermetica musica.* Hekate und Persephone, die Herrscherinnen über die Zauberkunst und die Unterwelt, hatten für den Heiligen Cylotian das Flüstern des Todes eingefangen.

Aber David Pearson war nicht der Erste. Wäre er es gewesen, dann wäre alles anders verlaufen. Dann würden Geneviève und er jetzt wahrscheinlich Hand in Hand an einem romantischen Sandstrand irgendwo in Italien herumspazieren. Aber er befand sich hier, am Nabel der Welt, dort, wo die Erde immer noch rot war.

*

Es war schon fast ein Uhr, als Fredric mit seinem Gepäck das Hotel verließ. Zuvor hatte er noch zwei wichtige Telefonate erledigt: mit der Universität Rom sowie mit der Universität Bergen. Die Antworten, die er bekam, ließen ihn erbleichen. Signore Garrofoli, frisch rasiert und kahl geschoren, bedauerte, dass sein Gast ausgerechnet jetzt Ofanes verlassen wollte, wo doch vielleicht alles wieder zur Normalität zurückfinden würde. Fredric gab dem Hotelier eine ansehnliche Summe Lire und winkte ihm zum Abschied zu.

»Geradewegs zurück nach Oslo!«, rief er laut.

Er hatte vor, um zehn nach eins den Bus nach Catanzaro zu nehmen.

Langsam überquerte er den Marktplatz. Signore Rattis Trattoria war ziemlich voll. Fredric erkannte mehrere Gesichter. Die Bushaltestelle lag direkt unterhalb des Marktplatzes. Er war der Einzige, der auf den Bus wartete.

Musik, dachte er grimmig, jetzt wird der gute alte Drum zum Tanz aufspielen.

Der Bus kam, und Fredric stieg ein. Er setzte sich direkt hinter den Fahrer. Als der Bus um ein paar Kurven gefahren war, stupste Fredric den Fahrer leicht an der Schulter an.

»*Scusi, fermare!* Ich habe es mir anders überlegt.«

Der Fahrer schüttelte den Kopf, hielt am Straßenrand an und ließ Fredric aussteigen. Dieser nahm schnell seinen Koffer und verschwand zwischen den Olivenbäumen.

Fredric ging in Richtung Ofanes zurück, wobei er sich hinter Büschen und Gestrüpp versteckte und von der Straße fernhielt. Er hatte eine Karte und wusste so ungefähr, wo er sich befand. Er hatte furchtbare Schmerzen in der Brust und musste mehrmals stehen bleiben und sich ausruhen. Den Koffer trug er in der linken Hand. Endlich sah er vor sich die Häuser von Ofanes. Er näherte sich von der Rückseite der Gebäude aus. Ein kleines, offenes Stück Land, ein Tomatengarten, und schon war er bei Signore Rattis Haus angekommen.

Dort gab es eine Hintertür. Er schlich sich unbemerkt heran, öffnete sie und ging hinein. Im engen Treppenhaus stellte er seinen Koffer ab. Dann öffnete er vorsichtig eine weitere Tür und blickte in eine Küche. Eine Frau beugte sich über dampfende Töpfe und köchelnde Saucen. Signora Ratti. Fredric pfiff und hielt seinen Zeigefinger vor den Mund.

Sie drehte sich um und starrte Fredric verwundert an.

»*Scusi, Signora*. Ich bin ein Freund Ihres Mannes. Ich muss jetzt sofort mit ihm sprechen. Es ist wichtig.«

Sie öffnete eine Luke in der Wand und rief hinaus. Im nächsten Moment kam der verschwitzte Trattoriabesitzer mit einem Stapel Teller herein.

»Signor Drum?«, sagte er und runzelte die Stirn. »Ich dachte doch tatsächlich, ich hätte gesehen, wie Sie …«

»Sie haben schon richtig gesehen.« Fredric trat dicht an Signore Ratti heran. »Ich habe so getan, als wäre ich mit dem Bus abgereist. Jetzt müssen Sie mir genau zuhören, das ist ganz wichtig. Sie haben ja sicher bemerkt, dass hier in Ofanes merkwürdige Dinge passieren, Dinge, die hier alle verängstigen. Ich brauche Hilfe. Bald wird das meiste aufgeklärt sein. *Aber niemand darf wissen, dass ich hier bin*, verstehen Sie?«

»Ich verstehe kaum etwas, aber ich bin Ihr Freund.« Ratti lächelte.

»Ein Zimmer, ein Bett, hätten Sie für eine Nacht Platz für mich? Ich werde gut bezahlen.«

»Kein Problem. Wir haben mehrere Gästezimmer. Brauchen Sie vielleicht eine gute Flasche Wein, um sich zu stärken? Ich sehe, dass Sie in Sorge sind, und wenn ich richtig vermute, geht es dabei unter anderem um den plötzlichen und unerklärlichen Tod von zwei jungen, gesunden Burschen vor einiger Zeit.«

Fredric nickte. »Aber kein Wort. Erklären Sie Ihrer Frau und Ihrer Tochter, allen, die hier im Haus wohnen, dass sie nichts sagen dürfen.«

»*Naturalmente.* Verlassen Sie sich ganz auf mich! Sophia!« Er rief durch die Luke, und die Tochter kam sofort herein. Er redete in unglaublich hohem Tempo mit ihr und seiner Frau. Sophia sah Fredric schüchtern an. Dann ging sie zur Tür, durch die Fredric hereingekommen war, und gab ihm ein Zeichen, ihr zu folgen.

»Sie zeigt Ihnen das Zimmer«, sagte Ratti.

»Noch eine kleine Sache. Könnten Sie die Hintertür offen lassen, sie also nicht abschließen, damit ich unbemerkt kommen und gehen kann, wann ich will?«

»Die steht immer offen, Signor Drum. Mein Haus ist Ihr Haus. Ich werde Ihnen eine gute Flasche Wein raufbringen.« Er zwinkerte Fredric zu.

Sophia zeigte ihm das Zimmer. Es war hell und freundlich, ganz anders als in dem düsteren Hotel. Elektrisches Licht, blaue Tapeten mit kleinen Engeln, die an den Wänden in ihre Posaunen bliesen, und eine weiß gekalkte Decke. Das Zimmer lag im ersten Stock, und die Treppe führte direkt zum Ausgang auf der Rückseite hinunter. Keine lateinischen Zitate an den Wänden. »Vielen Dank, Sophia.« Er lächelte zufrieden. Sie senkte den Blick. »Das ist mein Zimmer«, sagte sie. »Ich habe hier gewohnt, bis ich zwölf war. Jetzt bin ich einundzwanzig. Ich hoffe, Sie werden sich hier wohlfühlen, Signor Drum.«

Fredric war ganz verlegen. Er spürte ein Prickeln im

Nacken und räusperte sich. Dann sagte er poetisch: »Ich hoffe, dass einige deiner Träume immer noch in den Tapeten hängen. Damit ich sie einfangen und gut schlafen kann.«

Da errötete sie, ging langsam hinaus und schloss die Tür hinter sich. Er hatte sich kaum auf das Bett gesetzt, als Signore Ratti auch schon an die Tür klopfte und mit einer Flasche Wein, einem Glas und einem Teller dampfender Pasta hereinkam. Der Wein sei von der allerbesten Sorte, versicherte er, es war ein «Chianti Classico Castello di Ama« aus Gaiole. Die Jahreszahl war eine ehrwürdige 1975. Der Wirt verschwand so schnell wieder nach draußen, dass es Fredric kaum gelang, ihm noch zu danken.

Wein, dachte er, brauche ich Wein? Seine Stimmung war düster, schwer und unruhig. Werde ich jemals wieder guten Wein zu schätzen wissen? Er goss sich ein Glas ein und trank. Auf einmal fühlte er sich wie befreit. Der Knoten, der sich in den letzten Stunden zugezogen hatte, löste sich, und er wurde ganz ruhig. Draußen in der Trattoria saß wahrscheinlich Romeo Umbro, der Falke, und wartete auf ihn. Sie wollten ja eigentlich zusammen zu Mittag essen. Auch der Falke hatte begriffen, dass irgendetwas im Gange war. Aber Fredric brauchte die Hilfe des Falken nicht. Der Falke konnte seine Klauen womöglich zu einem weiteren Mord benutzen. Fredric Drum hatte aber nicht vor zu morden.

Er musste warten. Ruhig auf dem Bett liegen und warten. Erst wenn es dunkel geworden war, konnte er sich nach draußen wagen.

Er aß seine Pasta und trank den Wein. Der Wein tat ihm gut. Fredric öffnete seinen Koffer und holte seine Toilettentasche mit dem Pflaster und den Verbänden heraus. Er pflegte seine Schrammen und Wunden. Viele Verletzungen hatte er davongetragen. Und die Schmerzen in seinen Rippen steckten ihm wie ein Messer in der Seite. Aber Fredric kümmerte sich nicht um imaginäre Messer. Schlimmer waren zweitausendjährige Eisenspitzen, die Unschuldige aufspießten.

Er legte sich auf das Bett und schlief ein.

*

Niemand störte ihn. Er wachte um fünf Uhr auf, trank drei Glas Wasser aus dem Hahn im Zimmer und schlief wieder ein. Um acht rieb er sich verwundert die Augen und versuchte, Klarheit in seine Gedanken zu bekommen. Das dauerte einige Minuten, dann wusste er wieder, wer er war, wo er war und wohin er wollte.

Er holte die kleine Taschenlampe hervor. In der Nachttischschublade lag eine Talgkerze. Er brach zwei kleine Stücke davon ab und machte den Talg in der Hand geschmeidig. Dann formte er zwei Kugeln, die er sich in die Ohren steckte. Er mühte sich lange damit ab, bis sie endlich so saßen, dass er keinen Ton mehr hörte. Dann wickelte er die Talgkugeln vorsichtig in ein Taschentuch, das er sich in die Brusttasche steckte. Er verzog das Gesicht zu einem starren Lächeln.

Spiel auf, Musik! Drum bittet zum Tanz. Hütet euren Schoß, Hekate und Persephone!

Er ging die Treppe hinunter. Es war still im Haus. Die Familie Ratti ruhte bis zur abendlichen Rushhour, die gegen neun Uhr begann. Die Tür zum Tomatengarten war offen. Er ging hinaus und verschwand hinter den ersten Olivenbäumen.

Fredric blieb kurz stehen und überlegte, welchen Weg er wählen sollte. Der Lichtstrahl seiner kleinen Taschenlampe war so schwach, dass man ihn aus der Ferne kaum erkennen konnte. Er entschied sich schließlich dafür, einen großen Bogen um das Hotel zu schlagen, um ungefähr beim Parkplatz herauszukommen, auf dem die beiden Autos standen.

Er schwitzte. Es war zum Ersticken schwül, und die Zikaden zirpten intensiv. Er schreckte eine Ziegenherde auf, die daraufhin ein gewaltiges Gemecker anstimmte. Ein Hund fing an zu bellen. Fredric ging schneller und erreichte endlich den Weg, der zur Burg hinaufführte.

Der Leihwagen stand immer noch da.

Hinter den Autos ging er in die Hocke. Die Schmerzen in seiner Brust sandten Stiche bis in seine Fußsohlen. Niemand auf dem Weg, weder oberhalb noch unterhalb. Er sah die Lichter des OSPEDALE VITOLLO UMBRO.

Dann ging er schnell abwärts, durchquerte das Tor und strebte dem Haupteingang entgegen. Im Kamin in der Eingangshalle brannte kein Feuer. Zwei Personen saßen im vorderen Aufenthaltsraum an einem Tisch. Patienten. Albinonis Adagio strömte gedämpft aus den Lautsprechern. Fredric ging die Treppe hinauf, die zum Musikzimmer führte. Er lauschte. Drinnen war alles still. Dann öffnete er die Tür und trat ein.

Es gelang ihm rasch, sich zu orientieren. Da war das Regal mit den eigenartigen Musikinstrumenten. Er fand schnell dasjenige, das er suchte: ein Mittelding zwischen einem Horn und einem Saiteninstrument. Fredric hatte keine Ahnung, wo oben und unten sein sollte. Kupfer und Bockshorn. Saiten. Er erkannte, dass das Instrument neu war. Es handelte sich um eine Kopie.

Cilot. Der Heilige Cylotian.

Er nahm es prüfend vom Regal herunter, fand aber nicht heraus, wie man es richtig hielt. Plötzlich fiel ihm ein Gegenstand auf, der hinter dem Instrument verborgen gewesen war. Neugierig beugte er sich vor und schaute ihn an. Es war eine Marmortafel, eine alte Marmortafel voller Zeichen und Inschriften. Erstaunt entdeckte er, dass dort eine Zeichnung des Instruments eingeritzt war, das er in der Hand hielt. Ein Cilot. Daneben standen ein griechischer und ein lateinischer

Text geschrieben, und ganz unten – Fredric zuckte zurück. *Dort standen genau dieselben vier mystischen Zeilen, die er zu deuten versucht hatte.* Die Noten. Die Neumen. Die Präneumen.

»Interessant, nicht wahr?«

Eine Hand legte sich auf seine Schulter. Vitollo Umbro war hereingekommen, ohne dass Fredric ihn gehört hatte. Fredric fuhr herum.

»Mir scheint, Sie ahnen allmählich die Bedeutung dessen, was Sie hier sehen. Sie sind, bedauerlicherweise, ein kluger Kopf. Wollen Sie mir freundlicherweise folgen, Signore?« Die Stimme des Doktors war sanft, aber bestimmt.

»Sie missverstehen das, Doktor Umbro, ich bin nicht hier, um zu …« Der Doktor schob ihn behutsam aus dem Musikzimmer hinaus. Dann drehte er sich um, ging wieder hinein und nahm das Instrument und die antike Marmortafel mit.

»Kommen Sie nur, Signor Drum, dann werde ich Ihnen etwas zeigen.« Er gab Fredric ein Zeichen, ihm einen Korridor entlang zu folgen.

Fredric folgte ihm zögernd, zog hinter dem Rücken des Doktors blitzschnell das Taschentuch aus der Brusttasche und steckte sich die Talgkugeln in die Ohren. Dann setzte er sich in den Sessel, auf den Umbro zeigte.

Der Raum war schallisoliert. Dicke, gepolsterte Platten befanden sich an den Wänden. Kein Fenster. Mitten im Zimmer gab es einige Stühle und einen Tisch mit einem Aschenbecher darauf.

Der Doktor legte den Instrumentennachbau zusammen mit der Marmortafel auf den Tisch. Er sprach die ganze Zeit mit Fredric, der keinen Mucks hören konnte. Er verfolgte die Mimik des Doktors, konnte aber nicht entscheiden, ob sie drohend oder vertraulich war. Als der Doktor offensichtlich nach etwas gefragt hatte, ohne dass Fredric eine Antwort gab, schlug er mit der Handfläche auf den Tisch und zeigte bebend auf die kryptischen Zeichen der Marmortafel. Danach zeigte er auf den Cilot. Fredric konnte nicht erraten, was der Doktor sagte, wagte es jedoch nicht, die Talgkugeln aus den Ohren zu nehmen.

Er verfluchte sich selbst dafür, dass er sich so fatal hatte überrumpeln lassen. Das hatte er nicht vorhergesehen.

Der Doktor redete und redete, während Fredric so gut wie möglich seine Mimik und seine Handbewegungen studierte. Mit einem Mal wurde Vitollo Umbro offensichtlich wütend, sein Gesicht war verzerrt, und es sah so aus, als riefe er Fredric etwas zu. Fredric riss die Augen auf.

Plötzlich hatte er eine Idee.

Mit einer raschen Handbewegung griff er nach dem Cilot und riss alle Saiten ab. Die Waffe war unschädlich gemacht. Danach entfernte er die Talgkugeln aus seinen Ohren.

»Was haben Sie gesagt, Doktor Umbro?«

Der Doktor warf ihm einen sonderbaren Blick zu. Dann lehnte er sich in seinem Sessel zurück und lachte. Er lachte so laut, dass Fredric über die Schallisolierung froh war.

»Na, Sie sind mir einer«, kicherte Umbro. »Sie dachten wohl, dass ich Ihnen ein Schlaflied spielen wollte! Sie sind tatsächlich weitaus raffinierter, als ich es mir vorgestellt habe. Gratuliere. Die da«, er zeigte auf die Talgkugeln, die Fredric jetzt sorgfältig wieder einpackte, »die da zeigen, wie viel Sie verstanden haben.« Er wurde wieder ernst.

»Dann muss ich also noch mal von vorne anfangen.« Er zündete sich eine Zigarette an. »Dieses Instrument ist eine Kopie. Eine schlechte Kopie, die niemals funktionieren könnte. So sieht ein *echter* Cilot aus.« Er zeigte auf die Marmortafel. »Es gab nur einen bekannten echten Cilot. Der gehörte mir. Ich hatte ihn von meinem Vater geerbt, der ihn wiederum von seinem Großvater bekommen hatte. Ursprünglich stammte er aus dem Kloster, in dem die Empedesius-Mönche lebten. Jetzt ist er verschwunden, gestohlen, und es würde mich nicht wundern, wenn diese verdammten Archäologen …«

»Wohl kaum«, unterbrach ihn Fredric.

Der Doktor schaute ihn verwundert an. »Sie scheinen wirklich gut informiert zu sein. Warum sind Sie bloß nicht mit Geneviève abgereist? Bleiben Sie ruhig sitzen, bis ich zurückkomme. Jetzt muss hier endlich Schluss sein, bevor noch größere Katastrophen passieren. In Ofanes hat es schon genug Unruhe gegeben.« Er stand auf und verließ den Raum.

Fredric nahm die Marmortafel. »Der *Kodex Ofanes*«, murmelte er und untersuchte sie genau.

Der Doktor kehrte zurück. Er hielt einen Hammer in der Hand. Und bevor Fredric protestieren konnte, zertrümmerte er die Marmortafel mit einem gewaltigen Schlag. Die Bruchstücke flogen in alle Richtungen.

»Pulver!«, zischte Umbro. »Ich werde sie zu Pulver machen.« Und das tat er auch: Jedes Stück wurde systematisch bearbeitet, bis es zu feinem Staub geworden war.

»Unglaublich!«, stieß Fredric hervor.

Doktor Umbro beruhigte sich wieder und sah ungeduldig auf die Uhr. »Sie wissen viel zu viel«, wiederholte er. »Aber Sie sind ja wohl kaum ein Eidetiker. Sie haben sicher kein fotografisches Gedächtnis. Ich habe keine Zeit, um Ihnen jetzt alles zu erklären. Aber Sie dürfen Ofanes nicht verlassen, bevor ich Ihr Gepäck überprüft habe. Sie besitzen eine Kopie dieses verdammten Textes! Die werde ich vernichten. Und irgendwann wird mir auch noch was für das Original einfallen, das in der Universität Rom liegt. Es ist wirklich schade um Professor d'Angelo. Ich glaube, dass man mit ihm vernünftig hätte reden können. Jetzt muss ich gehen. Ich habe ein paar wichtige Termine. Sie bleiben hier.«

Fredric sprang auf. »Warten Sie, da gibt es eine Menge, was Sie nicht …«

Umbro versetzte ihm einen so kräftigen Stoß vor die Brust,

dass Fredric in einer Ecke zusammensank. Danach verließ der Doktor den Raum. Ein Schlüssel wurde zweimal herumgedreht.

Fredric hielt sich die Brust und hustete. Aus seinen Mundwinkeln lief Blut.

11.
Er räumt mit einer gepolsterten Tür auf, tritt auf die zehnte Stufe und tanzt mit Anmut im Harmonium

Fredric blinzelte heftig und versuchte aufzustehen, aber Wände, Decke und Fußboden kamen auf ihn zu, und so sank er wieder in seiner Ecke zusammen. Er hustete und spuckte. Spuckte Blut. Er wischte sich den Mund mit dem Hemdsärmel ab und sah zu seinem Entsetzen, dass sich dieser rot gefärbt hatte. Dann spürte er, wie etwas in ihm hochstieg, dass sich sein Hals mit etwas Süßem, Ekligem füllte, und er schluckte heftig. Schluckte und schluckte. Zum Schluss hatte er einen ganz trockenen Mund.

Seine Rippe. Er begriff, was passiert war: Die gebrochene Rippe hatte die Lunge verletzt. Vielleicht waren wichtige Adern durchtrennt. Fredric stöhnte und fühlte, wie ihm der Schweiß in die Augen lief. Er blinzelte. Endlich gelang es ihm aufzustehen.

Eigenartig. Die Schmerzen in der Seite waren nicht so stark, wenn er aufrecht stand. Er füllte seine Lungen mit Luft und atmete aus. Dabei hörte er ein Gurgeln und fühlte ein Stechen, das ihn beinahe erneut zu Boden geworfen hätte. Er schluckte noch mehr Blut, schwankte zu einem Stuhl und setzte sich. Er versuchte, ruhig zu atmen, und nahm bei jedem Atemzug so wenig Luft wie möglich auf. Das ging ganz gut.

Er starrte die Cilotkopie an. Wütend schleuderte er sie auf den Boden. Er verfluchte sich selbst, verfluchte diesen Ort, verfluchte Vitollo Umbro.

Der Doktor hatte vieles begriffen. Allerdings nicht genug, um zu verstehen, dass er, Fredric Drum, hier nicht mehrere Stunden eingeschlossen sitzen bleiben konnte, um zu warten, bis der Doktor mit der Behandlung seiner Patienten fertig war. *Vitollo Umbro und Fredric Drum waren schließlich nicht die Einzigen, die Bescheid wussten.*

Er stöhnte wieder und wischte sich einen Blutstropfen aus dem Mundwinkel. In gewisser Weise war er erleichtert. Eine Zeit lang hatte er befürchtet, Umbro könnte ein Teil dieses unheimlichen Komplotts sein. Jetzt war ihm klar, dass der Doktor genauso viel Angst hatte wie er selbst. Die Zerstörung der Marmortafel bewies das.

Die Marmortafel.

Von ihr war nur noch Staub übrig. Die Jungen, die sie gefunden hatten, lagen jetzt auch irgendwo und wurden zu Staub. Marco Albelli und Aldo Puggi. Und der Wachmann, Signore Loppo, der wusste, wo die Jungen ihren wichtigen Fund versteckt hatten. Der, direkt bevor er selbst zu Boden fiel, Vitollo Umbro die Tafel zur Verwahrung gegeben hatte. Wegen dieser verdammten Tafel, deren Zeichnungen und Inschrift ganz offensichtlich das zweitausendjährige Geheimnis von Ofanes verriet, waren drei Menschen zu Tode gekommen. Eine unheimliche Weisheit, die vor langer Zeit in Vergessenheit geraten war. Im Mittelalter waren die Empedesius-Mönche möglicherweise die Hüter dieses Wissens gewesen. Um keinen Preis durfte es in falsche Hände geraten.

Jetzt war es in falsche Hände geraten. Jemand wusste davon, und jemand war bereit zu töten, um dieses Wissen für sich zu behalten. Denn es konnte ungeheure Macht verleihen.

Vitollo Umbro wollte diese Macht nicht haben. Mit seiner fachlichen Einsicht hatte er die Konsequenzen erfasst. Er traute Fredric Drum nicht, und damit hatte er vollkommen recht. Aus seiner Sicht hatte Umbro natürlich richtig gehandelt, als er Fredric in diesen Raum eingeschlossen hatte.

Warum sollte er ausgerechnet einem Norweger vertrauen, der zufällig aufgetaucht und der Freund einer seiner Patientinnen war? Der ihn hinterging, ihm nachspionierte und seine Gedanken für sich behielt? Auch Geneviève hatte recht gehabt: Fredric war so kurzsichtig wie ein Nashorn gewesen, weil er Doktor Umbro nicht in all seine Entdeckungen eingeweiht hatte.

Jetzt saß er da, während ganz in der Nähe Pläne für ungeheure Taten geschmiedet wurden, die wahrscheinlich noch mehrere Menschenleben fordern würden.

Vitollo Umbro befand sich in Lebensgefahr. Er hatte die Tafel gehabt, die die Jungen gefunden hatten. Der Mörder konnte nicht wissen, dass die Tafel vernichtet worden war. Der Mörder konnte sich nicht sicher fühlen, bevor der Doktor und Fredric beide aus dem Weg geräumt waren, bevor sich alle Originale und Kopien, die es vom *Kodex Ofanes, Fragment 233 XII,* gab, in seinem Besitz befanden.

Fredric erhob sich mit einer plötzlichen Bewegung und musste sich die Seite halten. Er ging zur Tür, die ebenfalls gepolstert war.

Er holte sein Taschenmesser hervor, öffnete eine Klinge und schnitt die Polsterung um die Türklinke herum auf. Dann riss er große Fetzen der Füllung heraus und drang bis zur nackten Tür vor. Die Beschläge um das Schlüsselloch herum waren mit einfachen Schrauben befestigt. Er klappte den Schraubenzieher seines Taschenmessers aus und löste sie.

Fredric arbeitete schnell und hektisch. Bald hatte er alles entfernt, was sich entfernen ließ. Nur der dünne Holzkern des Schlüssellochs war noch übrig. Er schlug große Splitter heraus, schnitt sich, fluchte, schwitzte und gab der Tür zum Schluss einen kräftigen Tritt. Krachend gab sie nach, wobei ihm Splitter um die Ohren flogen.

Vor lauter Anstrengung war er einer Ohnmacht nahe. Er

schwankte in den Korridor hinaus und lehnte sich gegen die Wand. Dabei atmete er stakkatoartig und rieb sich den Schweiß von der Stirn. Er hatte Fieber.

Inzwischen war es Viertel vor zehn. Der Zeitpunkt näherte sich.

Er hastete den Korridor hinunter und fand die Treppe. Er blickte weder nach rechts noch nach links, durchquerte die Halle und registrierte die fernen Töne des *Frühlingsrauschens*. Dann war er draußen in der Dunkelheit.

Er krümmte sich zusammen und versuchte, die Übelkeit zu unterdrücken, die ihm in die Kehle schoss. Er durfte sich nicht erbrechen. Dabei würde er wahrscheinlich ohnmächtig werden. Einige Minuten stand er da, bis er seine Selbstkontrolle zurückgewonnen hatte. Dann ging er weiter.

»*Wenn ich den Schlüssel finde, fliegt der Teufel aus dem Haus!*« Die Worte von Signore Garrofoli hallten in seinem Kopf wider.

Der Teufel ... aus dem Haus. Wenn Garrofoli bloß nicht ... Fredric blieb am Rande des Ausgrabungsfeldes stehen und fand den kleinen Säulenstumpf wieder, auf dem er mit Blick auf die Gebäuderuine gesessen hatte. War es zu früh? *War sie gekommen?*

Der Gesang der Zikaden. Der Gesang der Zikaden in der Dunkelheit. Plötzlich verstand Fredric Drum, dass der abendliche Zikadengesang in der Dunkelheit ihm wahrscheinlich das Leben gerettet hatte. Man konnte nicht töten, wenn die Zikaden so laut sangen. Aber am Tag, wenn die Sonne am höchsten stand, wenn es still war, wenn es keine anderen Geräusche gab. Dann konnte Persephone ihr Instrument stimmen, und die Unerwünschten fielen zu Boden wie von einem unsichtbaren Blitz getroffen.

Er duckte sich hinter die Säule. Er wollte, um ganz sicher zu sein, noch eine halbe Stunde warten.

Er hatte so starken Durst, dass er reines Naphthalin hätte

trinken können. Einen Augenblick lang überlegte er, ob er zu Rattis Trattoria hinuntergehen und ihn um eine Flasche Wasser bitten sollte, aber er beherrschte sich. Er konnte dabei jemanden treffen. Der Mörder hatte mehrere Helfer. Die Männer, die ihn aus dem Bus geworfen hatten, waren zu dritt gewesen. Männer, die dafür bezahlt worden waren. Männer, die für Geld alles tun würden. Einfach und schnell, in einer Gegend mit langer Mafiatradition.

Er fror. Schwitzte und fror. Er war krank, verletzt, ernsthaft verwundet. *Schaffst du das, Drum?* Er versuchte, ein Lächeln aufzusetzen. Es gelang ihm halbwegs.

Warum alarmierte er nicht die Polizei von Crotone? Der örtliche Polizeichef, Nuragus, kam nicht infrage. Er war faul, unfähig und wahrscheinlich bestochen, um möglichst wenig zu unternehmen. Und wie waren die Polizisten in Crotone? Das wusste er nicht, aber selbst wenn sie ehrenhaft waren, so würden sie doch kaum verstehen, worum es hier ging. Und falls es ihm auf wundersame Weise gelänge, ihnen die gesamte Problematik zu erklären, dann würden sie die Operation bestimmt verhunzen, sodass am Ende alle Beweise zerstört wären. Und im schlimmsten Fall konnten weitere Unschuldige getötet werden.

Sterben, Fredric, du könntest durchaus sterben. Er hustete leise und hielt sich die Brust. Da nahm er oben auf dem Weg einen Schatten wahr.

Das war sie. Sie näherte sich rasch und mit festen Schritten. Er beobachtete, wie ihre dürre Gestalt durch die Öffnung in dem verfallenen Gebäude verschwand. Unmittelbar danach sah er das Aufflackern einer Kerze. Sie war unterwegs.

Fredric bog um eine Ecke des Gebäudes, roch den Gestank der toten Tiere und tastete sich vorsichtig an der Mauer entlang. Dann nahm er den kürzesten Weg über den kleinen Hügel zum Albergo Anziano Ofani.

Die Glühbirne über der Eingangstür brannte. Er lauschte

auf Geräusche von innen, aber alles war still. Er öffnete die Tür und trat ein.

Signore Garrofoli saß kahl geschoren und frisch rasiert hinter der Rezeptionstheke und schrieb. Als er Fredric erblickte, erhob er sich mit offenem Mund halb von seinem Stuhl. Seine Augen waren kugelrund, und Fredric wusste nicht, ob die Grimasse, zu der Garrofolis Gesicht für einige Sekunden erstarrte, Angst oder Unbehagen ausdrückte.

»Aber, Signor Drum … wir dachten … ich dachte …«

»Also gut«, krächzte Fredric heiser. »Ich bin hier. Seien Sie still, sprechen Sie leise. Der Teufel kann Sie hören.« Er erkannte seine eigene Stimme nicht wieder.

Der Hotelier fing an, hektisch in irgendwelchen Papieren zu wühlen, die vor ihm lagen.

»Sehen Sie hier, Signore«, flüsterte er, als Fredric ihn mit einem Blick anstarrte, der kälter war als Eis. »Das hier ist wenige Stunden, nachdem Sie abgereist waren, angekommen. Es ist aus Norwegen.« Er reichte Fredric ein Telegramm.

Ein Telegramm? Fredric nahm es und las. Dann ließ er das Blatt fallen und klammerte sich so krampfhaft an die Rezeptionstheke, dass sich ein Brett löste. Jetzt war es soweit! Ein Strahl aus Erbrochenem, Galle, Blut und halb verdauter Pasta landete mitten auf Garrofolis Papieren. Dann brach Fredric zusammen und stürzte zu Boden. Der Schmerz hätte nicht größer sein können, wäre sein gesamter Brustkorb entzweigerissen. Er tanzte in einem roten, dichten Nebel, in dem die Buchstaben des Telegramms ihm entgegenschlugen wie rasende Vorschlaghämmer in einer Schmiede:

Lieber Fredric!
Komm schnell. Brandbombe gestern nach Schließung ins La Casserole *geworfen. Großer Brand, alles zerstört.*
Tob verletzt, muss vielleicht Fuß amputiert kriegen. Ernst.
Hiram H.

Hiram Haroudi. Der Kochlehrling aus Marokko, der seit einem halben Jahr bei ihnen war.

»Signor Drum? Sie sind krank, sehr krank. Ich werde einen Arzt rufen, schnell, schnell einen Krankenwagen!«

Fredric hörte Garrofolis Stimme und schüttelte heftig den Kopf. Der Nebel verschwand. Er trocknete sich den Schleim vom Kinn und aus den Mundwinkeln und erhob sich mühsam. Der Hotelier hockte zusammengekrümmt auf der anderen Seite der Theke und berührte mit einer Hand den Telefonhörer.

»Nein«, stöhnte Fredric. »Rufen Sie nicht an! Es geht schon. Warten Sie, ich habe mir nur eine Rippe gebrochen.« Er nahm sich gewaltig zusammen und schaffte es, Garrofoli mit festem Blick anzusehen.

»Sie ... Sie haben innere Blutungen. Blut. Das ist Blut. Sie können daran sterben, Signore.« Der Hotelbesitzer zeigte bebend auf das Erbrochene, das die Theke bedeckte.

Fredric schüttelte den Kopf. »Kommen Sie her, Signore,« sagte er und taumelte in den Salon, wo er sich einen Stuhl in einer dunklen Ecke suchte. »Ich bedaure die Aufregung, aber es könnten noch schlimmere Dinge passieren. Sie haben nichts zu verlieren. Jetzt soll das Ungeheuer ans Licht gezerrt werden, *begreifen Sie das*, Signor Garrofoli?« Die letzten Worte zischte er hervor.

Der Hotelier setzte sich auf den Stuhl Fredric gegenüber. Er zitterte und zuckte wie bei einem Veitstanz und schaffte es nicht, Fredric in die Augen zu blicken.

»Wo ist Andrea?«, fragte Fredric streng.

»Sie ... sie ist im Zimmer ... in dem abgeschlossenen Zimmer, jeden Abend, und ich darf nicht herein. Der Schlüssel ... sie sagt, ich darf es noch nicht erfahren, aber ich habe Stimmen gehört, *ich habe da drinnen die Stimme des Teufels gehört.*«

»Der Teufel.« Fredric lachte hart und rau. »Du bist ein

armer Wicht, Garrofoli. Entweder du wirst vom Teufel bedroht, oder *Il Falco* kommt und wirft dich aus dem Hotel. Jetzt, wo du Manns genug gewesen bist, dir Haare und Bart zu schneiden, willst du die Sache nicht zu Ende bringen und wieder Herr im eigenen Haus werden?«

»Das ist nicht mein Haus.« Die Worte waren kaum hörbar.

»Es *ist* dein Haus. Sobald du dich als Mann erweist, ist es dein Haus. Weißt du nicht, dass Romeo Umbro Feiglinge hasst? Beschaff mir auf der Stelle einen Krug Wasser, dann werden wir in Aktion treten.«

Garrofoli tat, was Fredric sagte. Er ging hinaus und kam sofort mit Gläsern und einem Krug Wasser zurück. Der Mann hatte überhaupt keinen eigenen Willen. Wenn Fredric ihn gebeten hätte, das Haus anzuzünden, hätte er das wahrscheinlich, ohne zu zögern, getan.

Fredric stürzte drei Glas Wasser hinunter. Dann richtete er sich auf und stand auf festen Beinen. »Komm!«, befahl er Garrofoli.

Er ging durch die Tür hinter der Rezeption und gelangte in einen größeren Raum, ein privates Wohnzimmer. Eine weitere Tür führte in die Küche. Der Hotelier folgte Fredric wie ein gehorsamer Hund.

»Wohin führt diese Tür?« Fredric deutete auf eine Tür hinter einem Kämmerchen.

»Zu ... einem ... Schlafzimmer.« Dem Hotelier klapperten die Zähne.

»Was gibt es da verdammt noch mal zu zittern? Kannst du nicht deutlich sprechen, du Waschlappen?« Fredric explodierte und wandte sich dem Hotelbesitzer zu. Er war kurz davor, jegliche Selbstkontrolle zu verlieren. Bald würde er Amok laufen und das ganze Haus zerstören.

»Das Schlafzimmer.« Garrofoli sprach jetzt mit Fistelstimme. »Das Schlafzimmer und die Kammern. Die Kammern vor der Kellertreppe. Abgeschlossen.«

Das Schlafzimmer war groß. Überall lagen Kleidungsstücke verstreut. Garrofolis Kleider. Es roch nach altem Urin. Eine gewaltige Tür dominierte eine der schmaleren Wände zwischen zwei Schränken. Die Tür bestand aus gemauerten Steinblöcken und wurde von großen, rostigen Scharnieren und Beschlägen an ihrem Platz gehalten. Sie war unüberwindbar, wenn man nicht den passenden Schlüssel zu dem großen Schlüsselloch besaß. Fredric trat gegen die Tür, aber sie bewegte sich keinen Millimeter.

»Kein Schlüssel?«

»Kein Schlüssel. Andrea hat von innen abgeschlossen.«

»Andere Zugänge?«

Garrofoli schüttelte den Kopf. »Keine anderen Zugänge. Da kommen Sie nicht rein.«

Fredric ging zur Tür und legte sein Ohr an den Spalt. Hörte er nicht in der Ferne einen Gesang? Einen schwachen, undeutlichen, klagenden Gesang? Doch, da war irgendetwas. Plötzlich lachte er laut und brutal und schlug dem Hotelier mit der Faust gegen die Brust.

»Du Idiot!«, sagte er. »Natürlich gibt es andere Zugänge dorthin. Mindestens einen, vermutlich sogar zwei.« Damit drehte er sich um, eilte in die Küche und trank noch zwei Glas Wasser. Dann nahm er die fünf, sechs Schlüssel mit, die am Brett an der Rezeption hingen, und ging die Treppe in den ersten Stock hinauf.

Am Ende des Korridors blieb er stehen. Die Tür auf der linken Seite war abgeschlossen. Er probierte einen Schlüssel aus, dann einen weiteren. Der dritte passte. Er öffnete die Tür. Derselbe muffige Geruch, an den er sich von seinem letzten Besuch in diesem Zimmer erinnerte, strömte ihm entgegen. Er duckte sich, um sich nicht wieder den Kopf zu stoßen.

»Aber, aber, Signor Drum.« Garrofoli war dicht hinter ihm.

»Der Schrank«, sagte Fredric. »Zieh den Schrank nach vorne.«

»Den Schrank?« Das Erstaunen des Hotelbesitzers war tatsächlich echt.

Fredric hatte keine Geduld und kein Mitgefühl mehr. Also gab er Garrofoli einen Stoß und machte ihm klar, dass er augenblicklich den riesigen Schrank bewegen solle.

Während der Hotelier sich mit dem gewaltigen Möbelstück abmühte, musste Fredric sich auf das Bett setzen. Er spürte, dass er der Ohnmacht nahe war. Er hatte furchtbare Brust- und Kopfschmerzen, ihm war schlecht, und seine Stirn glühte. Aber er kümmerte sich nicht darum. Er würde weitermachen, solange er sich auf den Beinen halten konnte.

Endlich stand der Schrank einen halben Meter von der Wand entfernt. Garrofoli keuchte wie ein Walross. Aber sein Blick hatte eine Festigkeit und ein Feuer bekommen, das Fredric ermutigte.

»Sieh hinter dem Schrank nach«, flüsterte Fredric.

Der Hotelier quetschte sich hinter den Schrank und kam im nächsten Augenblick bleich und erregt wieder zum Vorschein. »Heilige Maria«, sagte er. »Da ist eine Öffnung in der Wand, ein Loch, fast eine richtige Tür. Woher wussten Sie bloß …«

Fredric lächelte gequält und zog seine Taschenlampe hervor. Er kroch in die Lücke hinter dem Schrank. Modrige Luft strömte aus der kleinen Öffnung. Er leuchtete hinein. Dort waren Treppenstufen. Sie führten nach unten. Er zerriss einige Spinnweben und begab sich ins Dunkel. Hier war schon seit ewigen Zeiten niemand mehr gewesen. Es war ein enger, schmaler Treppenabstieg. Er hörte den Atem des Hoteliers direkt hinter sich. Drei Stufen, vier Stufen, fünf Stufen. Bald mussten sie sich auf Erdniveau befinden. Sechs Stufen, sieben Stufen, und Fredric gelang es mit großer Anstrengung, ein Niesen zu unterdrücken. Acht Stufen, neun Stufen, zehn … Fredric spürte, wie die Stufe nachgab, duckte sich blitzschnell zusammen und zog seinen Fuß zurück.

Plötzlich spürte er ein Sausen über seinem Kopf, gefolgt von einem dumpfen Aufprall. Danach ein übler Gurgellaut, und schließlich stürzte Garrofolis Körper über ihn.

Wie durch ein Wunder verlor Fredric nicht das Bewusstsein. Das Gewicht von Garrofolis Körper hatte ihn niedergedrückt und wahrscheinlich die letzten Reste seiner Lunge und inneren Organe zwischen den Rippensplittern zu einem blutigen Brei vermengt, aber er wurde nicht ohnmächtig.

Er zerrte sich unter dem schweren und reglosen Körper des Hoteliers hervor, auf dessen Gesicht er anschließend den Strahl der Taschenlampe richtete. Es war blutig und geschwollen. Seine Nase war schief, die Oberlippe gespalten, und auf der rechten Seite trat der Kieferknochen hervor. Fredric atmete schwer und leuchtete nach oben. Das Betreten der zehnten Stufe hatte eine lebensgefährliche Konstruktion aktiviert: Am Ende eines Pendels baumelte eine riesige Eisenkugel. Die Kugel hatte Garrofoli im Gesicht getroffen.

Er suchte den Puls des Hoteliers und spürte ein schwaches Pochen. Fredric leuchtete nach unten. Die Treppe. Einige Stufen weiter unten gab es einen Absatz. Mit größter Anstrengung gelang es ihm, Garrofoli die letzten Stufen hinunterzuzerren. Dann fing er an, den Raum zu untersuchen, in dem er sich befand.

Er war quadratisch. In einer Wandnische stand ein Tonkrug. Fredric drehte ihn um. Ein langer, dünner Gegenstand fiel heraus, eine Art Schneebesen? Als er ihn näher untersuchte, sah er, dass es sich durchaus nicht um einen Schneebesen handelte, sondern um die Knochen einer menschlichen Hand. Einer kleinen Hand. Einer Kinderhand. Er ließ sie liegen und konzentrierte sich auf den Rest des Raumes.

Ganz hinten war eine Tür. Eine Holztür. Sie sah nicht besonders solide aus, und als Fredric ein wenig drückte, öffnete sie sich mit dem grauenvollen Jammern verrosteter Scharniere. Der Raum dahinter war größer. Von ihm zweigten zwei Korridore ab.

Eine Zeit lang blieb er ratlos stehen. Er lauschte. Keine Geräusche. Dann schleifte er den leblosen Hotelier in den äußeren Raum und lehnte ihn dort gegen eine Wand. Fredric kniete sich neben den Unglücklichen und untersuchte sein Gesicht. Es war übel zugerichtet, doch Fredric nahm einen schwachen Atemzug aus dem Mund wahr. Würde Garrofoli überleben? Fredric lockerte ihm das Hemd am Hals, öffnete dann sämtliche Knöpfe und brachte ihn in eine stabile Seitenlage. Mehr konnte er jetzt nicht tun. Fredric war selbst schweißüberströmt, es rauschte in seinen Ohren, und seine Lippen waren aufgesprungen und trocken. Es gurgelte und pfiff in seiner Brust. In seinem Mund verspürte er einen ekligen, süßen Geschmack. Er beugte sich vor und ruhte eine Weile mit seiner Stirn an Garrofolis Brust, während er Kräfte sammelte, um wieder aufzustehen.

Da hörte er ein Geräusch hinter sich.

Er schaffte es nicht mehr, sich umzudrehen. Aus den Augenwinkeln heraus nahm er noch einen Schatten wahr, der von hinten auf ihn zukam. Dann explodierte ein Feuerwerk in seinem Kopf, und alles wurde schwarz.

*

Hinter Empedokles her schreiten sieben Chorknaben in braunen Gewändern mit Fackeln. Sie bilden einen Halbkreis hinter dem Meister. Dann folgen die Mönche, schwarz gekleidet, die Kapuzen ihrer Kutten tief in die Stirn gezogen, mit gebeugten Köpfen, während sie eine monotone Melodie summen. Danach kommen »Die Vier Grazien«, »Die Einzigen Weißgekleideten«, die »Schönsten der Schönen«, stumm, taub. Jede von ihnen trägt einen Cilot vor sich her. Empedokles gießt rote Tropfen aus einem Krug, tritt an einen Altar und setzt sich eine dreigeteilte Mitra mit Halbmond auf den Kopf. Dann ergreift er ein rituelles Schwert und zeichnet einige magische Figuren in die Luft. Die sphärischen Engel tanzen einen unsichtbaren Tanz. Dann wird der Verdammte hereingeführt. Das Harmonium. Zuerst soll er zwei Giftschlangen mit weit geöffneten Kiefern quer durch den Saal tragen und sie in einen Behälter mit flüssigem Gold legen. Dann, wenn alle gegangen sind, können »Die Einzigen Weißgekleideten« ihre Instrumente stimmen.

Dattelsauce, dachte Fredric Drum. In Knoblauch marinierter Hammelbraten mit Dattelsauce. Diese sechs Wörter waren das Einzige, das ihm für Sekunden, Minuten durch den Kopf ging, ehe er wieder einigermaßen bei sich war.

Während er seine Augen noch geschlossen hielt, tauchten neue Wörter auf. Neue Bedeutungen, neue Zusammenhänge. Dann merkte er, dass er zu ersticken drohte. Sein Hals war voller Schleim. Schließlich spürte er die Schmerzen.

»Er bewegt sich.«

»Der Signore ist durch die »Vergessenen Korridore« gegangen.«

»Er soll seinen letzten Tanz tanzen.«

»Mein Lieber, lass ihn doch Hilfe bekommen. Unser Himmel ist der Himmel des Lichts.«

»Er hätte alles zerstören können.«

»Bruder Empedesius soll das Urteil fällen.«

»Halt's Maul, alte Schrulle!«

»Ich will meinen Mann holen.«

»Sei ruhig, bald ist alles bereit.«

Fredric hörte die Stimmen. Ein Mann sprach gebrochenes, schlechtes Italienisch. Eine Frau mit leiser Stimme, verschreckt, sanft und bittend. Er wusste, wer das war. Wenn er bloß wieder an die Oberfläche käme, dann würde er …

Er schlug die Augen auf. Schatten, Gegenstände, Geister, Ungeheuer tanzten vor seinen Augen. Die Schmerzen in Kopf, Brust, Rücken und Hals schickten Wellen von Übelkeit durch ihn hindurch, und er spürte, dass ihm etwas aus dem Mund lief. Er würgte und hustete.

Der Raum. Er musste sich aufs Äußerste anstrengen, um deutlich sehen zu können. Er erkannte Wände, in die lateinische und griechische Zeichen gehauen worden waren, Nischen, Simse, auf denen es jede Menge ausgestopfter Tiere gab, Eulen, Skarabäen, Fledermäuse, Ibisse, heilige Gegenstände höchst unterschiedlichen Ursprungs. Am Ende des Raums befand sich eine kleine Erhöhung. Ein Bett, Stühle, brennende Fackeln in groben Krügen, Statuen von Zentauren, Satyrn und Sphinxen. Eine vergoldete Mumie lag auf einer Art Altar, daneben standen zwei fünfarmige Kandelaber. Darüber hing ein enormer Gong, der von zwei Schlangen mit aufgerissenem Rachen gestützt wurde. Ein Schreibpult mitten im Raum, dessen Stoffverkleidung mit Hieroglyphen verziert war. Eine Kristallkrone, zwei dreibeinige Hocker und drei Stühle von der Art, wie sie der Sheriff von Nottingham in den Robin-Hood-Filmen benutzte, sowie eine große Anzahl von Kerzen, große wie kleine.

Auf den drei Stühlen saßen drei Menschen.

Andrea Garrofoli, bleich, mager und ernst. Sie hielt die Hände vor der Brust gefaltet.

Gianna Umbro. Ihre Schwester. Ätherisch schön, fast durchsichtig. Ihre dunklen Augen glühten, und ihre rechte Hand ruhte auf der Schulter der Person, die zwischen ihnen saß. In der linken Hand hielt sie ein Instrument. Einen Cilot.

Fredric hatte den Mann, der in der Mitte saß, nie zuvor gesehen. Er war ungefähr in seinem eigenen Alter, kräftig gebaut mit einem breiten, aber schönen Gesicht, hellen Augenbrauen und blonden Haaren.

Arne Fridtjov Laksdal.

»Hörst du mich, Drum?« Laksdals Stimme war ruhig und gedämpft.

Fredric versuchte, sich wenigstens ein bisschen aufzurichten. Halb saß er, halb lag er in einer Ecke. Die Kälte und Feuchtigkeit des Steinbodens und der Wände drang in seinen erschöpften und verletzten Körper ein. Er war endlich im Zentrum des Albtraums angekommen. Dort, wo sich die schlimmsten Traditionen von Antike und Mittelalter mit der Gier der Gegenwart vereinten. Was er da um sich herum sah, war keine Filmkulisse, sondern das Inventar einer tausendjährigen kabbalistischen Nacht.

»Ich sollte mich vielleicht vorstellen.« Laksdal sprach Norwegisch.

»Nicht nötig«, keuchte Fredric. »Andrea«, fuhr er fort. »Dein Mann liegt schwer verletzt in einem Korridor irgendwo da hinten.«

Andrea sprang auf und starrte Laksdal entsetzt an. »Das hast du mir nicht gesagt … warum?«

»Geh ruhig, wir brauchen dich hier nicht.« Laksdal zuckte mit den Schultern. »Der Wicht, den du deinen Mann nennst, liegt da drüben, zweiter Gang, linke Seite.«

Andrea lief weinend aus dem Raum.

»Dann sind also noch wir drei übrig. Endlich.« Laksdal spielte mit einem kleinen Revolver, der vor ihm auf dem Schreibpult lag. »Der schlaue Drum hat vielleicht den ganzen Zusammenhang begriffen. Er begreift dann sicher auch, dass ich ungern eine Kugel für seinen dicken Schädel verwenden möchte. Das könnte Aufsehen erregen, und du weißt ja, dass wir nur ungern Aufsehen erregen.«

»Du bist erledigt, Laksdal. Ich habe Romeo Umbro alles erzählt. Er kann jeden Moment hier sein.« Die Stimme, mit der er zu bluffen versuchte, klang nicht besonders überzeugend. Er verspürte einen tiefen und sehnsüchtigen Drang, einfach einzuschlafen, sich der vollkommenen Dunkelheit hinzugeben, in der es keine Schmerzen und keine Gedanken gab.

»Hohoho.« Laksdal sagte diese Silben, ohne zu lachen. »Uns legst du nicht rein. Gianna hat mir erzählt, dass ihr Vater in Crotone ist und frühestens in zwei Tagen zurückkommt.« Er schrieb etwas auf einen Zettel und zeigte es der Taubstummen, die eifrig nickte.

»Jetzt kommst du gleich ins Harmonium, wo du zur Musik meiner Liebsten tanzen kannst. Und ich will sehen, dass du die Tanzschritte richtig setzt. Aber bevor es dazu kommt, will ich wissen, wie du herausgefunden hast, dass *ich* hinter allem stehe.«

Fredric atmete in schnellen Zügen. »Ich hätte es schon viel früher begreifen sollen.« Er sprach langsam, um Zeit zur Erholung zu gewinnen. »Romeo Umbro hatte eine rasende Wut auf Norweger. Erst habe ich nicht verstanden, warum. Aber jetzt ist mir klar, dass du auf Freiersfüßen oben auf der Burg gewesen bist und dort einen Arschtritt bekommen hast.«

»Nicht von Gianna.« Laksdal grinste breit und umarmte das Mädchen. »Wir lieben uns schon, seit ich ihr bei den Ausgrabungen zum ersten Mal begegnet bin.«

»Ich hätte auch hellhörig werden müssen, als Doktor Umbro bei unserer ersten Begegnung andeutete, dass berühmte Landsleute kein Ersatz wären für … Geneviève.« Er sprach ihren Namen kaum hörbar aus. »Doch erst als mir dein früherer Kollege aus Bergen erzählte, dass du umfassende Kenntnisse über Musik hast und dich gar nicht auf dem Ausgrabungsfeld in Italien befindest, auf dem du eigentlich sein solltest, da fing ich an, etwas zu ahnen. Gewissheit bekam ich, als ich den Leihwagen sah, den du hier oben geparkt hast, und als ich dein schlechtes, norwegisch gefärbtes Italienisch in Garrofolis Küche hörte. Was aber vielleicht das Wichtigste ist: Nur *vier* Personen kannten den Inhalt des *Kodex Ofanes, Fragment 233 XII*. Professor d'Angelo, ich, Johanessen und du.« Fredric schluckte einen zähen Klumpen hinunter, der ihm in die Kehle gestiegen war.

»Das *Fragment 233 XII*.« Laksdal breitete die Arme aus und lachte. »Es gibt übrigens auch noch die *Fragmente 233 X, XI, XIII* und *XIV*. Aber davon weiß nur *ich* etwas. Ich war nämlich derjenige, der als Erster die Papyrusrolle öffnete und verstand, was der Inhalt bedeuten könnte. Deshalb unterschlug ich Teile der Dokumentrolle. Ich sagte, sie sei zerstört, während ich d'Angelo die *Nummer XII* überließ. Hoho! Wenn ihr wüsstet, welch wunderschöne Melodien in den anderen Fragmenten enthalten sind! Die Musik des Lebens und des Todes.«

»Du gieriges Schwein!«, knurrte Fredric aus seiner Ecke. Er hatte sich aufgesetzt und gab sich äußerste Mühe, einen klaren Kopf zu behalten. »Du kannst vielleicht ...« Er wurde von Andrea unterbrochen, die schluchzend zurückkam. Sie trug eine Menge Verbände, Kompressen und einen Eimer mit kochendem Wasser und verschwand sogleich wieder in den dunklen Gängen.

»Willst du ihr nicht helfen?« Fredric erhob die Stimme.

»Zur Hölle mit Garrofoli. Er wird sowieso sterben. Und Andrea kommt in ein Nonnenkloster. Da gehört sie hin. Ich brauche ihre Hilfe nicht mehr. Jetzt gibt es nur noch mich und Gianna. Wenn wir erst mal beide Umbros mit Hilfe von Giannas sanften Tönen in den ewigen Schlaf gesungen haben, werden *wir* diejenigen sein, die in Ofanes herrschen. Wir haben die Burg, die Weinberge, den Herrenhof, alles. Und ich werde berühmt werden. Ich werde – auf meine Weise – die unbekannte philosophische Richtung an die Öffentlichkeit bringen, die phantastischen Musiktheorien, die Pythagoras begründete, die von Chiron und Empedokles weiterentwickelt und von den Empedesius-Brüdern bis zum heutigen Tag in Ehren gehalten wurden. Ich werde von dem neu eröffneten Nonnenkloster alle Unterstützung und allen Schutz bekommen, den ich brauche. Auch dieses Kloster war meine Idee. Es lebe Ermetica Chiron!«

Machtversessen. Geldgierig. Blind vor Liebe zu der schönen Gianna. Charakterschwach. Hinterhältig. Ohne Moral. Ungeheuer intelligent. Dieses alchemistische Hexengebräu von Gefühlen und Eigenschaften hatte die Person, die vor Fredric saß, geschaffen. Arne Fridtjov Laksdal.

»Wie viele Auftragsmörder lässt du für dich arbeiten? Wer waren die falschen Polizisten, die mich in den Abgrund gestoßen haben? Wer hat Professor d'Angelo getötet? Und wer hat die Brandbombe ins *La Casserole* geworfen?« Fredrics Stimme überschlug sich förmlich.

»Reg dich ab, du Idiot! Du wirst schon noch alles erfahren, bevor du deine letzte Reise antrittst. Und trockne dir das Blut vom Maul. Ich mag nicht länger mit ansehen, wie das da runterläuft.« Laksdal wandte sich angewidert ab.

Fredric wischte sich das Blut ab. Seine Ärmel waren voll von geronnenem Blut. Würde er bald innerlich verbluten? Er war so matt, so matt, und die Feuerfliegen schwirrten vor seinen Augen. Bald würde alles vorbei sein.

»Okay.« Laksdal zündete sich eine Zigarette an. »Giannas privates Konto hat sich als nützlich erwiesen. Ich habe meine Jungs gut bezahlt, obwohl niemand weiß, dass ich dahinterstehe. Ich habe mir den Rücken freigehalten. Die Idioten, die dich da runtergestoßen haben, waren natürlich aus Sizilien. Die kannten sich an der Küste hier nicht aus. Sie haben tatsächlich gedacht, dass du direkt im Meer gelandet und damit erledigt wärst. Eine verdammte Pleite war das. Obwohl ... eigentlich wollte ich dich ja gar nicht unbedingt töten. Deshalb gab ich dir gestern eine Chance, nach Oslo zurückzureisen, nett, wie ich nun mal bin. Ich ließ einen der Jungs eine ungefährliche Brandbombe in dein Restaurant werfen, nachdem alle Gäste gegangen waren. Ich hoffe, es ist niemand verletzt worden. Aber du bist trotzdem nicht abgereist. Das war deine einzige und letzte Chance. Professor d'Angelo *musste* dagegen aus dem Weg geräumt werden. Er wusste einfach zu viel über gewisse Details in der Antike. Er hätte einiges zusammenrechnen können und wäre zum richtigen Ergebnis gekommen. Das Attentat auf den Professor wurde elegant durchgeführt. Alle glauben, dass die Rechtsradikalen dahinterstecken.«

Fredric hatte die Augen geschlossen. Er konnte das alles nicht mehr ertragen. Wollte nichts mehr hören. Laksdals Worte erreichten ihn wie ein Echo in einem Metallzylinder. Dort wurden sie wie fliegende Diskusse hin und her geworfen und versetzten ihm schmerzhafte elektrische Schocks. Aber Laksdal fuhr fort, froh darüber, einem Menschen von seinen Taten erzählen zu können, der bald steif und stumm sein würde.

»Ofanes ist wirklich *Umbilicus Telluris*, der Nabel der Welt. Ist es schon immer gewesen. Sieh dir nur diesen Raum an. Perfekt verborgen, enthält er fast alles, um die mühsam von den Meistern der Antike entwickelten und von unserer Zivilisation zerstörten Kenntnisse *wirklich* verstehen zu können. Die Korridore, die Verbindungsgänge. Dieses architektonische Meisterwerk ist oben auf der Erde nicht sichtbar. Aber schließlich sollen auch nur die Eingeweihten davon wissen. Der Empedesius-Orden soll wieder groß und mächtig werden. Er wird sich durch seine Musik und seinen Gesang auszeichnen. Aber nur *ich* kenne das innerste und tiefste Geheimnis der Musik: die Klänge, die wirklich Macht verleihen. Dieses Geheimnis werden ich und meine Nachkommen von der Höhe der Burg aus bewachen. Der Falke wird gejagt und durch den Adler ersetzt werden.«

Wenn Gianna doch nur hätte hören können, wenn sie doch Norwegisch verstünde, hätte sie begriffen, dass sie in einen

Verrückten verliebt war, in einen Mann, der von einem bösen Zauber aus der Vergangenheit besessen war. Aber Gianna war stumm, sie war taub, und sie bewunderte ihn womöglich für all das Schöne, das sie zu sehen *glaubte*.

Fredric konnte hören, war aber nicht imstande, noch mehr davon aufzunehmen.

»Das, was diese dummen Jungen und der Wachmann, Signore Loppo, gefunden haben, hätte alles zerstören können. Ich hatte Gerüchte gehört, dass es sich um einen wichtigen Fund handeln sollte. Dieser Idiot von Wachmann hat wahrscheinlich den Fund der Jungen an einem heimlichen Ort vergraben, aber ich werde dafür sorgen, dass er nie wieder auftauchen wird. Hoho. Kannst du mir noch folgen, Drumchen? Nicht? Dann ist es an der Zeit, den letzten Weg zurückzulegen. Es ist lange her, dass hier im Harmonium Töne zu hören waren.« Er nahm den Revolver, stand auf, warf sich eine Schultertasche über und ging auf Fredric zu.

Eines von Fredrics Augen stand offen. Er konnte es nicht mehr schließen. Das Augenlid hatte sich verfangen, verdreht. Deshalb registrierte er, dass Laksdal über ihm stand. Er sah, wie Laksdals kräftige Arme ihn packten und hochzogen. Er registrierte auch, dass er aus eigener Kraft stehen blieb. Dass Laksdal ihn durch einen Korridor schubste und dass sich seine Füße bewegten. Fackeln und Kerzen. Er sah, wie ihnen eine Frau entgegenkam. Sie drückte sich gegen die Wand und sah verängstigt aus. Da leuchtete etwas in seinem Kopf auf.

»Andrea«, flüsterte er und hielt sich an ihr fest. »Ich … ich hoffe, Ihr Mann lebt noch. Danke … danke für die Warnungen. Die lateinischen Zitate – *morituri te salutant* –, ich weiß, dass Sie es gut gemeint haben. Sie wollten mich von hier vertreiben, nicht wahr?«

Die Falten in Andreas Gesicht glätteten sich. Sie nickte verhalten. Eine glänzende Träne kullerte über ihre Wange. Fredric hob eine Hand und trocknete sie sanft.

»Geh schon, du Idiot!« Laksdal fuchtelte mit seinem Revolver.

»Andrea ... versprechen Sie mir ... Sie sollen niemals Nonne werden ... ich habe nachts Ihren Gesang gehört ... durch die Tür hinter dem Schrank. Sie trauern ... Sie und Ihr Mann passen nicht ... das giftige Pulver im Priester ... ich habe Sie nicht verdächtigt ... das war Laksdal, nicht wahr, er hat Ihren Mann so verängstigt.«

»Geh, verdammt noch mal!« Fredric bekam einen kräftigen Stoß in den Rücken und taumelte weiter durch den Korridor. Auf wundersame Weise hielt er sich immer noch auf den Beinen.

Unterirdische Gänge. In Krügen und auf Untersetzern waren in regelmäßigen Abständen Fackeln und Kerzen angebracht. Plötzlich kam er an eine schwere Steintür.

»Schieb die Tür auf!« Laksdal stieß ihn mit dem Revolver in den Rücken.

Es gelang Fredric nicht. Die Tür war zu schwer. Er ließ sich auf den Boden sinken und beachtete kaum Laksdals Schuhspitze, die seine Hüfte traf.

»Hoch, du Wurm!«, brüllte Laksdal, sodass sein Echo durch die Korridore hallte. Er beugte sich über Fredric hinweg und schob die Tür auf.

Fredric krabbelte auf allen vieren hindurch. Er ergriff eine verrostete Eisenstange, die aus dem Boden ragte, und zog sich daran hoch. Zwischen Wasserpfützen und pfeifenden Ratten sah er lange Eisenstäbe, die ungefähr einen Meter über den Boden reichten. Vage erinnerte er sich, dass er sie schon einmal gesehen hatte. Und zwar von oben. Von der Mauer aus.

Das Harmonium.

Laksdals Gelächter erschallte hinter ihm. Fredric nahm flüchtig Gianna wahr, die wie eine Elfe durch die Tür geschwebt kam und dann an der hinteren Mauer wieder verschwand.

»Los, hinter ihr her. Hochklettern! Ich bin direkt hinter dir.« Laksdal stieß Fredric gegen die Mauer.

Er ergriff einen der Eisenbügel, die darin eingelassen waren, und versuchte, sich hochzuziehen. Die Schmerzen durchbohrten ihn wie feurige Speere. Seine heftigen Kopfschmerzen bewirkten, dass er kaum noch die Augen offen halten konnte. Keine Gedanken. Er kämpfte sich die Mauer hoch, Bügel für Bügel, Meter für Meter, und wusste, dass er aufgespießt werden würde, wenn er fiele. Er hatte nichts mehr dagegen zu sterben, aber er verspürte immer noch eine vage Abneigung gegen die Vorstellung, aufgespießt zu werden. Endlich fühlte er den oberen Rand und zog sich auf die Mauer hoch.

Laksdal stieg über ihn hinweg und zündete an der Wand eine Fackel an. Unter der Fackel gab es ein kleines Plateau, wie eine Art Bühne. Auf der stand Gianna. Sie starrte mit leerem Blick vor sich hin. Vor der Brust hielt sie das Musikinstrument, den Cilot. Laksdal schritt noch einmal über Fredric hinweg. Er ging die Mauer entlang, auf die Tür zu, die Fredric verbrannt und Signore Puggi repariert hatte. Mehrere Planken baumelten lose vom Türrahmen. Dies war Giannas Eingang, jeden Abend, wenn sie von der Burg herabstieg, um ihren Geliebten zu besuchen.

Sie hatte damals das Licht getragen, dem Fredric gefolgt war. Das war lange her. Fredric kam es so vor, als seien es Jahre.

Laksdal stellte sich an der Tür auf und blockierte den Ausgang. Breitbeinig und selbstsicher, mit einem infernalischen Lächeln um die Lippen. Aus seiner Schultertasche zog er ein Paar Ohrenschützer, die er sich um den Hals hängte.

»Steh auf, Fredric Drum! Du sollst tanzen!« Die Worte hallten von den Wänden wider, und hoch oben unter der Decke, von der es tropfte, flogen die Fledermäuse auf. »Du bist im Harmonium. Dieser Raum ist der Musik gewidmet.

Ja, hier wurde die äußerste, die reinste Form von Musik aufgeführt. Es war Musik auf Leben und Tod, Töne, die zu Harmonien zusammengesetzt wurden, die wir nicht für möglich gehalten hätten. Aber Pythagoras beherrschte mehr als nur die Geometrie. Mit Hilfe dieses einzigartigen Musikinstruments, das meine Liebste so ausgezeichnet bedient, des Cilot, konnten sie Tonintervalle konstruieren, die stark auf ihre Umgebung wirken, auch auf das menschliche Gehirn.«

Fredric hörte. Mit einer Kraftanstrengung versuchte er sich für das zu wappnen, was ihn erwartete. Er lag zusammengekrümmt da. Laksdal bemerkte nicht, dass Fredric zwei Wachsklumpen hervorgeholt hatte, die noch in seiner Brusttasche gewesen waren. Er fummelte zitternd an ihnen herum und erhob sich auf die Knie, während er beide Hände an die Schläfen legte.

»Du weißt vielleicht, dass manche Töne Glas zerspringen lassen können? Dass Ultraschall merkwürdige Eigenschaften hat? Die Tonintervalle, die die Empedesius-Mönche von den Griechen geerbt haben, sind nicht weniger verblüffend. Sie können Menschen sterben lassen!« Laksdals Stimme war hoch und schneidend. »Und sie konnten Menschen dazu zwingen, zu tanzen, ohne dass sie es wollten. Die Sage über den Rattenfänger von Hameln ist gar nicht so falsch, aber die Griechen konnten das noch besser! Hier, im Harmonium, sollten die Verurteilten ihre Schuld oder ihre Unschuld beweisen. Sie sollten tanzen. Die Schuldigen fielen beim Tanz über den Rand der Mauer und stürzten ab. Sie wurden aufgespießt, ho-ho! Jetzt werde ich Gianna darum bitten, eine *Dithyrambe* zu spielen, ursprünglich ein Tanz zu Ehren des Dionysos. Danach wird sie –«

Laksdals schneidende Stimme verschwand. Fredric richtete sich vorsichtig in eine stehende Position auf. Er starrte Laksdal an, der immer noch redete. Die Wachspfropfen waren an ihrem Platz. Er sah seinen verrückten Landsmann im gespenstischen Schein der brennenden Fackel an der gegenüberliegenden Wand stehen. Er sah, wie sich Laksdals Mund öffnete und schloss wie das Maul eines Hais. Er sah stechende Augen unter hellen Brauen. Er sah den Revolver, den Laksdal in der rechten Hand hielt.

Der Mund schloss sich. Laksdals linke Hand gab Gianna ein Zeichen. Fredric sah die rasche Bewegung, mit der Laksdal sich die Ohrenschützer aufsetzte. Jetzt waren alle drei im Raum gleich taub. Jetzt konnte die Musik beginnen.

Fredric wandte sich Gianna zu. Sie stand auf dem Plateau wie eine Göttin, wie ein überirdisches Wesen. Sie hob den Cilot an ihren Mund, während ihre Finger über die Saiten glitten. *Du kannst es,* dachte Fredric. *So hast du gespielt, während du zwischen den Weinstöcken hinter dem Ausgrabungsgelände verborgen warst. So hast du den Tod der beiden Jungen bewirkt. Und so hast du Signore Loppo in den Tod gespielt. Es waren auch Tiere in der Nähe. Ein Hund, Katzen, Schweine, Ziegen. Auch die Tiere sind an deiner Musik gestorben. Wer hat sie hinter die Ruine gelegt? Du hast darauf gewartet, dass ich, mitten am Tag, als es still war und die Zikaden nicht störten, in deine Nähe komme. Aber ich sah dich, Persephone. Ich saß oben am Hang, hoch oben und habe Sardinen gegessen. Weißt du überhaupt, was du spielst? Hat Laksdal es dir erzählt? Bist du Persephone, oder bist du die unglückliche Tochter von Romeo Umbro, die nie etwas auf eigene Faust tun durfte und die jetzt aufbegehrt und Rache nimmt? Wer bist du wirklich, Gianna Umbro?*

Fredrics Gedanken waren plötzlich hell und klar. Die Stille, die Wachspfropfen in den Ohren linderten die Schmerzen. Er sah Gianna spielen, er starrte sie direkt an, er hielt sie mit den Augen gefangen, aber er fand keine Gefühle in ihrem Blick, keine Furcht, keine Angst, keine Freude und kein Aufgehen in der Musik. Sie stand da oben auf dem Plateau, ein paar

Meter von Fredric entfernt, und führte ihr Bravourstück auf, ohne zu fühlen oder zu hören.

Mit festen Schritten ging er auf sie zu und blickte ihr dabei unablässig in die Augen. Und bevor er wusste, was er eigentlich tat, hatte er ihr mit einer Hand den Cilot entrissen, während er mit der anderen die Fackel ergriff. Beides warf er zu den Eisenstacheln hinunter.

Es wurde stockfinster.

Er riss sich die Wachspfropfen aus den Ohren und legte sich flach auf die Mauer. Dann hörte er ein furchtbares Fluchen, bevor eine Serie von Schüssen durch den Raum dröhnte. Fredric spürte, wie etwas glühend Heißes seinen Rücken aufriss, während von allen Seiten die Querschläger um ihn pfiffen. Rauch von verbranntem Stein und Pulver trieb zur Decke empor, und plötzlich fühlte er, wie ein Bündel auf ihn fiel. Mit der Hand berührte er einen kleinen Kopf, Giannas Kopf. Er war warm und nass, verklebt, die ganze Schläfe war aufgerissen. Getroffen und getötet von den Kugeln ihres Liebsten. Er zog die Hand zurück, kroch an ihr vorbei und blieb ruhig liegen.

Es wurde ganz still. Fredric spähte angestrengt in die Dunkelheit, dorthin, wo Laksdal gestanden hatte. Sah er eine Bewegung? Hörte er vorsichtige Schritte, die auf ihn zukamen?

Er hörte tatsächlich Schritte. Laksdal stand direkt neben ihm. Fredric hörte seinen Atem, einen schweren, erregten Atem. Dann erkannte er einen Schuh, eine Wade. Mit allerletzter Kraft warf Fredric sich nach vorne, ergriff die Wade, zog sie zuerst auf sich zu und dann zur Seite.

Ein unheimlicher Schrei durchbohrte die Dunkelheit, als Arne Fridtjov Laksdal abstürzte. Der Schrei wurde plötzlich erstickt und von einem ekelhaften Geräusch abgelöst, als der Körper die Spitzen traf, die in fünf Metern Tiefe vom Boden aufragten. Das Geräusch hielt noch ein paar Sekunden an und erinnerte Fredric an einen aufgestochenen Reifen, aus dem die Luft herauszischte. Dann hörte er ein Husten, das in einem hässlichen Röcheln endete.

Endlich wurde es vollkommen still, und Fredric schloss die Augen.

Lange Zeit später stand er auf, tastete sich an der Mauer entlang und erreichte die Tür.

Es war überstanden.

12.
Fredric Drum dreht vier Runden auf dem Marktplatz, sieht Umbro in der Flasche, beginnt mit dem Eiersuchen und lächelt Sophia zu

Ein Hund bellte an der Kirche, fletschte die Zähne und knurrte die Person an, die über den Marktplatz taumelte. Aber Fredric Drum sah weder Hund noch Kirche. Er zog auf dem offenen Platz seine Kreise, setzte seine Füße hart und mechanisch auf das alte Kopfsteinpflaster. Immer weiter ging er im Kreis herum, jede Runde dauerte einige Minuten, und nach vier Runden, als die Turmuhr zwei Schläge machte, scherte er plötzlich nach links aus und verschwand hinter einigen Häusern.

Er landete in einem privaten Garten und stolperte in einen Komposthaufen. Dort blieb er liegen. Ein paar heisere, gebrochene Laute drangen über seine Lippen. Die hätte man als »Dattel« und »Reh« deuten können. Dann lachte er und drehte dem Orion eine lange Nase. Er schloss die Augen und blieb ganz ruhig liegen. Sein Brustkorb bewegte sich schnell und unrhythmisch. Eine Schnecke war auf dem Weg über seinen Oberschenkel.

Einige Stunden später setzte er sich plötzlich auf. Er sah Lichter. Viele Lichter. Sie kamen mit Fackeln und umringten ihn. Er schrie laut und durchdringend und sank wieder in sich zusammen.

*

Es war hell geworden. Er lag immer noch auf dem Komposthaufen. Ein Auto brauste heran. Er hörte Kinder, die lachten, eine Tür, die zugeknallt wurde. Er hörte, wie eine Glocke acht Mal schlug. Jemand rief. Was für eine Sprache war das? War das nicht Italienisch?

Italienisch?

Ein Lachen setzte sich in seinem Hals fest. Er hustete. Es kitzelte so eigenartig in seiner Brust. Er horchte in sich hinein, ob er nicht das eine oder andere Niesen auf Lager hätte, aber das war nicht der Fall.

Kurz danach fror er so stark, dass ihm die Zähne klapperten. Aber es tat so gut, einfach dazuliegen. Er konnte viele Leute reden hören.

Simmias redete über die Seele. *Krasis*, sagte Simmias. Fredric nickte und war mit ihm einig. Aber die Gegensätze drohten, alles zu zerreißen. *Peras* und *apeiron*, das Mögliche und das Unmögliche. Ganz zu schweigen vom *Harmonium*, dem Schlimmsten von allem. Fredric nickte eifrig.

Es ist verboten, aus dem Bluteimer zu trinken! Jesu Blut!

Virga, punctum, podatus, clivis, scandicus, climacus, torculus, porrectus. Alles war natürlich notiert und verstanden, es konnte gar nicht anders werden. Die Stimme in Fredrics Kopf war stark und bestimmt, und er würde nicht protestieren.

Eugene Ionesco rasierte sich und schnitt seine Haare, woraufhin er sofort mit der Schrotflinte aus der Hüfte eine Krähe erlegte. »*Ex nihilo nihil*«, sagte er zu Fredric und zeichnete ein Tetragrammaton in die Luft. Er musste über den Verrückten lachen und antwortete mit einem Zitat von Tertullian.

Alle sprachen zu ihm, und er hatte gar keine Schmerzen. Wenn doch nur die Katzen von seiner Brust hinuntersprängen. Das Atmen fiel ihm so schwer!

»*Willst du nicht mein Kräutergärtlein sehen? Hier wächst der Teufelsjägerkanon der Philosophie, ein Kraut, das Heidegger aß, bevor er das feine Wort ›Jevereinigkeit‹ erfand. Da-*

nach saß er vier Wochen auf dem Scheißhaus, bevor er mit einem Nettogewicht von kaum zweiundzwanzig Kilo starb.« Romeo Umbro starrte ihn aus einer Flasche an. Sein Gesicht war durch das dicke Glas verzerrt. Wie war er bloß durch den Flaschenhals gekommen? Fredric konnte einfach nicht begreifen, wie er durch den engen Hals gekommen war, mit Hut und allem Drum und Dran. Aber die Schrotflinte war weg.

Er setzte sich auf. Er starrte die Brust und die Ärmel seines Hemdes an. Sie waren braun. Geronnenes Blut und Reste von Erbrochenem waren überall verschmiert. Er runzelte die Stirn und sah für einen Augenblick alles mit großer Klarheit:

»Laksdal«, sagte er. »Laksdal ist tot.«

Dann sank er wieder in seinen Fieberschlaf zurück.

*

Als es auf zehn Uhr zuging, stand er auf. Er blickte sich erstaunt um. Er fand sich nicht zurecht. Wo war Signore Rattis Haus, wo war das gemütliche Zimmer mit der hellblauen Tapete und den Posaune blasenden Engeln? Wo war er die ganze Zeit gewesen? Würde er bald nach Hause fahren?

Nach Hause.

Das Wort traf ihn wie ein Blitz. Plötzlich erinnerte er sich an alles. Er erinnerte sich an Geneviève. Er erinnerte sich an das Telegramm von Hiram Haroudi. Das *La Casserole* war zerstört. Tob schwer verletzt. Alles, was ihm am Herzen lag, war verschwunden. Wie sollte er nach Hause fahren können? Er hatte kein Zuhause mehr.

Er rappelte sich auf, bahnte sich einen Weg durch die Tomatenfelder und stolperte durch den Schnittlauch. Er bekam Atembeschwerden und Ohrensausen und musste sich für einen Augenblick hinlegen. Dann stand er wieder auf und irrte weiter. Plötzlich kannte er sich wieder aus. Dort war das

Haus von Signore Ratti. Signore Ratti mit dem Weinkeller. Dort war die Tür und sie stand offen. Er konnte einfach hineingehen.

Er blieb stehen und fing an zu lachen. Das Gelächter kam nicht über seine Lippen, es war ein inneres Gelächter. Sie würden es nie schaffen, ihn zu erwischen! Er war der perfekte Eierdieb. Er würde viele, viele Eier des Kalabrischen Falken finden. Daraufhin drehte er um und verschwand in einem Olivenhain.

Er ging und ging. Dabei schreckte er Ziegen und Maultiere auf. Er grüßte höflich ein paar Bauern, die Zweige zusammenharkten. Durch seinen Kopf geisterte das Bild eines schönen Felsvorsprungs, still und friedlich, hoch über der grünen Meeresoberfläche. Dort würde er sitzen. Dort würde er sich ausruhen.

Zwischendurch blieb er stehen und war plötzlich ganz klar im Kopf. Da wusste er, dass alles vorbei war.

Das *La Casserole* existierte nicht mehr.

*

Sie hatte ihn gesehen.

Sie war mit dem Frühstück in seinem Zimmer gewesen und hatte es leer vorgefunden. Das Bett war unberührt. Sie stellte das Tablett mit dem Essen auf den Nachttisch und ging ans Fenster. Da sah sie eine jämmerliche Gestalt, die mitten im Tomatenfeld stand und mit den Händen in der Luft herumfuchtelte.

Sophia Ratti hielt sich die Hände vors Gesicht und unterdrückte einen kleinen Schrei. Der Mann da unten war Signore Drum aus *Norvegia*, und er war über und über mit Blut bedeckt. Er sah zerlumpt und heruntergekommen aus und schwankte sogar im Stehen. Der bescheidene, gut aussehende

Signore Drum! Sie sah, wie er sich plötzlich umdrehte und zwischen den Olivenbäumen verschwand.

Sophia rannte die Treppe herunter und zur Tür hinaus. Signore Drum war nirgends zu sehen. Einen Augenblick blieb sie ratlos stehen. Dann ging sie mit entschiedenen Schritten durch das Tomatenfeld und auf den Olivenhain zu. Sie hatte Drum aus den Augen verloren. Nach einer Weile traf sie den alten Signore Severo, der Zweige zusammenharkte. Er schüttelte den Kopf und zeigte ihr den Weg.

Endlich erblickte sie ihn. Er wankte im Zickzack über offene Felder. Dann überquerte er die Straße. Das junge Mädchen fing an zu rennen. Ihr war klar, dass der Norweger einen schlimmen Unfall gehabt haben musste und jetzt verwirrt umherirrte.

»Signor Drum!«, rief sie.

Aber die Person vor ihr war nicht aufzuhalten. Drum stolperte in einen Straßengraben und blieb dort eine Weile liegen. Dann stand er wieder auf und ging weiter, auf die steil abfallenden Klippen am Meer zu.

»Signor Drum, warten Sie, bleiben Sie doch stehen! Es ist gefährlich, dort entlangzugehen!« Sie war nur noch wenige hundert Meter hinter ihm.

Dort, wo sich der Boden bereits dem Abgrund entgegensenkte, fiel er auf die Knie. Dann fing er an zu kriechen. Er krabbelte ein Stück auf allen vieren, aber seine Bewegungen wurden immer kraftloser. Am Schluss lag er ganz still da.

Sie warf sich neben ihm auf die Knie und drehte ihn auf den Rücken. Ein Paar graublaue, fieberheiße, aber erstaunlich klare Augen starrten zu ihr auf. Er lächelte.

»*Plaudite, cives …*« Die Worte wurden vom Wind fortgetragen.

Nachwort des Autors

Vor einigen Jahren wurde bei archäologischen Ausgrabungen nahe *Herculaneum*, fünf Kilometer südlich von Neapel, etwas gefunden, das zunächst an Holzkohle erinnerte. Sicherheitshalber wurden Experten hinzugezogen, und es stellte sich heraus, dass die verkohlten Klumpen Papyrusrollen aus der Antike waren. Aber konnten sie geöffnet werden?

Zwei Norweger, Brynjulf Fosse und Knut Kleve, hatten eine Methode entwickelt, die sie in dieser Situation für anwendbar hielten. Sie boten den Archäologen ihre Hilfe an. Im Laufe des Jahres 1985 waren Bilder der beiden Norweger Fosse und Kleve auf den Titelseiten der meisten italienischen Zeitungen zu sehen, wo sie fast zu Nationalhelden gekürt wurden. Die beiden hatten nämlich nicht nur das Unglaubliche geschafft, nämlich die Rollen geöffnet und den Inhalt lesbar gemacht. Dieser Inhalt erwies sich darüber hinaus als so sensationell, *dass die Philosophiegeschichte über Teile der Epikureischen Schule in der Antike umgeschrieben werden musste!* Das, was die beiden Wissenschaftler vor sich hatten, war nichts Geringeres als die Bibliothek von Cäsars Schwiegervater.

Immer noch wird an der Öffnung alter, verkohlter Papyrusrollen gearbeitet, und es wird viele Jahre dauern, bis alles gedeutet ist. Die beiden Norweger widmen sich zur Zeit mit voller Kraft den Schriften von Lukrez. Außerdem haben sie neue Verse und Schriften von Ennius (ca. 200 v. Chr.), einem der italienischen Nationaldichter, der vor Vergil lebte, gefunden. Jederzeit können neue, sensationelle Funde auftauchen.

Zwischen dem, was in diesem Buch erzählt wird, und der Arbeit dieser Forscher besteht kein Zusammenhang. Die Handlung und die Personen sind frei erfunden.

Gert Nygårdshaug